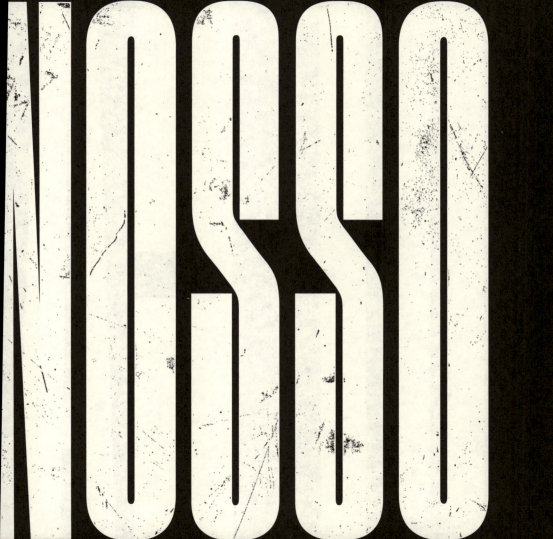

THE DEVIL ALL THE TIME
Copyright © 2011 by Donald Ray Pollock
Todos os direitos reservados.

Os personagens e as situações desta obra são reais apenas no universo da ficção; não se referem a pessoas e fatos concretos, e não emitem opinião sobre eles.

Tradução para a língua portuguesa
© Paulo Raviere, 2020

Diretor Editorial
Christiano Menezes

Diretor Comercial
Chico de Assis

Gerente Comercial
Giselle Leitão

Gerente de Marketing Digital
Mike Ribera

Editores
Bruno Dorigatti
Lielson Zeni
Marcia Heloisa
Raquel Moritz

Editora Assistente
Nilsen Silva

Capa e Projeto Gráfico
Retina 78

Designers Assistentes
Aline Martins/Sem Serifa
Arthur Moraes

Finalização
Sandro Tagliamento

Revisão
Cecília Floresta
Alexandre Boide
Fernanda Belo

Impressão e acabamento
Ipsis Gráfica

DADOS INTERNACIONAIS DE CATALOGAÇÃO NA PUBLICAÇÃO (CIP)
Angélica Ilacqua CRB-8/7057

Pollock, Donald Ray
O mal nosso de cada dia / Donald Ray Pollock ; tradução de Paulo Raviere. — Rio de Janeiro : DarkSide Books, 2020.
304 p.

ISBN: 978-85-9454-186-4
Título original: The devil all the time

1. Ficção norte-americana I. Título II. Raviere, Paulo

19-2157   CDD 813.6

Índices para catálogo sistemático:
1. Ficção norte-americana

[2020]
Todos os direitos desta edição reservados à
DarkSide® *Entretenimento LTDA.*
Rua Alcântara Machado, 36, sala 601, Centro
20081-010 — Rio de Janeiro — RJ — Brasil
www.darksidebooks.com

O MAL NOSSO DE CADA DIA

DONALD RAY POLLOCK

TRADUÇÃO **PAULO RAVIERE**

DARKSIDE

PRÓLOGO

O MAL NOSSO DE CADA DIA

DONALD RAY POLLOCK

Numa sombria manhã quase no fim de um outubro úmido, Arvin Eugene Russell corria atrás de seu pai, Willard, pela extremidade de um pasto com vista pra um longo e pedregoso vale ao sul de Ohio chamado Knockemstiff. Willard era alto e magro, e para Arvin ficava difícil acompanhá-lo. O campo estava repleto de roseiras-bravas e moitas murchas de morugem e cardo, e uma névoa baixa, espessa como as nuvens cinzentas acima, alcançava os joelhos do menino de nove anos de idade. Após alguns minutos, eles tomaram o caminho da mata e seguiram montanha abaixo por uma estreita trilha até alcançar um tronco deitado numa pequena clareira, os restos de um grande carvalho-vermelho que havia caído anos antes. Uma cruz encharcada, montada com tábuas arrancadas dos fundos de um celeiro em ruínas atrás de sua casa de fazenda, inclinava-se levemente para o leste no solo macio alguns metros abaixo.

Willard se curvou com cuidado sobre a parte alta do tronco e acenou para que seu filho se ajoelhasse ao seu lado nas folhas mortas e molhadas. A não ser que tivesse uísque correndo nas veias, Willard ia à clareira todas as manhãs e noites pra falar com Deus. Arvin não sabia o que era pior, a bebida ou a reza. Pelo que conseguia se lembrar, seu pai parecia enfrentar o Diabo o tempo inteiro. Arvin tremeu com a umidade, apertou um pouco mais seu casaco. Desejava ainda estar na cama. Mesmo a escola, com todos os seus sofrimentos, era melhor que aquilo, mas era sábado e não havia nenhum modo de escapar.

Entre as árvores quase nuas depois da cruz, Arvin podia ver lufadas de fumaça subindo de algumas chaminés a quase um quilômetro de distância. Cerca de quatrocentas pessoas viviam em Knockemstiff em 1957, quase todas com ligação de sangue por uma ou outra calamidade esquecida, fosse a luxúria, a necessidade ou apenas pura ignorância. Além das choupanas revestidas de piche e as casas de blocos queimados, o vale tinha dois armazéns, uma Igreja de Cristo na União Cristã e uma birosca conhecida no município como Bull Pen. Embora os Russell tivessem alugado a casa no topo dos Mitchell Flats já fazia cinco anos, a maioria dos vizinhos de baixo ainda os considerava forasteiros. Arvin era a única criança no ônibus escolar que não era parente de ninguém. Três dias antes, voltara pra casa com outro olho roxo. "Não tolero briga sem motivo, mas às vezes você é muito molenga", Willard lhe dissera aquela tarde. "Esses meninos podem até ser maiores, mas da próxima vez que um deles começar esse tipo de merda, eu quero que você termine." Willard estava de pé na varanda, trocando suas roupas de trabalho. Entregou a Arvin a calça marrom, dura de sangue seco e gordura. Trabalhava num matadouro em Greenfield, e naquele dia mil e seiscentos porcos haviam sido abatidos, um novo recorde para a R.J. Carroll Meatpacking. Apesar de ainda não saber o que queria fazer quando crescesse, o garoto tinha certeza de que não era matar porcos pra ganhar a vida.

Haviam acabado de começar suas rezas quando o barulho alto de um galho se quebrando soou atrás deles. Quando Arvin começou a se virar, Willard o tocou e o deteve, mas não antes que o garoto vislumbrasse na luz pálida dois caçadores, homens sujos e esfarrapados que ele já tinha visto algumas vezes curvados no banco da frente de um velho sedã incrustado de ferrugem no estacionamento do mercadinho de Maude Speakman. Um deles carregava um saco de pano marrom, com uma vívida mancha vermelha no fundo. "Não liga pra eles", disse Willard baixinho. "Esta é a hora do Senhor e de mais ninguém."

Saber que os homens estavam por perto o deixava nervoso, mas Arvin voltou a se curvar e fechou seus olhos. Willard considerava o tronco tão sagrado quanto qualquer igreja construída pelo homem, e a última pessoa no mundo que o garoto queria ofender era seu pai, apesar de às vezes parecer uma batalha perdida. Exceto pela umidade pingando das folhas e um esquilo perambulando por uma árvore nas redondezas, a mata estava em silêncio de novo. Arvin estava começando a achar que os homens tinham ido embora quando um deles disse com uma voz ríspida: "Que diabo, eles tão fazendo um culto de evangelização só deles".

"Deixa isso pra lá", Arvin escutou o outro dizer.

"Que merda. Acho que agora é uma boa hora pra fazer uma visitinha pra mulher dele. Agora mesmo ela deve estar deitada me esperando na cama quentinha dela."

"Porra, Lucas, cala a boca", o outro disse.

"O quê? Não vem me dizer que você não iria querer. Ela é uma beleza, pode crer que sim."

Arvin deu uma espiada rápida e ansiosa na direção do pai. Os olhos de Willard permaneciam fechados, com as grandes mãos entrelaçadas sobre o tronco. Seus lábios se moviam rapidamente, mas as palavras que dizia soavam muito baixas para que alguém além do Mestre escutasse. O garoto pensou no que Willard lhe dissera no outro dia, sobre se impor quando alguém fizesse alguma merda com ele. Estava na cara que aquilo também era só da boca pra fora. Sentiu um péssimo pressentimento de que a longa jornada no ônibus escolar não ia melhorar tão cedo.

"Vamos, seu imbecil filhodumaputa", o outro homem disse, "esse troço tá ficando pesado." Arvin ficou escutando enquanto eles se viravam e faziam o caminho de volta pela colina, na direção de onde tinham vindo. Muito tempo após os passos sumirem, ele ainda podia escutar as gargalhadas do tagarela.

Alguns minutos depois, Willard se levantou e esperou os améns de seu filho. Caminharam para casa em silêncio, rasparam a lama de seus sapatos nos degraus da varanda e entraram na cozinha quente. A mãe de Arvin, Charlotte, fritava fatias de bacon numa frigideira de ferro, batendo ovos com um garfo numa vasilha azul. Ela serviu uma xícara de café para Willard, colocou um copo de leite na frente de Arvin. Seu cabelo preto e brilhante estava amarrado para trás num rabo de cavalo, preso com um elástico de borracha, e ela vestia um roupão rosa desbotado e um par de meias felpudas, uma com um buraco no calcanhar. Enquanto Arvin a observava se movendo pelo cômodo, tentava imaginar o que teria acontecido se os dois caçadores tivessem vindo até sua casa em vez de dar a volta. Sua mãe era a mulher mais bonita que ele já havia visto. Ele se perguntou se ela os teria convidado para entrar.

Assim que Willard acabou de comer, empurrou sua cadeira e saiu com um olhar sombrio. Não havia dito uma palavra desde que terminara suas rezas. Charlotte se levantou da mesa com seu café e andou até a janela. Ela viu quando, a passos pesados, ele atravessou o quintal e se dirigiu ao celeiro. Pensou na possibilidade de haver uma garrafa a mais escondida ali. A que ele deixava debaixo da pia não era tocada fazia várias semanas. Ela se virou e olhou para Arvin. "Seu pai está com raiva de você por algum motivo?"

Arvin sacudiu a cabeça. "Eu não fiz nada."

"Não foi isso o que eu perguntei", disse Charlotte, debruçando-se no parapeito. "Nós dois sabemos como ele fica às vezes."

Por um momento, Arvin pensou em contar para a mãe o que havia acontecido no tronco de rezas, mas a vergonha era grande demais. Ficava louco só de pensar que seu pai era capaz de escutar um homem falar dela daquele jeito e simplesmente ignorar. "Foi um culto de evangelização, só isso", disse ele.

"Culto de evangelização?", questionou Charlotte. "De onde você tirou isso?"

"Não sei. Escutei em algum lugar." Ele se levantou e atravessou o corredor até seu quarto. Fechou a porta e deitou na cama, puxando o cobertor. Ao se virar, encarou o retrato emoldurado de Jesus na cruz que Willard havia pendurado acima da cômoda arranhada e surrada. Imagens similares da execução do Salvador podiam ser encontradas em cada aposento da casa, exceto na cozinha. Charlotte estabelecera um limite ali, assim como quando ele começou a levar Arvin para rezar na mata. "Só nos fins de semana, Willard, e nada mais", dissera. Do ponto de vista dela, religião de mais poderia ser tão ruim quanto de menos, talvez até pior; mas a moderação simplesmente não estava na natureza de seu marido.

Mais ou menos uma hora depois, Arvin despertou com a voz de seu pai na cozinha. Pulou da cama e alisou as rugas do cobertor de lã, então foi até a porta e pressionou seu ouvido contra a superfície de madeira. Escutou Willard perguntar a Charlotte se ela precisava de alguma coisa do mercadinho. "Tenho que abastecer a caminhonete pra trabalhar", falou pra ela. Quando escutou os passos de seu pai no corredor, Arvin se afastou rapidamente da porta e atravessou o quarto. Ficou parado diante da janela fingindo analisar uma ponta de flecha que pegara da pequena coleção de tesouros que guardava na soleira.

A porta se abriu. "Vamos dar uma volta", disse Willard. "Não faz sentido ficar sentado aqui o dia inteiro como um gato de estimação."

Enquanto passavam pela porta da frente, Charlotte gritou da cozinha: "Não esquece o açúcar". Entraram na caminhonete e foram até o fim da estrada sulcada de marcas de pneus e fizeram a curva na Baum Hill Road. Na placa de pare, Willard virou à esquerda, no trecho de uma rua pavimentada que dividia Knockemstiff ao meio. Embora o percurso até o mercadinho de Maude jamais levasse mais que cinco minutos, Arvin sempre achava que tinham entrado num outro país quando saíam dos Flats. Na casa de Patterson, um grupo de garotos, alguns mais novos que ele, estavam em pé na entrada de uma garagem em ruínas passando cigarros pra um lado e pro outro e se alternando enquanto socavam uma carcaça de veado destripado pendurada numa viga. Um dos meninos berrou e deu vários giros no ar frio enquanto eles passavam na caminhonete, e Arvin se abaixou no banco. Em frente à casa de Janey Wagner, um bebê rosado se arrastava no quintal sob um plátano. Janey estava em pé na varanda vergada apontando para o bebê e gritando para alguém lá dentro através de uma janela quebrada e remendada com papelão. Usava a mesma roupa com que ia para a escola todos os dias, uma saia xadrez vermelha e uma blusa branca puída. Apesar de estar apenas um ano à frente de Arvin na escola, Janey sempre se sentava no fundo do ônibus com os meninos mais velhos na volta pra casa. Ouvira algumas das outras meninas dizerem que eles permitiam sua presença lá atrás porque Janey abria as pernas e os deixava enfiar o dedo nela pra ficar brincando de dedo fedido. Esperava que um dia, quando ficasse um pouco mais velho, talvez pudesse entender exatamente por que eles faziam aquilo.

Em vez de parar no mercadinho, Willard entrou com tudo na estrada de cascalho chamada Shady Glen. Colocou um pouco de gasolina na caminhonete e fez a volta na direção do terreno baldio e lamacento que cercava o Bull Pen. Estava entulhado de tampas de garrafa, bitucas de cigarro e caixas de cerveja. Um ex-ferroviário marcado com verrugas de câncer de pele chamado Snooks Snyder morava lá com sua irmã, Agnes, uma velha matrona que ficava sentada diante da janela do andar de cima o dia inteiro, vestida de preto e fingindo ser uma viúva enlutada. Snooks vendia cerveja e vinho na frente da casa e, caso a cara do freguês lhe parecesse ao menos vagamente familiar, algo mais recreativo nos fundos. Para a conveniência de seus clientes, várias mesas de piquenique haviam sido postas debaixo dos altos sicômoros na lateral da casa, junto com uma área para lançamento de ferraduras e um banheiro externo que sempre parecia estar prestes a desabar. Os dois homens que Arvin havia visto na mata aquela manhã estavam sentados a uma das mesas bebendo cerveja, com as espingardas apoiadas numa árvore logo atrás.

Com o veículo ainda prestes a parar, Willard abriu a porta e saltou para fora. Um dos caçadores se levantou e lançou uma garrafa que resvalou no para-brisa da caminhonete, indo pousar com um tinido na estrada. Então o homem se virou e começou a correr, com o casaco imundo tremulando atrás de si e os olhos injetados de sangue observando em pânico o grandalhão que o perseguia. Willard o agarrou e o enterrou numa poça nojenta em frente à porta do banheiro. Quando o virou, apertou os ombros magricelas do homem com os joelhos e começou a esmagar sua cara barbuda com os punhos. O outro caçador pegou uma das armas e saiu correndo na direção de um Plymouth verde, com um saco de papel marrom debaixo do braço. Acelerou, e os pneus carecas espalharam cascalho pelo caminho todo até depois da igreja.

Depois de alguns minutos, Willard parou de bater no homem. Agitou as mãos machucadas e inspirou profundamente, então caminhou até a mesa onde os homens estavam sentados. Pegou a espingarda apoiada na árvore, retirou os dois cartuchos vermelhos e bateu com a arma no sicômoro como se fosse um taco de beisebol até que se partisse em vários pedaços. Quando se virou e começou a andar na direção da caminhonete, ele olhou ao redor e viu Snooks Snyder diante da porta com uma pequena pistola apontada para ele. Deu alguns passos em direção à varanda. "Velhote, se quiser um pouco do que ele levou", disse Willard em voz alta, "é só vir aqui. Vou enfiar essa arma na sua bunda." Depois ficou esperando até Snooks fechar a porta.

Quando voltou para dentro da caminhonete, Willard pegou um pedaço de pano e esfregou o resto de sangue das mãos. "Lembra o que eu disse pra você aquele dia?", perguntou a Arvin.

"Sobre os meninos no ônibus?"

"Bom, foi isso o que eu quis dizer", disse Willard, apontando com o queixo para o caçador. Jogou o pedaço de pano pela janela. "Você só tem que esperar a hora certa."

"Sim, senhor", disse Arvin.

"Tem um monte de filhosdumaputa que não presta por aí."
"Mais de cem?"
Willard riu um pouco e engatou a marcha da caminhonete. "Sim, pelo menos isso." Começou a soltar a embreagem. "Acho melhor deixar isso entre nós dois, ok? Não precisamos incomodar sua mãe."
"Não, ela não precisa disso."
"Bom", disse Willard. "Agora que tal um chocolate?"
Por muito tempo, Arvin pensaria com frequência naquele dia como o melhor que já havia passado com o pai. Depois do jantar naquela noite, seguiu Willard de volta ao tronco de rezas. A lua estava aparecendo na hora em que chegaram lá, como uma lasca de osso antigo e esburacado acompanhada por uma cintilante estrela solitária. Os dois ajoelharam, e Arvin observou os nós dos dedos esfolados de seu pai. Quando Charlotte perguntou, Willard disse que tinha machucado a mão trocando um pneu furado. Arvin nunca havia visto seu pai mentir antes, mas tinha certeza de que Deus o perdoaria. Na mata tranquila ao escurecer, os sons que viajavam até lá em cima da colina, vindos do vale, estavam especialmente nítidos aquela noite. No Bull Pen, o tinir das ferraduras batendo contra os pinos de metal soavam quase como sinos de igreja, e os urros enlouquecidos e as zombarias dos bêbados o faziam se lembrar do caçador todo ensanguentado caído na lama. Seu pai havia ensinado àquele homem uma lição pra nunca mais esquecer; e, da próxima vez que alguém mexesse de novo com ele, Arvin faria o mesmo. Ele fechou os olhos e começou a rezar.

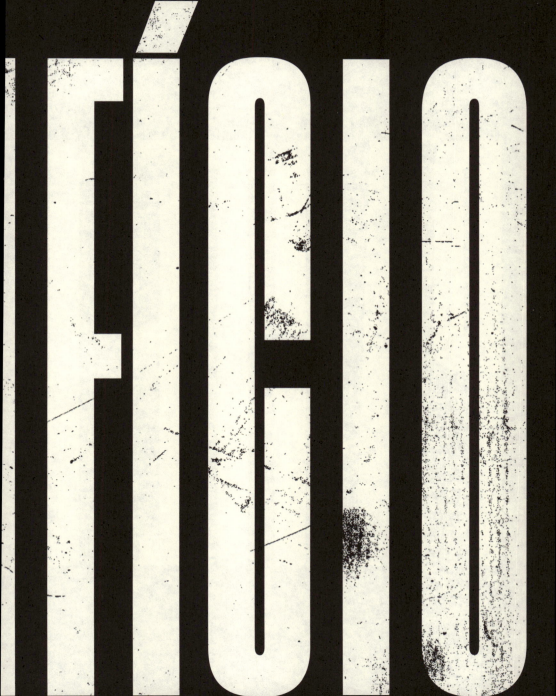

1 O MAL NOSSO DE CADA DIA
DONALD RAY POLLOCK

Era uma tarde de quarta-feira do outono de 1945, não muito depois do fim da guerra. O ônibus Greyhound fez sua parada regular em Meade, Ohio, uma insignificante cidade produtora de papel a uma hora ao sul de Columbus que cheirava a ovo podre. Forasteiros reclamavam do fedor, mas os moradores gostavam de se vangloriar de que aquele era o doce aroma do dinheiro. O motorista, um homem simplório e atarracado que usava sapatos com salto e uma gravata borboleta frouxa, parou no beco ao lado da estação e anunciou uma parada de quarenta minutos. Desejava poder tomar uma xícara de café, porém sua úlcera estava atacando novamente. Bocejou e deu um gole numa garrafa de um remédio rosa que deixava no painel. A chaminé do outro lado da cidade, de longe a estrutura mais alta naquela parte do estado, arrotava mais uma nuvem marrom e suja. Era possível vê-la por quilômetros, soprando como um vulcão prestes a estourar seu topo estreito.

Recostado em seu assento, o motorista do ônibus puxou sua boina de couro para cobrir os olhos. Morava nos arredores da Filadélfia e perguntou a si mesmo se, caso tivesse que viver num lugar como Meade, Ohio, levaria a vida adiante ou se mataria. Não dava pra encontrar nem uma tigela de alface naquela cidade. Parecia que tudo o que o povo comia ali era gordura e mais gordura. Estaria morto em dois meses se comesse a mesma porcaria que eles. Sua esposa dizia para as amigas que ele era delicado, mas havia algo no tom de sua voz que às vezes o fazia se perguntar se ela estava mesmo fazendo um elogio. Se não fosse a úlcera, poderia ter ido lá lutar junto com os outros homens. Teria massacrado toda uma patrulha de alemães e mostrado que delicado era a puta que pariu. Seu maior pesar era por todas as medalhas que deixara de receber. Seu pai uma vez ganhou um certificado da ferrovia por não ter faltado em um único dia de trabalho em vinte anos e ficou exibindo para o filho adoentado todas as vezes que o viu pelos vinte seguintes. Quando o velho finalmente bateu as botas, o motorista tentou convencer sua mãe a colocar o certificado no caixão para que ele não tivesse mais que olhar praquilo. Mas ela insistiu em deixá-lo na sala como exemplo do que uma pessoa poderia conseguir na vida se não permitisse que uma pequena indigestão atrapalhasse seu caminho. O funeral, um acontecimento pelo qual o motorista de ônibus esperou por muito tempo, quase foi arruinado por causa de toda a discussão que aquele pedaço de papel encardido causou. Ficaria feliz quando todos os soldados dispensados finalmente chegassem aos seus destinos, porque aí não teria que olhar mais pra aqueles imbecis de merda. É uma coisa que começa a pesar sobre o sujeito depois de um tempo, as conquistas dos outros.

 O soldado Willard Russell estivera bebendo no fundo do ônibus com dois marinheiros da Geórgia, mas um tinha apagado e o outro vomitou no último galão. Passava o tempo pensando que, se chegasse em casa, nunca mais sairia de novo de Coal Creek, na Virgínia Ocidental. Já havia visto coisas feias acontecendo nas montanhas, porém mal chegavam aos pés do que testemunhara no Pacífico Sul. Numa das Ilhas Salomão, ele e dois outros homens de sua equipe encontraram um fuzileiro naval esfolado vivo pelos japoneses e pregado numa cruz feita com duas palmeiras. O corpo em carne viva e ensanguentado estava coberto de moscas pretas. Ainda dava pra ver o coração do homem batendo no peito. As plaquetas de identificação estavam penduradas no que restava de um dos dedões do pé: sargento de artilharia Miller Jones. Incapaz de oferecer alguma coisa além de um pouco de misericórdia, Willard atirou atrás da orelha do fuzileiro, e eles o desceram e o cobriram com rochas ao pé da cruz. Desde então a cabeça de Willard não foi mais a mesma.

Quando ouviu o motorista troncudo gritar algo sobre uma parada, Willard se levantou e foi até a porta, enojado com os dois marinheiros. Em sua opinião, a Marinha era uma divisão das forças militares que jamais deveria ser autorizada a beber. Nos três anos em que havia servido no Exército, não conhecera um único marujo que conseguisse segurar o baque da bebida. Alguém lhe dissera que era por causa do salitre que punham em sua comida para impedir que enlouquecessem e se matassem quando estavam no mar. Ele saiu da estação rodoviária e viu um pequeno restaurante chamado Wooden Spoon do outro lado da rua. Um pedaço de papelão branco preso à janela anunciava um bolo de carne especial por trinta e cinco centavos. Sua mãe lhe preparara um bolo de carne um dia antes de sua partida para o Exército, e ele considerou isso um bom sinal. Sentou-se a uma mesa perto da janela e acendeu um cigarro. Uma estante feita de álamo ladeava as paredes do local, com uma fileira de garrafas antigas embaçadas e utensílios de cozinha enferrujados e fotografias rachadas de pessoas do passado em preto e branco pra acumular poeira. Pregada sobre a parede da mesa, uma notícia de jornal desbotada sobre um policial de Meade alvejado num roubo a banco em frente à rodoviária. Willard olhou com mais atenção, viu que estava datada de dois de fevereiro de 1936. Aquilo havia acontecido quatro dias antes de seu aniversário de doze anos, calculou. Um idoso, único cliente além dele no restaurante, estava curvado sobre uma mesa no meio do estabelecimento, sugando uma tigela de sopa verde. Sua dentadura repousava sobre uma barra de manteiga à sua frente.

Willard terminou o cigarro e estava pronto para ir embora quando uma garçonete de cabelos escuros finalmente saiu da cozinha. Ela pegou um cardápio de uma pilha perto da caixa registradora e lhe entregou. "Desculpa", disse ela. "Não escutei você entrando." Observando suas bochechas altas e seus lábios cheios e as pernas grandes e esguias, Willard descobriu, quando ela lhe perguntou o que queria comer, que a saliva em sua boca secara. Mal conseguia falar. Aquilo jamais havia acontecido com ele, nem mesmo durante a pior batalha em Bougainville. Quando ela saiu para repassar o pedido e pegar uma xícara de café, sua cabeça foi atravessada pela ideia de que havia apenas alguns meses ele estava certo de que sua vida terminaria numa rocha fumegante e desprezível no meio do Pacífico; e agora estava ali, ainda respirando e a poucas horas de casa, sendo servido por uma mulher que parecia uma versão viva daqueles anjos dos filmes de *pinup*. Pelo que Willard podia se lembrar, foi nesse momento que se apaixonou. Não importava que o bolo de carne estivesse ressecado e os feijões verdes empapados e o pão tão duro quanto um pedaço de carvão. Em sua opinião, ela lhe serviu a melhor refeição que já provara em sua vida. E, após terminá-la, ele voltou ao ônibus sem sequer saber o nome de Charlotte Willoughby.

Do outro lado do rio, em Huntington, encontrou uma loja de bebidas quando o ônibus fez outra parada e comprou cinco garrafinhas de uísque envelhecido que enfiou na mochila. Estava sentado na frente agora, logo atrás do motorista, pensando na garota que vira no restaurante e procurando por algum sinal de que se aproximava de casa. Ainda estava um pouco bêbado. O motorista perguntou do nada: "Trazendo alguma medalha?". Ele olhou para Willard pelo retrovisor.

Willard fez que não com a cabeça. "Só esta carcaça velha e magricela aqui."

"Eu queria ir, mas não me deixaram."

"Deu sorte", disse Willard. No dia em que cruzaram com o fuzileiro naval, a batalha na ilha estava quase no fim, e o sargento os mandou em busca de água boa para beber. Algumas horas após terem enterrado o corpo esfolado de Miller Jones, quatro soldados japoneses famintos com manchas de sangue fresco nos facões saíram das rochas com as mãos para o alto e se renderam. Quando Willard e seus dois companheiros começaram a conduzi-los de volta para o local da cruz, os soldados caíram de joelhos e começaram a implorar ou a se desculpar, ele não sabia bem. "Tentaram escapar", mais tarde Willard mentiu para o sargento no acampamento. "Não tivemos escolha." Depois de executarem os japas, um dos homens que estava com ele, um jovem da Louisiana que usava um pé de rato-do-pântano no pescoço para se proteger das balas dos olhos puxados, cortou suas orelhas com uma navalha. Levava uma caixa de charutos cheia de outras que já estavam secas. Seu plano era vender os troféus por cinco pratas cada assim que estivessem de volta à civilização.

"Tenho úlcera", disse o motorista.

"Não perdeu nada."

"Não sei, não", disse o motorista. "Com certeza eu iria gostar de ganhar umas medalhas. Em todo caso, acho que teria matado um monte daqueles chucrutes desgraçados até pelo menos receber umas duas. Sou bem rápido com as mãos."

Olhando para a nuca do motorista, Willard pensou na conversa que tivera com o padre jovem e sinistro a bordo do navio depois de ter confessado que havia atirado no fuzileiro naval para livrá--lo de sua agonia. O padre estava cansado de toda a matança a que havia assistido, de todas as rezas que fizera para fileiras de soldados mortos e pilhas de partes de corpos. Falou para Willard que, mesmo se apenas metade da história fosse verdade, ainda assim a única coisa para a qual servia este mundo depravado e corrupto era para prepará-lo para o que viesse a seguir. "Sabia", disse Willard ao condutor, "que os romanos costumavam estripar burros e costurar cristãos vivos dentro das carcaças e deixar apodrecendo no sol?" O padre tinha muitas histórias desse tipo.

"Que diabos isso tem a ver com uma medalha?"

"Só pensa nisso. Você amarrado como um peru numa panela só com a cabeça saindo pela bunda de um burro; e aí as larvas carcomendo até você começar a enxergar a glória divina."

O motorista franziu a testa, apertou o volante com um pouco mais de força. "Amigo, não sei aonde você quer chegar. Eu estava falando de voltar pra casa com uma medalhona presa no peito. Esses romanos davam medalhas pras pessoas antes de enfiar elas nos burros? É isso?"

Willard não entendeu o que ele queria dizer. De acordo com o padre, somente Deus podia compreender os desígnios dos homens. Lambeu os lábios secos, pensou no uísque em sua mochila. "O que eu estou falando é que no final das contas todo mundo termina sofrendo", disse Willard.

"Então", rebateu o motorista, "eu gostaria de ter ganhado minha medalha antes disso. Nossa, tenho uma esposa em casa que fica doida toda vez que vê uma. Nem me fale em sofrimento. Sempre que estou na estrada, morro de medo de ela fugir com algum marmanjo com um Coração Púrpura no peito."

Willard se curvou para a frente, e o motorista sentiu o hálito quente do soldado na sua nuca gorda, aspirou o bafo de uísque e dos vestígios apodrecidos do almoço barato. "Você acha que Miller Jones ligaria se a mulher estivesse botando chifre nele?", perguntou Willard. "Porra, amigo, ele trocaria de lugar com você sem pensar duas vezes."

"Quem diabos é Miller Jones?"

Willard olhou pela janela quando o brumoso topo da Greenbrier Mountain começou a surgir a distância. Suas mãos tremiam, sua testa brilhava com o suor. "Um pobre coitado que foi lá e lutou na guerra pra onde não deixaram você ir, só isso."

†

Willard estava a ponto de endoidar e arrebentar o gargalo de uma das garrafas quando seu tio Earskell parou com seu Ford chacoalhando na frente da estação Greyhound em Lewisburg, na esquina da Washington com a Court. Estivera sentado num banquinho por quase três horas, com um café frio num copo de papel e vendo as pessoas entrarem na Pioneer Drugstore. Envergonhado pelo modo como conversara com o motorista, estava arrependido pela maneira como trouxera à tona o nome do fuzileiro naval; por isso jurou, mesmo sabendo que jamais se esqueceria dele, nunca voltar a mencionar o sargento de artilharia Miller Jones para ninguém. Assim que entraram na estrada, enfiou a mão em sua bolsa de viagem e passou pra Earskell uma das garrafas junto com uma Luger alemã. Havia trocado uma espada cerimonial japonesa pela pistola na base em Maryland logo após ter sido dispensado. "Ao que parece essa é a arma que Hitler usou pra estourar os miolos", disse Willard, tentando dar um sorriso irônico.
"Papo-furado", disse Earskell.
Willard riu. "O quê? Você acha que o sujeito mentiu pra mim?"
"Rá!", exclamou o velho. Girou a tampa da garrafa, deu um gole grande, então mexeu os ombros. "Meu Deus, este é do bom."
"Bebe mais. Tenho outras três na mala." Willard abriu outra garrafa e acendeu um cigarro. Colocou o braço para fora da janela. "Como vai minha mãe?"
"Assim, vou dizer, quando eles mandaram o corpo do caçula dos Carver, ela ficou um pouco fora de si por um tempo. Só que agora, pra mim, ela parece bem." Earskell deu mais uma golada e prendeu a garrafa entre as pernas. "Ela ficou bem preocupada com você, só isso."
Subiram lentamente as montanhas até Coal Creek. Earskell queria ouvir algumas histórias de guerra, mas a única coisa de que seu sobrinho falava era de uma mulher que havia visto em Ohio. Era o máximo que já tinha ouvido Willard conversar em sua vida. Queria perguntar se era verdade que os japas comiam os próprios mortos, como diziam

nos jornais, mas achou melhor esperar. Além disso, precisava prestar atenção na estrada. O uísque estava descendo muito macio, e seus olhos já não eram mais os mesmos. Emma esperava pelo retorno do filho fazia muito tempo e seria uma pena se ele batesse o carro e matasse os dois antes que ela o visse. Earskell riu sozinho um pouco ao pensar nisso. Sua irmã era uma das maiores tementes a Deus que ele conhecia, mas o seguiria até no inferno para fazê-lo pagar por aquilo.

†

"E do que exatamente você gosta nessa moça?", Emma Russell perguntou a Willard. Era quase meia-noite quando ele e Earskell estacionaram o Ford no pé da montanha e subiram a estrada até a pequena casa de madeira. Quando atravessou a porta, ela ficou por um bom tempo agarrada a ele encharcando sua farda com lágrimas. Ele viu por cima de seu ombro o tio escapulindo para a cozinha. O cabelo dela embranquecera desde a última vez que Willard a vira. "Eu ia pedir pra você descer comigo e agradecer a Jesus", disse ela, enxugando as lágrimas do rosto com a borda do avental, "mas estou sentindo cheiro de bebida no seu hálito."

Willard assentiu. Tinha sido levado a acreditar que você nunca falava com Deus se estivesse embriagado. Um homem precisava ser sincero o tempo inteiro, para o caso de ficar realmente necessitado. Mesmo o pai de Willard, Tom Russell, um fabricante ilegal de bebidas alcoólicas perseguido pela má sorte e por problemas até o dia em que morreu por causa de um fígado doente numa cela em Parkersburg, concordava com aquela crença. Não importa o tamanho do desespero da situação — e seu velho fora surpreendido em muitas delas —, ele jamais pediria ajuda ao Altíssimo se tivesse tomado um golinho sequer.

"Enfim, vem pra cozinha", disse Emma. "Você pode comer e eu sirvo um café. Fiz um bolo de carne pra você."

Lá pelas três da manhã, ele e Earskell haviam matado quatro garrafas, além de um copo cheio de uísque caseiro, e estavam tomando o restante da bebida comprada na loja. A cabeça de Willard estava confusa, e ele não conseguia juntar as palavras, embora evidentemente tenha mencionado para a mãe a garçonete que vira no restaurante. "O que foi que você me perguntou?", disse a ela.

"Essa moça de quem você tá falando", disse ela. "Do que você gosta nela?" Ela lhe servia outra xícara de café fervente da panela. Apesar de sua língua estar adormecida, ele tinha certeza de que já a tinha queimado mais de uma vez. O aposento era iluminado por um lampião a querosene pendurado numa viga no teto. A sombra larga de sua mãe ondulava na parede. Ele derramou um pouco de café na toalha que cobria a mesa. Emma sacudiu a cabeça e procurou por um pano de prato às suas costas.

"Tudo", disse ele. "Você devia ver."

Emma achava que era só o uísque falando, mas o anúncio do filho de que conhecera uma mulher ainda assim a deixou desconfortável. Mildred Carver, a melhor cristã que já existira em Coal Creek, rezara pelo filho todos os dias, e ainda assim o trouxeram de volta para casa num caixão. Logo depois ouviu que os carregadores duvidaram de que houvesse algo lá dentro por causa do peso, e Emma começou a procurar por um sinal que lhe garantisse a segurança de Willard. Ainda procurava, quando a família de Helen Hatton morreu queimada num incêndio, deixando a pobre garota sozinha. Dois dias depois, após muito deliberar, Emma se ajoelhou e prometeu a Deus que, se Ele trouxesse seu filho vivo, ela faria com que se casasse com Helen para tomar conta dela. Mas agora, de pé na cozinha vendo seu cabelo escuro e ondulado e seu físico esculpido, se dava conta de que tinha sido uma maluquice jurar uma coisa dessas. Helen usava um gorro sujo amarrado embaixo do queixo quadrado, e sua cara comprida de cavalo era a imagem escarrada da avó, Rachel, considerada por muitos a mulher mais grosseira que já andara nas serras do condado de Greenbrier. Naquela época, Emma não considerou o que poderia acontecer se não cumprisse sua promessa. Se ao menos tivesse sido abençoada com um filho feio, pensou. Deus tinha ideias engraçadas quando ocorria a Ele avisar às pessoas que estava desgostoso.

"Aparência não é tudo", disse Emma.

"Quem disse?"

"Cala a boca, Earskell", repreendeu Emma. "Qual é o nome da moça mesmo?"

Willard encolheu os ombros. Olhou de soslaio um quadro de Jesus carregando a cruz acima da porta. Desde que entrara na cozinha evitara olhar para ele, com medo de estragar sua chegada com mais pensamentos sobre Miller Jones. Mas agora, apenas por um momento, cedeu à imagem. O quadro estava lá fazia tanto tempo quanto podia se lembrar, manchado pela idade numa moldura de madeira barata. Parecia quase vivo diante da luz balançante do lampião. Era como se ele quase conseguisse escutar os estalos dos chicotes, os insultos cruéis dos soldados de Pilatos. Olhou para a Luger alemã na mesa ao lado do prato de Earskell.

"O quê? Você não sabe nem o nome dela?"

"Não perguntei", disse Willard. "Mas deixei uma gorjeta de um dólar."

"Ela não vai se esquecer disso", comentou Earskell.

"Então talvez seja melhor você rezar um pouco antes de se arrastar de volta pra Ohio", disse Emma. "É uma viagem bem longa até lá." A vida inteira ela havia acreditado que as pessoas deveriam seguir a vontade do Senhor, e não a própria. Um sujeito tinha que confiar que tudo neste mundo acontece do jeito que deveria ser. Mas então Emma perdeu essa fé, acabou tentando negociar com Deus como se Ele não passasse de um negociante de cavalos com a boca cheia de tabaco ou um vendedor de panelas esfarrapado tentando passar pra frente umas mercadorias esculhambadas na estrada. Agora, não importa o que acontecesse, ela precisava ao menos fazer um esforço para cumprir com sua parte no trato. Depois disso, deixaria com Ele. "Acho que não ia fazer mal a ninguém, não é? Se você rezasse antes?" Ela se virou e começou a cobrir com um pano de prato limpo o que restava do bolo de carne.

Willard assoprou seu café, depois deu um gole e fez uma careta. Pensou na garçonete, na minúscula cicatriz que mal dava pra ver sobre sua sobrancelha esquerda. Duas semanas, decidiu, e depois dirigiria até lá e falaria com ela. Olhou para o tio, que tentava enrolar um cigarro. As mãos de Earskell eram deformadas e retorcidas por causa da artrite, os nós dos dedos grossos como moedas. "Não", disse Willard, servindo em seu copo a última dose de uísque, "isso nunca fez mal a ninguém."

2 O MAL NOSSO DE CADA DIA

DONALD RAY POLLOCK

Willard estava de ressaca e trêmulo, sentado sozinho num dos banquinhos ao fundo da Igreja do Sagrado Espírito Santo de Coal Creek. Era quase sete e meia de uma noite de quinta-feira, mas o culto ainda não havia começado. Era a quarta noite da semana anual de evangelização da igreja, voltada principalmente aos desgarrados e àqueles que ainda não haviam sido salvos. Willard estava em casa fazia mais de uma semana, e aquele era o primeiro dia que exalava um hálito sóbrio. Na noite anterior ele e Earskell tinham ido ao Lewis Theater ver John Wayne em *Espírito Indomável*. Saiu na metade do filme, enojado com a cafonice daquilo tudo, e acabou numa briga no salão de bilhar na rua abaixo. Levantou-se e olhou em volta, flexionando a mão machucada. Emma ainda estava lá na frente em adoração. Lampiões fumacentos estavam pendurados nas paredes; havia um aquecedor a lenha surrado no meio do corredor, à direita. Os bancos de pinho estavam gastos e lisos após vinte anos de prática religiosa. Embora a igreja fosse o mesmo lugar humilde de sempre, Willard desconfiava que tinha mudado um bocado desde que voltara do estrangeiro.

O reverendo Albert Sykes abrira a igreja em 1924, logo após uma mina de carvão desabar e prendê-lo no escuro com dois outros homens que morreram instantaneamente. Suas duas pernas acabaram quebradas em vários lugares. Ele conseguiu alcançar um pacote de tabaco de mascar Five Brothers no bolso de Phil Drury, mas não conseguia se esticar o bastante para apanhar o sanduíche de manteiga e geleia que sabia que Burl Meadows levava em seu casaco. Dizia ter sido tocado pelo Espírito na terceira noite. Percebeu que logo se juntaria aos homens ao seu lado, já com o pútrido fedor da morte, porém não importava mais. Algumas horas depois, a equipe de resgate conseguiu adentrar os destroços enquanto ele dormia. Por um momento, se convenceu de que a luz que lançaram em seus olhos era a face do Senhor. Era uma boa história para contar na igreja e sempre havia um bocado de Aleluias quando ele chegava nessa parte. Willard se deu conta de que devia ter escutado o velho pastor contá-la uma centena de vezes ao longo dos anos, coxeando para um lado e para o outro diante do púlpito envernizado. No fim da história, ele sempre puxava o pacote vazio de Five Brothers de seu paletó surrado, erguendo-o em direção ao teto entre as palmas das mãos. Carregava aquilo por toda a parte. Muitas das mulheres da região de Coal Creek, especialmente aquelas que ainda tinham maridos e filhos nas minas, consideravam a coisa uma relíquia religiosa, e a beijavam sempre que possível. Ninguém negava que Mary Ellen Thompson, em seu leito de morte, pediu que lhe trouxessem o pacote de tabaco em vez do médico.

Willard viu sua mãe conversando com uma mulher magra que usava uns óculos de armação de arame tortos em sua cara longa e fina, e um desbotado gorro azul amarrado sob o queixo pontudo. Após alguns minutos, Emma agarrou a mão da mulher e a levou para onde ele estava sentado. "Convidei Helen para sentar com a gente", Emma avisou para o filho. Willard se levantou e deu passagem para elas e, enquanto a garota passava por ele, seus olhos lacrimejaram com o odor azedo de suor. Ela carregava uma Bíblia de couro desgastada, e manteve a cabeça abaixada quando Emma a apresentou. Agora entendia por que nos últimos dias a mãe não parava de repetir que a beleza não era assim tão importante. Ele concordaria que era verdade na maioria dos casos, que o espírito era mais importante que a carne, mas, diabos, até seu tio Earskell lavava o sovaco de vez em quando.

Como a igreja não tinha sino, o reverendo Sykes abria a porta quando chegava a hora do culto e gritava para aqueles que ainda estavam vadiando lá fora com seus cigarros e fofocas e dúvidas. Um pequeno coro, com dois homens e três mulheres, se levantou e cantou: "Pecador, é melhor se preparar". Então Sykes foi até o púlpito. Olhou por cima da multidão, esfregou o suor da testa com um lenço branco. Havia cinquenta e oito pessoas sentadas nos bancos. Ele contou duas vezes. O reverendo não era um homem ganancioso, mas esperava que o cesto trouxesse talvez três ou quatro dólares nessa noite. Ele e sua esposa não vinham comendo nada além de bolachas e carne bichada de esquilo naquela semana. "Uh, está quente", disse com um sorriso largo. "Mas pode ficar mais quente, não é? Especialmente praqueles que não são corretos com o Senhor."

"Amém", alguém disse.

"Com certeza", disse outro.

"Então", Sykes continuou, "vamos cuidar disso agora. Esses dois rapazes lá de Topperville vão conduzir o culto hoje e, pelo que todos me contam, eles têm uma boa mensagem." Vislumbrou os dois estranhos sentados nas sombras ao lado do altar, escondidos da congregação por uma cortina preta desgastada. "Irmão Roy e irmão Theodore, subam aqui e nos ajudem a salvar algumas almas perdidas", disse ele, chamando-os com a mão.

Um homem alto e magricela levantou e conduziu o outro, um jovem gordo numa cadeira de rodas que rangia, para a frente da cortina e perto do centro do altar. O que tinha as pernas boas usava um terno preto folgado e um par de botinas pesadas e escangalhadas. Seu cabelo castanho estava lambido pra trás, cheio de óleo, suas bochechas fundas eram arroxeadas, com marcas e cicatrizes de acne. "Meu nome é Roy Laferty", disse ele em voz baixa, "e este aqui é meu primo, Theodore Daniels." O aleijado assentiu com a cabeça e sorriu para a multidão. Levava um violão decadente no colo e ostentava na cabeça um corte tigela. Seu macacão tinha sido remendado com pedaços de juta e as pernas finas abaixo dele se torciam em ângulos agudos. Vestia uma camisa branca suja e uma gravata florida brilhante. Em seguida, Willard viu que um parecia o Príncipe da Escuridão e o outro, um palhaço sem sorte.

Em silêncio o irmão Theodore terminou de afinar uma corda em seu violão *flat top*. Algumas pessoas bocejaram, e outras começaram a cochichar, já inquietas pelo que parecia ser o começo de mais um culto entediante conduzido por um eclético par de novatos tímidos. Willard se arrependeu de não ter escapado para o estacionamento e encontrado alguém com uma garrafa antes que as coisas começassem. Jamais se sentira confortável em adorar Deus rodeado por estranhos amontoados num prédio. "Não vamos passar nenhum cesto hoje, pessoal", o irmão Roy disse por fim, após o aleijado indicar que estava pronto. "Não quero dinheiro para fazer o trabalho do Senhor. Eu e Theodore nos viramos com a doçura do ar, se for o caso, e acreditem, já fizemos isso mais de uma vez. Salvar almas não tem nada a ver com dólares imundos." Roy olhou para o velho pastor, que deu um sorriso amarelo e acenou com relutante concordância. "Agora a gente vai convocar o Espírito Santo pra esta igrejinha hoje ou, juro pra todos vocês, vamos morrer tentando." E com isso, o gordinho deu uma batida no violão, e o irmão Roy se curvou para trás e soltou um grito alto e terrível que soou como se ele estivesse tentando fazer tremer os próprios portões do paraíso. Metade da congregação quase pulou dos bancos. Willard deu uma risadinha quando sentiu sua mãe puxá-lo.

O jovem pregador começou a andar para cima e para baixo no meio do corredor, perguntando para as pessoas em voz alta: "Do que você tem mais medo?". Balançava os braços e descrevia a repugnância do inferno — a imundície, o horror, o desespero — e a eternidade que se estende diante de todos cada vez mais, para sempre, sem fim. "Se o seu maior medo são ratos, então Satã vai garantir que você seja cercado por eles. Irmãos e irmãs, eles vão mastigar seu rosto todo quando você estiver sem condições de conseguir levantar um único dedo pra se defender, e isso nunca vai parar. Um milhão de anos na eternidade não chega a uma tarde aqui em Coal Creek. Nem tente imaginar isso. Não existe humano com a cabeça boa o bastante pra calcular um sofrimento como esse. Vocês se lembram daquela família de Millersburg que foi assassinada na própria cama ano passado? Aquela que teve os olhos furados por aquele lunático? Imagine isso por um trilhão de anos — isso é um milhão de milhões, pessoal, eu conferi —, vocês sendo torturados desse modo, mas sem morrer. Ter seus olhos arrancados da cabeça com uma maldita faca velha, várias vezes, para sempre. Que os coitados estivessem em dia com Deus quando aquele maníaco entrou pela janela, eu espero que sim. E na verdade, irmãos e irmãs, não conseguimos nem pensar nas maneiras que Satã tem pra nos atormentar, porque nunca houve um homem mau como ele, nem aquele tal de Hitler, pra alguém imaginar de que modo Satã fará os pecadores pagarem no Dia do Juízo."

Enquanto o irmão Roy pregava, Theodore conduzia no violão uma música que se encaixava com o ritmo das palavras, acompanhando com os olhos cada movimento do outro. Roy era seu primo por parte de mãe, mas às vezes o gordinho não queria que fossem parentes tão próximos. Apesar de estar satisfeito por simplesmente poder divulgar os Evangelhos com ele, por muito tempo sentiu que não podia rezar. Sabia o que a Bíblia dizia, mas não conseguia aceitar que o Senhor achasse aquilo um pecado. Amor era amor na visão de Theodore. Céus, não havia se provado, mostrado a Deus que o amava mais que qualquer um? Provou daquele veneno até ficar aleijado, demonstrando ao Senhor que tinha fé, apesar de não conseguir evitar o pensamento de que talvez tivesse ido longe demais. Mas por ora tinha Deus e tinha Roy e tinha seu violão, e isso era tudo de que precisava para se virar no mundo, mesmo que nunca mais ficasse de pé. E, se Theodore tivesse que provar para Roy o quanto o amava, também o faria com alegria, qualquer coisa que ele pedisse. Deus era Amor; e Ele estava em todos os lugares, em tudo.

   Então Roy saltou para trás no altar, enfiou a mão embaixo da cadeira de rodas do irmão Theodore e tirou um pote. Todos se inclinaram um pouco para a frente em seus bancos. Uma massa escura parecia ferver lá dentro. Alguém gritou "Glória a Deus", e o irmão Roy disse: "Isso mesmo, meu amigo, isso mesmo". Suspendeu o pote e o chacoalhou com violência. "Pessoal, deixa eu contar uma coisa", continuou. "Antes de encontrar o Espírito Santo, eu tinha um medo mortal de aranhas. Não é verdade, Theodore? Desde que eu era miudinho me escondendo debaixo das saias compridas da minha mãe. As aranhas rastejavam nos meus sonhos e colocavam ovos nos meus pesadelos, e eu não era capaz nem de sair de casa sem que alguém me segurasse pela mão. Elas estavam penduradas em suas teias para me esperar em todos os lugares. Era uma maneira terrível de viver, com medo o tempo inteiro, acordado ou dormindo, não importava. E assim é o inferno, irmãos e irmãs. Eu nunca conseguia descansar dos demônios de oito pernas. Não até encontrar o Senhor."

   Em seguida Roy se ajoelhou de repente e balançou o pote mais uma vez antes de desenroscar a tampa. Theodore começou a tocar devagar até que não restasse nada além de um lamento triste e sinistro que esfriou o lugar, arrepiando os cabelinhos das nucas.

Segurando o pote acima dele, Roy olhou para a multidão e respirou fundo e o virou. Uma massa variada de aranhas marrons e pretas e com listras laranja e amarelas caiu sobre sua cabeça e seus ombros. Então um tremelique percorreu seu corpo como uma corrente elétrica e ele levantou e estraçalhou o pote no piso, espalhando fragmentos de vidro por todos os lados. Soltou aquele guincho horrível mais uma vez e começou a balançar os braços, e as pernas, as aranhas caindo no chão e correndo para todas as direções. Uma senhora enrolada num xale bordado deu um pulo e correu para a porta, e várias outras gritaram, e em meio à comoção Roy deu um passo à frente, com algumas aranhas penduradas em seu rosto suado, e gritou: "Gravem o que digo, pessoal: o Senhor, Ele os livrará de todos os seus medos se vocês permitirem. Olhem o que Ele fez por mim". Então deu uma tossida e cuspiu algo preto.

Uma mulher começou a bater em seu vestido, gritando que havia sido picada, e algumas crianças começaram a berrar. O reverendo Sykes corria pra lá e pra cá tentando restabelecer um pouco da ordem, mas as pessoas em pânico já se atropelavam, atravessando a porta estreita. Emma puxou Helen pelo braço, tentando conduzi-la para fora da igreja. Mas a moça se desvencilhou dela e deu a volta e andou até o corredor. Apertava a Bíblia contra o peito achatado enquanto encarava o irmão Roy. Ainda arranhando o violão, Theodore observou seu primo afastar com indiferença uma aranha da orelha, depois sorrir para a garota frágil e simplória. Ele não parou de tocar até ver Roy chamando a vagabunda com as mãos.

†

Na volta para casa, Willard disse: "Nossa, essa das aranhas foi boa". Levantou a mão direita e começou a passar com leveza seus dedos no braço gordo e mole da mãe.

Ela guinchou e lhe deu um tapa. "Para com isso. Nem vou conseguir dormir hoje."

"Você já tinha visto aquele rapaz pregar antes?"

"Não, mas eles fazem umas maluquices naquela igreja de Topperville. Aposto que o reverendo Sykes está arrependido de ter convidado eles. O da cadeira de rodas tomou muita estricnina ou fluido de radiador ou o que seja e por isso não pode andar. É uma pena. Eles dizem que é pra testar a fé. Mas pra mim isso é ir um pouco longe demais." Ela suspirou e encostou a cabeça no assento. "Queria que Helen tivesse vindo com a gente."

"Bom, ninguém dormiu durante o sermão, pelo menos isso."

"Sabe", disse Emma, "ela teria vindo se você tivesse prestado mais atenção nela."

"Ah, pelo que vi, o irmão Roy vai dar toda a atenção que ela é capaz de receber."

"É disso que tenho medo", disse Emma.

"Mãe, volto pra Ohio em um ou dois dias. Você sabe disso."

Emma o ignorou. "Ela daria uma boa esposa, Helen daria."

†

Várias semanas após Willard ter partido para Ohio atrás da garçonete, Helen bateu na porta de Emma. Era o começo de uma tarde quente de novembro. A velha estava sentada na sala escutando o rádio e lendo mais uma vez a carta que recebera naquela manhã. Willard e a garçonete haviam se casado uma semana antes. Ficariam em Ohio, ao menos por ora. Ele tinha conseguido um trabalho num frigorífico, disse que nunca tinha visto tantos porcos juntos na vida. O homem no rádio dizia que a culpa do clima estranho era das bombas atômicas lançadas para ganhar a guerra.

"Queria contar pra você primeiro porque sei que anda preocupada comigo", disse Helen. Era a primeira vez que Emma a via sem um gorro na cabeça.

"Contar o que, Helen?"

"Roy me pediu em casamento", disse ela. "Disse que Deus lhe enviou um sinal de que éramos feitos um para o outro."

Diante da porta com a carta de Willard na mão, Emma pensou na promessa que foi incapaz de cumprir. Temia um acidente violento ou alguma doença horrível, mas aquela era uma boa notícia. Talvez as coisas viessem a dar certo, afinal. Sentiu seus olhos embaçando com as lágrimas. "Onde vocês vão morar?", perguntou, incapaz de pensar em alguma outra coisa para dizer.

"Oh, Roy tem uma casa atrás do posto de gasolina em Topperville", contou Helen. "Theodore, ele vai ficar com a gente. Pelo menos por um tempinho."

"Aquele da cadeira de rodas?"

"Sim", disse Helen. "Eles estão juntos faz muito tempo."

Emma saiu para a varanda e abraçou a garota. Ela exalava um leve cheiro de sabonete em barra, como se tivesse tomado um banho havia pouco tempo. "Quer entrar e sentar um pouco?"

"Não, tenho que ir", respondeu Helen. "Roy está me esperando." Emma olhou para a montanha atrás dela. Um carro cor de bosta em forma de tartaruga estava parado no acostamento atrás do velho Ford de Earskell. "Hoje ele vai pregar em Millersburg, onde aquelas pessoas tiveram os olhos arrancados. Juntamos aranhas a manhã toda. Graças a Deus, com esse tempo elas ainda são bem fáceis de encontrar."

"Toma cuidado, Helen", disse Emma.

"Não se preocupa", disse a garota enquanto descia da varanda, "não são tão ruins depois que você se acostuma com elas."

3. O MAL NOSSO DE CADA DIA

DONALD RAY POLLOCK

Pelos dois anos seguintes, as únicas notícias que Emma tivera de Willard foram algumas poucas palavras apressadas que ele rabiscou em cartões na época do Natal, mas na primavera de 1948 ela recebeu um telegrama lhe dizendo que finalmente era avó; a esposa de Willard dera à luz um bebezinho saudável chamado Arvin Eugene. Até então, a velha estava satisfeita que Deus a tivesse perdoado por sua breve perda de fé. Haviam se passado quase três anos e nada de ruim acontecera. Um mês depois, quando ela ainda agradecia ao Senhor pelo fato de o neto não ter nascido cego ou retardado como as três crianças de Edith Maxwell lá em Spud Run, Helen apareceu em sua porta com seu próprio anúncio. Foi uma das poucas vezes que Emma a viu desde que a moça se casara com Roy e mudara para a igreja de Topperville. "Queria ter passado aqui e avisado", disse Helen. Seus braços e pernas estavam mais finos e pálidos que nunca, mas sua barriga se estufava como um travesseiro, grande com uma criança.

"Minha glória divina", disse Emma, abrindo a porta de tela. "Entra, querida, e descansa um pouco." Estava tarde, sombras cinza-azuladas cobriam o quintal cheio de ervas daninhas. Uma galinha cacarejava calmamente sob a varanda.

"Agora não posso."

"Ah, não precisa ter tanta pressa. Deixa eu preparar algo pra você comer", disse a velha. "Faz séculos que a gente não conversa."

"Obrigada, sra. Russell, mas vai ficar pra depois. Tenho que voltar."

"Roy vai pregar hoje?"

"Não", disse Helen. "Ele não prega já tem uns dois meses. Não soube? Ficou ruim com uma picada de aranha. A cabeça dele ficou inchada que nem uma abóbora. Foi horrível. Ele ficou mais de uma semana sem poder abrir os olhos."

"Bem", disse a velha, "talvez ele consiga algo com a empresa de eletricidade. Alguém me disse que eles estavam contratando. Parece que logo vão trazer a energia pra cá."

"Ah, acho que não", disse Helen. "Roy não desistiu de pregar. Ele só está esperando por uma mensagem."

"Uma mensagem?"

"Ele não manda nenhuma já faz tempo, e Roy está preocupado."

"Quem não manda nenhuma mensagem?"

"Oras, Deus, sra. Russell", respondeu Helen. "Ele é o único que Roy escuta." Ela começou a descer a varanda.

"Helen?"

A moça parou e se virou. "Sim?"

Emma hesitou, sem saber bem o que dizer. Olhou para a montanha além da garota, para o carro cor de bosta. Uma figura obscura se sentava ereta diante do volante. Tenha fé, ela lembrou para si mesma. Tudo vai dar certo. "Você vai ser uma boa mãe", disse.

†

Depois da picada de aranha, Roy ficou a maior parte do tempo trancado no closet do quarto esperando por um sinal. Estava convencido de que o Senhor o retardara com o objetivo de prepará-lo para algo maior. Quanto a Theodore, Roy engravidar a cachorra foi a gota d'água. Começou a beber e a passar as noites fora, tocando em clubes privados e inferninhos ilegais escondidos no meio do nada. Aprendeu dúzias de canções pecaminosas sobre cônjuges infiéis e assassinatos a sangue-frio e vidas desperdiçadas atrás das grades. Quem terminasse em sua companhia normalmente apenas o largava na frente de casa, bêbado e mijado; e Helen teria que sair ao amanhecer e ajudá-lo a entrar enquanto ele praguejava contra ela e contra suas pernas ruins e contra o falso pastor que a comia. Ela logo começou a sentir medo dos dois e trocou de quarto com Theodore, deixando-o dormir na grande cama ao lado do closet de Roy.

Certa tarde, alguns meses após o bebê nascer, uma lagartinha contorcida que eles chamaram de Lenora, Roy saiu do quarto convencido de que podia levantar os mortos. "Que merda, você é um maluco mesmo", disse Theodore. Bebia uma lata de cerveja quente para sossegar o estômago. Uma pequena lima de metal e uma chave de fenda da Craftsman estavam sobre seu colo. Na noite anterior, tocara por oito horas seguidas numa festa de aniversário no Hungry Holler por dez dólares e uma garrafa de vodca russa. Algum sacana fizera piada de sua condição, tentou puxá-lo da cadeira de rodas e fazê-lo dançar. Theodore colocou a cerveja no chão e começou a trabalhar na ponta da chave de fenda novamente. Odiava a porra do mundo inteiro. Da próxima vez que alguém sacaneasse com ele daquele jeito, o filhodumaputa terminaria com um buraco nas tripas. "Você não tem mais as manhas, Roy. O Senhor deixou você, do mesmo jeito que me deixou."

"Não, Theodore, não", retrucou Roy. "Não é verdade. Acabei de falar com Ele. Estava sentado comigo bem aí faz um minuto. E além disso, Ele não se parece com o que as imagens mostram. Pra começar, nem barba tem."

"Maluco pra cacete", disse Theodore.

"Posso provar!"

"Como?"

Roy caminhava pra lá e pra cá pelo cômodo, mexendo as mãos como se tentasse puxar a inspiração do ar. "Vamos matar um gato", disse, "e aí eu mostro como posso trazer ele de volta." Depois das aranhas, os gatos eram o maior medo de Roy. Sua mãe sempre contava que pegara um gato tentando sufocá-lo quando ele era bebê. Ele e Theodore haviam abatido dezenas ao longo dos anos.

"Está de brincadeira, né?", disse Theodore. "Um gato, porra?" Riu. "Não, agora você vai ter que fazer melhor que isso pra eu acreditar em você." Pressionou o polegar contra a ponta da chave de fenda. Estava afiada.

Roy limpou o suor do rosto com uma das fraldas sujas do bebê. "O que, então?"

Theodore deu uma espiada para fora da janela. Helen estava no quintal com a pirralha de cara rosada nos braços. Zangara-se com ele novamente naquela manhã, disse estar ficando cansada dele acordando o bebê. Andava muito chata nos últimos tempos, pra caramba, em sua opinião. Diabos, se não fosse pelo dinheiro que ele trazia pra casa, todos ali morreriam de fome. Olhou com malícia para Roy. "Que tal trazer Helen de volta à vida? Aí a gente saberia com certeza que você não está só falando uma maluquice."

Roy sacudiu a cabeça violentamente. "Não, não, eu não posso fazer isso."

Theodore sorriu com ironia, pegou a lata de cerveja. "Tá vendo? Sabia que era conversa mole. Sempre foi. Você é tão pastor quanto os bêbados pra quem eu toco toda noite."

"Não diz isso, Theodore", falou Roy. "Por que você diz essas coisas?"

"Porque a gente estava bem, porra, aí você teve que inventar de casar. Isso sugou a luz que você tinha, e você é burro demais pra perceber. Me mostra que você conseguiu ela de volta e vamos começar a divulgar os Evangelhos de novo."

Roy se lembrou da conversa que tivera no closet, a voz de Deus em sua cabeça tão clara quanto um sino. Olhando pela janela, viu a esposa ao lado da caixa de correio cantando baixinho para o bebê. Talvez Theodore tivesse algo em mente. Afinal, disse para si mesmo, Helen estava em dia com o Senhor, e até onde sabia sempre estivera. Isso só poderia ajudar em relação à ressurreição. Ainda assim, teria que tentar num gato antes. "Vou ter que pensar."

"Nada de truques", disse Theodore.

"Só o Diabo precisa deles." Roy tomou um gole de água da pia da cozinha, apenas o suficiente para molhar os lábios. Refrescado, decidiu rezar um pouco mais e se dirigiu ao quarto.

"Se você conseguir fazer isso, Roy", disse Theodore, "não vai existir igreja na Virgínia Ocidental que tenha tamanho pra caber todas as pessoas que vão querer ouvir sua pregação. Porra, você vai ser mais famoso que o Billy Sunday."

Alguns dias depois, Roy pediu a Helen que deixasse o bebê com sua amiga, a tal da Russell, enquanto eles davam uma volta de carro. "Só pra sair dessa porcaria de casa um pouquinho", explicou. "Prometo pra você, não volto praquele closet." Helen estava aliviada; Roy subitamente começara a agir como antes, estava falando em voltar a pregar. Não só isso, Theodore havia parado de sair à noite, ensaiava novas cantigas religiosas e se restringia ao café. Até segurou a bebê por uns minutos, algo que jamais fizera antes.

Após deixarem Lenora na casa de Emma, dirigiram trinta minutos até uma mata a alguns quilômetros a leste de Coal Creek. Roy estacionou o carro e chamou Helen para caminhar com ele. Theodore fingia cochilar no banco de trás. Depois de apenas alguns metros, ele disse: "Acho que a gente devia rezar antes". Ele e Theodore haviam discutido por causa disso, Roy dizendo que gostaria de que fosse um momento íntimo entre ele e sua esposa, enquanto o aleijado insistia que precisava ver em primeira mão o Espírito deixá-la, para ter certeza de que não estavam armando nada. Quando eles se ajoelharam sob uma faia, Roy pegou a chave de fenda de Theodore embaixo de sua camisa folgada. Colocou o braço ao redor do ombro de Helen e a apertou junto de si. Acreditando que ele estava sendo afetuoso, ela se virou para beijá-lo exatamente no momento em que ele afundou a ponta afiada na lateral de seu pescoço. Ele a soltou e ela caiu de lado, então se levantou, tentando freneticamente arrancar a chave de fenda. Quando a tirou do pescoço, o sangue jorrou do ferimento e encharcou a frente da camisa de Roy. Theodore observava pela janela enquanto ela tentava rastejar. Helen se moveu apenas alguns centímetros antes de cair na folhagem e se sacudir por um ou dois minutos. Ele a ouviu chamando pelo nome de Lenora várias vezes. Acendeu um cigarro e esperou alguns minutos antes de se arrastar para fora do carro.

Três horas depois, Theodore disse: "Não vai funcionar, Roy". Sentou-se em sua cadeira de rodas a poucos centímetros do corpo de Helen, segurando a chave de fenda. Roy estava de joelhos ao lado da esposa, segurando sua mão, ainda tentando conduzi-la de volta à vida. No começo suas súplicas ecoaram pela mata com fé e fervor, porém, quanto mais prosseguia sem uma mera contração do corpo frio, mais alteradas e desordenadas se tornavam. Theodore sentia uma dor de cabeça atacando. Queria ter levado algo para beber.

Roy olhou para o primo aleijado com lágrimas caindo pelo rosto. "Meu Deus, acho que eu matei ela."

Theodore se aproximou e colocou as costas da mão suja na cara dela. "Está morta mesmo."

"Não toque nela", gritou Roy.

"Só estou tentando ajudar."

Roy bateu no chão com o punho fechado. "Não era pra ter sido assim."

"Odeio ter que dizer, mas se for pego por isso, o povo de Moundsville vai fritar você como se fosse bacon."

Roy sacudiu a cabeça, limpou o ranho do rosto com a manga da camisa. "Não sei o que deu errado. Tinha certeza que..." Sua voz perdeu força, e ele soltou a mão dela.

"Que merda, você só calculou errado", disse Theodore. "Qualquer um podia ter feito isso."

"Que diabos vou fazer agora?", disse Roy.

"Você pode fugir", sugeriu Theodore. "É a única coisa sensata pra fazer numa situação dessas. Enfim, o que você tem a perder, porra?"

"Fugir pra onde?"

"Estava pensando aqui e acho que esse carro velho conseguiria chegar na Flórida se você fosse com cuidado."

"Não sei", disse Roy.

"Claro que sim", insistiu Theodore. "Olha, assim que a gente chegar lá, vendemos o carro e começamos a pregar de novo. É o que a gente devia estar fazendo tem um tempão." Olhou para Helen, pálida e ensanguentada. Seus dias de choradeira haviam acabado. Quase desejava que ele mesmo a tivesse matado. Ela arruinara tudo. Àquela altura já poderiam ter sua própria igreja, talvez até estivessem no rádio.

"Nós?"

"Sim, claro", disse Theodore, "você vai precisar de um violonista, não?" Por muito tempo sonhara em ir para a Flórida, viver de frente para o mar. Era difícil levar a vida de aleijado rodeado por aquelas montanhas e árvores nojentas.

"Mas e ela?", disse Roy, apontando para o corpo de Helen.

"Você vai ter que enterrar ela bem fundo, irmão", disse Theodore. "Coloquei uma pá no porta-malas caso as coisas não saíssem como o esperado."

"E Lenora?"

"Acredita em mim, a criança vai estar melhor com a dona Russell", disse Theodore. "Você não quer que sua menina cresça fugindo da lei, quer?" Olhou na direção das árvores. O sol havia desaparecido atrás de uma muralha de nuvens escuras, e o céu adquirira a cor de cinzas. O cheiro úmido da chuva estava no ar. Das proximidades de Rocky Gap, vinha um rumor de trovão fraco e lento. "Agora é melhor você começar a cavar antes que a gente fique ensopado."

†

Quando Earskell chegou naquela noite, Emma estava sentada numa cadeira diante da janela embalando Lenora. Eram quase onze em ponto, e a tempestade começava a se acalmar. "Helen me disse que não ficariam fora mais que uma ou duas horas", disse a velha. "Ela deixou só uma garrafa de leite."

"Ah, você conhece esses pastores", disse Earskell. "Provavelmente saíram pra tomar uma. Diabos, pelo que ouço por aí, quando o assunto é bebida aquele aleijadinho me põe no chinelo."

Emma passava sua mão no cabelo fino do bebê. "Queria que tivéssemos um telefone. Pra mim tem algo de errado nisso tudo."

Earskell espiou a criança sonolenta. "Pobrezinha", disse. "Igualzinha à mãe, não é?"

4 O MAL NOSSO DE CADA DIA

DONALD RAY POLLOCK

Quando Arvin tinha quatro anos, Willard decidiu que não queria seu filho crescendo em volta de todos aqueles degenerados de Meade. Moravam no velho apartamento de Charlotte sobre a lavanderia desde que haviam se casado. Sua impressão era que todos os pervertidos do sul de Ohio viviam em Meade. Nos últimos tempos, o jornal andava lotado de suas estripulias depravadas. Fazia apenas dois dias que um homem chamado Calvin Claytor fora preso na Sears and Roebuck com trinta centímetros de uma linguiça polonesa amarrada na coxa. De acordo com o *Meade Gazette*, o suspeito, vestido apenas com um macacão rasgado, foi surpreendido se esfregando em idosas de um jeito que o repórter descreveu como "lúbrico e agressivo". Para Willard, esse filhodumaputa do Claytor era ainda pior que o deputado estadual aposentado que o xerife pegou parado em uma estrada nos arredores do município com uma galinha enganchada nas partes, uma poedeira vermelha que ele havia comprado por cinquenta centavos numa fazenda ali perto. Tiveram que levá-lo ao hospital para cortá-la fora. As pessoas disseram que o policial, por respeito aos outros pacientes ou talvez à vítima, cobriu a galinha com a jaqueta da farda enquanto conduziam o homem ao pronto-socorro. "Foi pra mãe de alguém que esse descarado estava fazendo aquilo", Willard disse a Charlotte.

"Qual deles?", ela perguntou. Ela estava mexendo uma panela de espaguete diante do fogão.

"Meu Deus, Charlotte, o homem da linguiça", disse ele. "Deviam socar aquilo na goela dele."

"Sei lá", respondeu sua esposa. "Não consigo achar isso pior que alguém mexendo com animais."

Ele olhou para Arvin, que estava sentado no chão, empurrando um caminhão de brinquedo pra um lado e pro outro. Tudo indicava que o país estava indo para o inferno, e depressa. Dois meses antes, sua mãe lhe escrevera, avisando que finalmente haviam encontrado o corpo de Helen Laferty, ao menos o que sobrara, enterrado numa mata a poucos quilômetros de Coal Creek. Tinha lido a carta todas as noites por uma semana. Charlotte percebera que depois disso Willard começou a ficar cada vez mais chateado com as notícias do jornal. Apesar de Roy e Theodore serem os principais suspeitos, não havia sinal deles fazia quase três anos, então o xerife não podia descartar a possibilidade de também os dois terem sido assassinados e desovados em algum lugar. "Não sabemos, pode ter sido o mesmo que massacrou as pessoas em Millersburg daquela vez", o xerife disse a Emma quando apareceu com a notícia de que a cova de Helen havia sido encontrada por uma dupla de coletores de ginseng. "Ele pode ter matado a moça, depois esquartejado os rapazes e espalhado eles por aí. O da cadeira de rodas seria fácil de pegar, e todo mundo sabe que o outro não batia muito bem da cabeça."

Indiferente ao que dizia a lei, Emma estava convencida de que os dois estavam vivos e eram culpados, e não conseguiria descansar tão facilmente até que fossem presos ou mortos. Contou a Willard que cuidava da menininha da melhor maneira que podia. Ele lhe mandara cem dólares para ajudar a pagar por um enterro decente. Sentado ali observando seu filho, Willard de repente sentiu um imenso desejo de rezar. Apesar de não ter falado com Deus por anos, nem sequer um apelo ou palavra de louvor desde que cruzara com o fuzileiro naval crucificado durante a guerra, agora podia sentir isso brotando dentro dele, o impulso de se acertar com o Criador antes que algo de ruim acontecesse com sua família. Mas, olhando em volta no apartamento apertado, sabia que não podia entrar em contato com Deus ali, não mais do que já conseguira numa igreja. Precisaria de uma mata para fazer sua louvação ao seu modo. "Temos que sair deste lugar", falou para Charlotte, deixando o jornal na mesinha.

†

Alugaram a casa de fazenda no topo dos Mitchell Flats por trinta dólares ao mês de Henry Delano Dunlap, um advogado roliço e afeminado com as unhas da mão brilhantes e imaculadas que vivia perto do Meade Country Club e se aventurou no ramo imobiliário por hobby. Embora no começo Charlotte tenha sido contra, logo se apaixonou pela casa precária e cheia de goteiras. Nem se importava em ter de bombear água do poço. Poucas semanas após a mudança, falava em um dia comprá-la. Seu pai morrera de tuberculose quando ela era uma menina de apenas cinco anos, e sua mãe sucumbira de uma infecção sanguínea logo após Charlotte entrar no nono ano. Durante toda sua vida morara em apartamentos sinistros infestados de baratas, alugados por semana ou mês. O único membro de sua família que ainda vivia era a irmã, Phyllis, mas Charlotte nem sabia mais onde ela estava. Um dia, seis anos antes, Phyllis entrara no Wooden Spoon usando um chapéu novo e entregou a Charlotte sua chave dos três cômodos que elas dividiam acima da lavanderia na Walnut Street. "Então, mana", disse, "cuidei de você e agora é minha vez", e saiu pela porta. Ser proprietária da casa de fazenda significaria finalmente um pouco de estabilidade em sua vida, algo que almejava mais que tudo, especialmente agora que era mãe. "Arvin precisa de um lugar que possa sempre chamar de lar", falou para Willard. "Nunca tive isso." Todo mês eles lutavam pra economizar outros trinta dólares para dar de entrada. "Só espera pra ver", disse. "Este lugar ainda vai ser nosso um dia."

Mas eles descobriram que resolver qualquer coisa com o senhorio não era fácil. Willard sempre escutara que os advogados, em sua maioria, eram canalhas trapaceiros e ardilosos, mas Henry Dunlap se mostrou um mestre no assunto. Assim que descobriu que os Russell estavam interessados em comprar a casa, começou a fazer joguinhos, aumentando o preço um mês, reduzindo no seguinte, depois voltando atrás e dando a entender que no fim das contas não tinha certeza se queria vender. Além disso, sempre que Willard entregava o dinheiro do aluguel no escritório, ganho por ele com muito suor no abatedouro, o advogado gostava de contá-lo exatamente com o que o gastaria. Por algum motivo, o ricaço sentia a necessidade de fazer o pobretão entender que aqueles dólares embolados não significavam nada para ele. Dava um sorriso irônico para Willard com seus lábios cor de fígado e deixava escapar que aquilo mal dava para cobrir os custos dos belos cortes de carne do jantar de domingo, ou o sorvete dos amiguinhos de seu filho no clube de tênis. Os anos se passavam, mas Henry jamais se cansava de provocar o inquilino; a cada mês um novo insulto, outro motivo para Willard sentar a mão no gorducho. A única coisa que o segurava era pensar em Charlotte, sentada diante da mesa da cozinha com uma xícara de café, esperando nervosa que ele voltasse para casa sem que tivesse feito com que fossem despejados. Como lembrava a ele de tempos em tempos, o que o tagarela dizia pouco importava. Os ricos sempre pensavam que você desejava o que eles tinham, apesar de isso não ser verdade, ao menos não no caso de Willard. Ao se sentar diante do advogado à grande mesa de carvalho e escutar sua baboseira, Willard pensava no tronco de rezas que colocara na mata, na paz e na calma que teria assim que chegasse em casa e jantasse e fosse até lá. Às vezes até ensaiava em sua cabeça a reza que sempre dizia no tronco depois de sua visita mensal ao escritório. "Obrigado, Deus, por me dar a força pra deixar as minhas mãos longe da porra do pescoço gordo de Henry Dunlap. E deixe o filhodumaputa conseguir tudo o que quiser na vida, embora tenha de confessar, Senhor, que certamente não me importaria se um dia o visse sufocando em tudo isso."

†

O que Willard não sabia era que Henry Dunlap usava seu papo para esconder o fato de que sua vida era marcada pela vergonha e a covardia. Em 1943, logo que saiu da faculdade de direito, casara-se com uma mulher que, conforme descobriria não muito depois da noite de núpcias, nunca se cansava de homens estranhos. Edith o chifrara por anos — entregadores de jornal, mecânicos, vendedores, leiteiros, amigos, clientes, seu antigo parceiro — a lista era grande. Ele suportava tudo, até aprendera a aceitar; mas, não fazia muito, contratara um homem de cor para cuidar da grama, um substituto para o adolescente branco com quem ela estava trepando, acreditando que a mulher não se rebaixaria a tanto. Mas dentro de uma semana havia entrado sem aviso em casa no meio do dia e a viu debruçada no sofá da sala com o rabo pra cima e o jardineiro alto e magrelo mandando ver com tudo. Ela emitia barulhos que ele jamais ouvira antes. Depois de assisti-los por uns dois minutos, ele escapuliu em silêncio e voltou para o escritório, onde matou uma garrafa de scotch e reviu a cena várias vezes em sua cabeça. Pegou uma pistola de cano curto banhada em prata de sua mesa e a contemplou por um longo tempo, depois colocou de volta na gaveta. Achou melhor considerar outros modos de resolver seu problema antes. Não fazia sentido estourar os miolos se não precisasse. Depois de praticar a advocacia em Meade por quase quinze anos, conhecera vários homens do sul de Ohio que provavelmente sabiam de pessoas que se livrariam de Edith pela bagatela de cem dólares, mas não havia nenhum em quem sentisse que poderia confiar. "Não se apresse agora, Henry", disse a si mesmo. "É aí que as pessoas estragam tudo."

Dois dias depois, contratou o negro por tempo integral, até lhe deu um aumento de vinte e cinco centavos por hora. Estava lhe passando uma lista de tarefas quando Edith parou na garagem em seu novo Cadillac. Ambos ficaram no jardim e a observaram sair do carro com algumas sacolas de compras e entrar em casa. Usava uma calça preta apertada e um suéter rosa que exibia suas tetas grandes e balançantes. O jardineiro olhou para o advogado com um sorriso maroto em sua cara achatada e esburacada. Após um momento, Henry sorriu de volta.

†

"Burros como portas", Henry comentou com os camaradas do golfe. Dick Taylor havia lhe perguntado mais uma vez sobre os inquilinos de Knockemstiff. Além de escutarem Henry se vangloriar e bancar o idiota, os outros ricos de Meade não viam outra utilidade nele. Era a maior piada no country club. Cada um deles havia comido sua esposa pelo menos uma vez. Edith não podia mais sequer nadar na piscina sem que alguma mulher tentasse arrancar seus olhos com as unhas. De acordo com os boatos, ela agora andava atrás de carne negra. Não demoraria, brincavam, e ela e Dunlap se mudariam para White Heaven, a vizinhança para gente de cor na zona oeste da cidade. "Eu juro", continuou Henry, "acho que o garotão se casou com a irmã, porra, pelo jeito que eles se tratam. Mas, meu Deus, vocês precisavam ver ela. Ficaria bonitinha se desse uma ajeitada. Se um dia eles atrasarem o aluguel, talvez eu aceite ela como barganha."

"O que você iria fazer com ela?", perguntou Elliot Smitt, piscando para Dick Taylor.

"Porra, eu deixaria aquela delícia debruçadinha e depois..."

"Rá!", exclamou Bernie Hill. "Seu cachorrão, aposto que você já fez um estrago ali."

Henry pegou um taco de sua bolsa. Suspirou e olhou pensativo para o campo, colocando uma mão sobre o coração. "Amigos, prometi pra ela que não ia contar nada."

Mais tarde, depois de retornarem à sede do clube, um homem chamado Carter Oxley se dirigiu ao advogado gordo e suado no bar e disse: "Melhor você prestar atenção no que fala sobre aquela mulher".

Henry se virou e franziu a testa. Oxley era novo no Meade Country Club, um engenheiro que alcançara por mérito próprio o segundo cargo mais importante na fábrica de papel. Bernie Hill o trouxera para fazer parte de seu quarteto. Mal dissera duas palavras em toda a partida. "Que mulher?", perguntou Henry.

"Você estava falando de um homem chamado Willard Russell ali, certo?"

"Sim, o nome dele é Russell. O que é que tem?"

"Amigo, eu não tenho nada a ver com isso, mas no outono passado ele quase matou na porrada um homem que tinha falado besteira da esposa dele. O cara que ele espancou ainda está mal e anda com uma lata de café pendurada no pescoço pra segurar a baba. É melhor você pensar bem."

"Certeza que estamos falando do mesmo sujeito? O cara que eu conheço não ia dizer merda nenhuma mesmo com a boca cheia."

Oxley encolheu os ombros. "Talvez ele seja do tipo caladão. É com esses que você tem que tomar cuidado."

"Como você sabe disso tudo?"

"Não é só você que tem terrenos lá em Knockemstiff."

Henry puxou uma cigarreira dourada do bolso e ofereceu um cigarro ao novato. "O que mais você sabe sobre ele?", perguntou. Naquela manhã Edith falara que achava que seria bom comprar uma caminhonete para o jardineiro. Ela estava diante da janela da cozinha comendo um pão doce folhado. Henry não pôde deixar de notar que estava coberto de glacê de chocolate. Olha só, pensou, que puta desgraçada. Mas estava contente de ver que ela estava engordando. Não demoraria para sua bunda ficar da largura de um cabo de machado. Que o sacana do cortador de grama metesse ali, então. "Não precisa ser nova", ela disse. "Só pra ele andar por aí. Os pés de Willie são grandes demais pra ele chegar a tempo no trabalho." Pegou outro pão doce no saco. "Meu Deus, Henry, têm duas vezes o tamanho dos seus."

5
O MAL NOSSO DE CADA DIA

DONALD RAY POLLOCK

Desde o primeiro dia do ano, as entranhas de Charlotte estavam lhe causando ataques de dor. Ela dizia para si mesma que era refluxo, talvez uma indigestão. Sua mãe havia sofrido bastante com úlceras, e Charlotte lembrou que ela não comia nada além de torrada pura e arroz doce nos seus últimos anos de vida. Cortou a gordura e a pimenta, mas pareceu não ter adiantado. Então, em abril, começou a sangrar de vez em quando. Passava horas deitada na cama quando Arvin e Willard saíam, e as cãibras diminuíam consideravelmente quando ela se encolhia de lado e não se mexia. Preocupada com o custo do hospital e em gastar todo o dinheiro que haviam economizado para a casa, manteve sua dor em segredo, esperando em vão que seu tormento fosse embora, que se curasse sozinha. Afinal, tinha apenas trinta anos, jovem demais para ser algo sério. Mas em meados de maio as manchas de sangue se transformaram num fluxo constante, e para diminuir a dor ela havia começado a surrupiar uns goles do garrafão de Old Crow que Willard guardava debaixo da pia da cozinha. Quase no fim do mês, às vésperas do recesso de verão na escola, Arvin a encontrou desmaiada no chão da cozinha numa poça de sangue aguado. Uma fôrma de biscoitos queimava no forno. Não tinham telefone, então ele escorou sua cabeça num travesseiro e fez o melhor possível para limpar a sujeira. Sentado no chão ao seu lado, escutou sua respiração profunda e rezou para que não cessasse. Ela ainda estava inconsciente quando o pai chegou do trabalho aquela noite. Como o doutor contou para Willard depois que os resultados dos exames chegaram, era tarde demais. Alguém sempre estava morrendo em algum lugar, e no verão de 1958, quando Arvin Eugene Russell completou dez anos de idade, era a vez de sua mãe.

†

Após duas semanas no hospital, Charlotte se ergueu em sua cama e disse a Willard: "Acho que tive um sonho".
"Um sonho bom?"
"Sim", disse ela. Procurou sua mão e a apertou um pouco. Entreviu a divisória de tecido branco que a separava da mulher na cama ao lado, então abaixou a voz. "Sei que parece uma maluquice, mas quero ir pra casa e fingir que ela é nossa por um tempinho."
"E como você vai fazer isso?"
"Com esse negócio que eles me deram", disse ela, "poderiam me dizer que eu era a rainha de Sabá e eu não saberia a diferença. Além do mais, você ouviu o médico. De jeito nenhum quero desperdiçar neste lugar o tempo que ainda me resta."
"Era sobre isso o sonho?"
Ela olhou para ele, estupefata. "Que sonho?", perguntou.
Duas horas depois, estavam saindo do estacionamento do hospital. Enquanto iam para casa pela Rota 50, Willard parou e lhe comprou um milk-shake, mas ela não conseguiu segurá-lo no estômago. Ele a carregou até o quarto dos fundos e a deixou confortável, então lhe deu um pouco de morfina. Seus olhos perderam o foco e ela dormiu em mais ou menos um minuto. "Fica aqui com sua mãe", falou para Arvin. "Volto logo." Atravessou o terreno, sentindo uma brisa fresca contra seu rosto. Ajoelhou-se diante do tronco de rezas e escutou os sons diminutos e pacíficos da tardinha na mata. Várias horas se passaram enquanto ele encarava a cruz. Analisava seu infortúnio a partir de cada ângulo concebível, procurando por uma solução, mas sempre terminava com a mesma resposta. De acordo com os médicos, o caso de Charlotte não tinha salvação. Haviam lhe dado cinco, talvez seis semanas no máximo. Não havia mais opções. Agora era entre ele e Deus.
Quando voltou para a casa, estava ficando escuro. Charlotte ainda dormia, e Arvin estava sentado ao seu lado numa cadeira de encosto

reto. Ele podia notar que o garoto havia chorado. "Ela chegou a acordar?", perguntou Willard em voz baixa.

"Sim", disse Arvin, "mas, pai, por que ela não sabe quem eu sou?"

"São os remédios que deram pra ela. Daqui a uns dias ela fica melhor."

O garoto examinou Charlotte. Apenas alguns meses antes ela era a mulher mais bonita que ele já tinha visto, mas agora essa beleza se fora quase por completo. Ele se perguntava como ela ficaria quando melhorasse.

"É melhor a gente comer alguma coisa", disse Willard.

Fez sanduíches de ovo para ele e Arvin, então esquentou uma lata de caldo para Charlotte. Ela vomitou tudo, e Willard limpou a sujeira e a pegou em seus braços, sentido o coração da mulher bater acelerado contra ele. Desligou a luz e foi para a cadeira do lado da cama. Em algum momento da noite ele cochilou, mas despertou todo suado de um sonho com Miller Jones, o modo como o coração do homem continuava a palpitar enquanto ele estava pendurado naquelas palmeiras, esfolado vivo. Willard aproximou o despertador do rosto, viu que eram quase quatro da manhã. Não voltou a dormir.

Algumas horas mais tarde, derramou todo o seu uísque no chão e foi ao celeiro e pegou algumas ferramentas: um machado, um rastelo, uma foice. Passou o resto do dia expandindo a clareira ao redor do tronco de rezas, arrancando as roseiras e árvores menores, afofando o chão com o rastelo. Começou a arrancar tábuas do celeiro no dia seguinte, fez Arvin ajudar a carregá-las até o tronco de rezas. Trabalhando à noite, erigiram mais oito cruzes ao redor da clareira, todas com a mesma altura da original. "Esses médicos não podem ajudar sua mãe", disse para Arvin enquanto voltavam para a casa no escuro. "Mas acredito que podemos salvá-la se nos esforçarmos bastante."

"Ela vai morrer?", questionou Arvin.

Willard pensou um segundo antes de responder. "O Senhor pode fazer qualquer coisa se você pedir pra Ele direito."

"E como a gente faz isso?"

"Vou começar a mostrar pra você amanhã cedo. Não vai ser fácil, mas não temos outra escolha."

Willard pegou uns dias de licença no trabalho, contou ao supervisor que sua esposa estava doente, mas logo melhoraria. Ele e Arvin passavam horas rezando no tronco todos os dias. Sempre que cruzavam o terreno para ir à mata, Willard explicava novamente que suas vozes deviam alcançar o céu, e que isso só aconteceria se fossem absolutamente sinceros em seus apelos. Conforme Charlotte enfraquecia, as rezas ficavam mais altas e começavam a descer a montanha até o vale. O povo de Knockemstiff acordava com o som das súplicas todas as manhãs e ia dormir com elas todas as noites. Volta e meia, quando Charlotte tinha uma crise particularmente ruim, Willard acusava o filho de não querer que ela melhorasse. Socava e chutava o menino, e depois se afundava em remorso. Às vezes Arvin tinha a impressão de que seu pai lhe pedia desculpas todos os dias. Depois de um tempo, parou de prestar atenção e aceitou as pancadas e palavras ásperas e os arrependimentos posteriores simplesmente como parte da vida que agora levavam. À noite, rezavam até suas vozes falharem, então se arrastavam de volta para casa e bebiam água morna do balde do poço no balcão da cozinha e caíam exaustos na cama. De manhã, começavam tudo de novo. Ainda assim, Charlotte estava cada vez mais magra, mais perto da morte. Quando saía do torpor da morfina, implorava para que Willard parasse com aquela loucura, que apenas a deixasse partir em paz. Mas ele não pensava em desistir. Se para isso precisasse de tudo o que houvesse dentro de si, que assim fosse. A qualquer momento, esperava que o espírito de Deus baixasse e a curasse; e, quando a segunda semana de julho terminou, ele sentia um pouco de conforto no fato de que ela já tinha vivido mais do que os médicos haviam previsto.

Era a primeira semana de agosto, e agora Charlotte estava quase sempre fora de si. Enquanto tentava refrescá-la com panos úmidos numa tarde sufocante, ocorreu a Willard que talvez fosse necessário algo mais que apenas rezas e sinceridade. Na tarde seguinte voltou dos estábulos da cidade com uma ovelha na carroceria da caminhonete. Tinha uma pata ruim e havia custado apenas cinco dólares. Arvin saltou da varanda e correu para o quintal. "Posso dar um nome pra ela?", perguntou enquanto seu pai parava a caminhonete na frente do celeiro.

"Meu Deus, isso não é um bicho de estimação, porra", gritou Willard. "Vai pra casa ficar com sua mãe." Entrou de ré com a caminhonete no celeiro e saiu e apressadamente amarrou com uma corda as patas traseiras do animal, depois içou a ovelha de cabeça para baixo com uma roldana presa a uma das cumeeiras que sustentavam o palheiro. Moveu o veículo uns centímetros para a frente. Então desceu o animal assustado até que seu focinho estivesse a cerca de meio metro do chão. Com uma faca de açougueiro, cortou sua garganta e coletou o sangue num balde de vinte litros. Sentou-se num fardo de palha e esperou até que o corte parasse de sangrar. Em seguida carregou o balde até o tronco de rezas e cuidadosamente despejou o sacrifício sobre ele. Naquela noite, depois que Arvin foi para a cama, transportou a carcaça peluda para os limites do terreno e a empurrou de um barranco.

Logo depois disso, Willard começou a apanhar animais mortos na estrada: cães, gatos, guaxinins, gambás, marmotas, veados. Os cadáveres que estavam muito duros e velhos demais para sangrar, ele pendurava nas cruzes e galhos das árvores ao redor do tronco de rezas. O calor e a umidade os apodreciam rapidamente. A catinga fazia Willard e Arvin engasgarem com vômito enquanto se ajoelhavam e clamavam pela piedade do Salvador. Vermes despencavam das árvores e cruzes como gotas retorcidas de gordura branca. O solo ao redor do tronco enlameou-se de sangue. O número de insetos fervilhando ao redor deles se multiplicava a cada dia. Ambos estavam cobertos de picadas de moscas, mosquitos e pulgas. Embora fosse agosto, Arvin começou a usar uma camisa de flanela de manga longa e um par de luvas de trabalho e um lenço em seu rosto. Nenhum dos dois tomava mais banho. Viviam à base de embutidos e bolachas compradas na loja de Maude. Os olhos de Willard se tornaram severos e perturbados, e pareceu ao filho que sua barba emaranhada tinha ficado grisalha da noite para o dia.

"A morte se parece com isso", disse Willard sombriamente uma noite em que ele e Arvin se ajoelhavam diante do tronco pútrido e encharcado de sangue. "Você deseja isso para a sua mãe?"

"Não, senhor", disse o garoto.

Willard bateu no tronco com o punho. "Então reza, desgraça!"

Arvin tirou o lenço imundo do rosto e inspirou profundamente a podridão. Daí em diante, parou de tentar evitar a sujeira, as rezas intermináveis, o sangue azedo, as carcaças apodrecidas. Ainda assim, a mãe continuava a definhar. Agora tudo cheirava a morte, até o corredor que conduzia ao seu leito. Willard começou a trancar a porta, falou pra Arvin não a incomodar. "Ela precisa do descanso", disse.

6 O MAL NOSSO DE CADA DIA

DONALD RAY POLLOCK

Certa tarde, quando Henry Dunlap estava pronto para deixar o escritório, Willard apareceu com o aluguel atrasado em mais de uma semana. Nas semanas anteriores, o advogado estivera dando uns pulos em casa por alguns minutos no meio do dia e assistindo à esposa e seu amante negro em atividade. Sentia que isso era uma indicação de algo doentio da sua parte, mas não conseguia se segurar. Sua esperança, no entanto, era de algum modo colocar no homem a culpa pela morte de Edith. Deus sabia que o sacana merecia isso, comendo a mulher do patrão branco. Willie pé-de-trenó já estava ficando arrogante, aparecendo para o trabalho de manhã cheirando ao conhaque importado do estoque particular de Henry e ao seu pós-barba francês. O gramado parecia o inferno. Teria que contratar um eunuco só para ter a grama cortada. Edith ainda estava o aporrinhando pra comprar um carro pro filhodumaputa.

"Minha nossa, homem, você não parece muito bem", disse Henry para Willard quando a secretária o deixou entrar.

Willard sacou a carteira e colocou trinta dólares na mesa. "Nem você, pra falar a verdade", disse.

"É, ando com muita coisa na cabeça nos últimos tempos", disse o advogado. "Pega uma cadeira, senta aí um minuto."

"Não quero saber das suas merdas hoje", disse Willard. "Só o recibo."

"Ah, o que é isso", disse Henry, "vamos tomar uma. Parece que você está precisando."

Willard encarou Henry por um momento, sem saber se havia escutado direito. Era a primeira vez que Dunlap lhe oferecia uma bebida, ou agia com o mínimo de civilidade, desde que ele assinara o contrato, seis anos antes. Entrara pronto para que o advogado o infernizasse com o aluguel atrasado, já havia decidido quebrar sua cara se ele falasse demais. Olhou de relance para o relógio na parede. Charlotte precisava de remédios, mas a farmácia ficava aberta até as seis. "É, admito que sim", disse Willard. Sentou-se na cadeira de madeira diante da cadeira macia de couro do advogado enquanto Henry tirava dois copos e uma garrafa de scotch de uma gaveta. Serviu as doses e passou uma ao inquilino.

Dando um golinho em sua bebida, o advogado se recostou na cadeira e fitou o dinheiro sobre a mesa em frente a Willard. O estômago de Henry queimava de preocupação com a esposa. Fazia várias semanas pensava no que o jogador de golfe lhe contara sobre seu inquilino metendo o cacete naquele homem. "Você ainda está interessado em comprar a casa?", Henry perguntou.

"Nem tenho como juntar essa grana agora", disse Willard. "Minha mulher está doente."

"Que pena ouvir isso", disse o advogado. "Sobre sua esposa, digo. É grave?" Empurrou a garrafa para Willard. "Vá em frente, fique à vontade."

Willard serviu dois dedos da bebida. "Câncer", disse.

"Minha mãe morreu de um nos pulmões", contou, "mas foi há muito tempo. De lá pra cá, já avançaram um bocado no tratamento."

"Sobre aquele recibo...", disse Willard.

"Aquele lugar deve ter uns bons cento e sessenta metros quadrados", disse Henry.

"Como eu falei, não posso pagar por isso agora."

O advogado girou sua cadeira e olhou para a parede oposta a Willard. O único ruído vinha de um ventilador no canto rodando pra um lado e pro outro, soprando ar quente pelo aposento. Tomou outra dose. "Faz um tempinho, peguei minha esposa me traindo", revelou. "De lá pra cá, me sinto um bosta." Admitir ser corno praquele caipira era pior do ele que pensava.

Willard estudou o perfil do gordo, notou um fio de suor descendo de sua testa, pingando da ponta do nariz saliente e indo parar na sua camisa branca. Não se surpreendeu com o que disse o advogado. Afinal, que tipo de mulher se casaria com um homem daqueles? Um carro passou no beco. Willard pegou a garrafa e encheu seu copo. Tirou um cigarro do bolso da camisa. "É, isso deve ser difícil de encarar", disse. Não se importava com os problemas matrimoniais de Dunlap, mas não tomava uma desde que levara Charlotte para casa, e o uísque do advogado era do bom.

O advogado olhou para dentro do copo. "Era só me divorciar dela, mas, puta que pariu, o cara que está comendo ela é preto como um ás de espadas", disse. Então olhou para Willard. "Pelo meu filho, eu não queria que a cidade soubesse disso."

"Porra, homem, por que você não senta a mão nele?", sugeriu Willard. "Mete uma pá na cabeça do desgraçado, ele vai entender o recado." Meu Deus, pensou Willard, os ricos eram práticos e espertos quando as coisas aconteciam do jeito deles, mas no minuto em que a merda batia no ventilador, se despedaçavam como bonecos de papel largados na chuva.

Dunlap sacudiu a cabeça. "Não adiantaria nada. Ela simplesmente iria arrumar outro", disse. "Minha mulher é uma puta, sempre foi, a vida inteira." O advogado pegou um cigarro da cigarreira sobre a mesa e o acendeu. "Ah, vamos parar de falar dessa merda." Assoprou uma nuvem de fumaça em direção ao teto. "Voltando ao assunto da casa. Andei pensando. E se eu dissesse que tem um jeito de você conseguir o lugar totalmente de graça?"

"Nada é de graça", disse Willard.

O advogado deu um sorriso discreto. "Isso aí é verdade, acho. Ainda assim, estaria interessado?" Pôs seu copo sobre a mesa.

"Não sei bem aonde você quer chegar."

"Bem, nem eu", disse Dunlap, "mas e se você aparecesse aqui no escritório semana que vem pra falar sobre isso? Dava pra eu pensar melhor até lá."

Willard se levantou e esvaziou seu copo. "Depende", disse. "Vou ter que ver como minha mulher está."

Dunlap apontou para o dinheiro que Willard havia deixado na mesa. "Vai, pega isso de volta", disse. "Pelo visto, você pode precisar."

"Não", disse Willard, "é seu. Mas ainda quero o recibo."

†

Eles continuaram a rezar e a despejar sangue no tronco e a pendurar animais contorcidos e esmagados que haviam sido mortos na estrada. Enquanto isso, Willard pensava na conversa que tivera com o senhorio balofo. Repassou-a na cabeça uma centena de vezes, deduziu que Dunlap provavelmente queria que ele matasse o negro ou a esposa ou talvez ambos. Não conseguia pensar em mais nada no mundo que pudesse valer os papéis da terra e da casa. Também só era possível imaginar por que Dunlap acreditava que ele fosse capaz de fazer algo assim; e a única conclusão a que Willard podia chegar era que o advogado o considerava um idiota e pretendia enganá-lo. Ele daria um jeito de pôr a bunda do inquilino sentada numa cela antes mesmo que os corpos esfriassem. Por um breve momento, após falar com Dunlap, achou que talvez houvesse a chance de realizar o sonho de Charlotte. Mas nunca seriam donos aquela casa. Isso estava claro agora.

Num dia de meados de agosto, Charlotte pareceu se recuperar, até comeu uma tigela de sopa de tomate Campbell e a segurou na barriga. Queria se sentar na varanda aquela noite, a primeira vez que saía ao ar livre em semanas. Willard tomou um banho e aparou a barba e penteou o cabelo, enquanto Arvin fazia pipoca no fogão. Uma brisa soprava do oeste e esfriava um pouco o clima. Eles beberam 7-Up gelado e viram as estrelas cruzando o céu vagarosamente. Arvin se sentou no chão ao lado da cadeira de balanço. "Foi um verão difícil, não é, Arvin?", disse Charlotte, passando a mão esquelética pelo cabelo escuro dele. Era um menino muito doce e gentil. Esperava que Willard percebesse isso quando ela se fosse. Era algo sobre o qual precisavam conversar, lembrou para si mesma mais uma vez. Os remédios a deixavam muito esquecida.

"Mas agora você está melhorando", respondeu ele. Enfiou outro punhado de pipoca na boca. Não comia nada quente havia semanas.

"É, por agora me sinto muito bem", disse ela, sorrindo para ele.

Por fim, dormiu na cadeira de balanço por volta de meia-noite, e Willard a carregou até a cama. No meio da madrugada, se levantou devastada pelo câncer que abria outro buraco nela. Ele ficou sentado ao seu lado até de manhã, e a cada espasmo de dor suas longas unhas cavavam cada vez mais fundo a carne de sua mão. Tinha sido o pior episódio até então. "Não se preocupe", disse ele. "Logo tudo vai melhorar."

Ele passou várias horas na manhã seguinte dirigindo pelas

estradas secundárias, procurando nas valas por novos sacrifícios, mas voltou de mãos vazias. Naquela tarde foi ao estábulo, e relutantemente comprou outra ovelha. Mas até ele tinha de admitir, elas pareciam não estar funcionando. No caminho de volta da cidade, já amargurado, passou pelo escritório de Dunlap. Ainda pensava naquele filhodumaputa quando encostou a caminhonete e parou no acostamento de terra da Western Avenue. Os carros passaram buzinando, mas ele não escutou. Havia algo que ainda não tentara. Não podia acreditar que não tinha pensado naquilo antes.

†

"Já tinha quase desistido de você", disse Dunlap.

"Andei ocupado", disse Willard. "Olha, se ainda quiser conversar, que tal me encontrar no seu escritório hoje, às dez?" Estava numa cabine telefônica no Dusty's Bar na Water Street, a apenas dois quarteirões do escritório do advogado. De acordo com o relógio na parede, eram quase cinco. Dissera a Arvin para ficar no quarto com Charlotte, avisou que talvez chegasse tarde. Deixara um estrado no chão para o garoto, aos pés da cama dela.

"Dez em ponto?", perguntou o advogado.

"É o mais rápido que consigo chegar aí", disse Willard. "Você que sabe."

"Ok", concordou o advogado. "Vejo você lá."

Willard comprou uma garrafa pequena de uísque com o atendente e dirigiu ouvindo o rádio. Passou pelo Wooden Spoon quando estava fechando, viu uma adolescente magricela saindo pela porta com o velho chapeiro de pernas tortas, o mesmo que trabalhava na grelha quando Charlotte atendia às mesas. Provavelmente ainda não sabia preparar direito uma merda de um bolo de carne, pensou Willard. Parou e colocou gasolina na caminhonete, então foi ao Tecumseh Lounge do outro lado da cidade. Sentado no bar, tomou duas cervejas, viu por quatro vezes seguidas um sujeito com óculos fundo de garrafa e um capacete amarelo sujo matar de uma tacada todas as bolas da mesa de bilhar. Quando voltou ao estacionamento de cascalho, o sol começava a se pôr atrás da chaminé da fábrica de papel.

Às nove e meia, estava na Second Street, sentado dentro da caminhonete, um quarteirão a oeste do escritório do advogado. Alguns minutos depois, viu Dunlap estacionando em frente ao velho prédio de tijolos e entrar. Willard manobrou para o beco, deu ré na direção do prédio. Respirou fundo algumas vezes para se acalmar antes de sair da caminhonete. Esticando-se para trás do banco, pegou um martelo e pendurou na calça, cobrindo-o com a camisa. Olhou para os dois lados do beco, então foi até o fundo e bateu na porta. Após cerca de um minuto, o advogado abriu. Usava uma camisa azul amassada e uma calça cinza folgada, presa por suspensórios vermelhos. "Muito inteligente, entrar pelos fundos assim", disse Dunlap. Segurava um copo de uísque e seus olhos injetados indicavam que já havia tomado umas antes. Quando se virou para sua mesa, hesitou um pouco e peidou. "Desculpa por isso", disse, antes de Willard lhe atingir na têmpora com o martelo, um estalo horrível que preencheu o espaço. Dunlap caiu para a frente sem fazer barulho, trombando com uma estante de livros. O copo que ele segurava se estraçalhou no chão. Willard se agachou sobre o corpo e o atingiu mais uma vez. Quando se assegurou de que o homem estava morto, encostou na parede e escutou com cuidado por um tempo. Um carro passou na rua em frente e depois nada.

Willard pôs um par de luvas de trabalho que tinha no bolso de trás e arrastou o corpo pesado do advogado até a porta. Levantou a estante e recolheu o vidro quebrado e limpou o uísque derramado com o casaco esportivo que estava pendurado nas costas da cadeira do advogado. Checou os bolsos da calça do homem, encontrou um molho de chaves e mais de duzentos dólares na carteira. Pôs o dinheiro numa gaveta da mesa, enfiou as chaves em seu macacão.

Ao abrir a porta do escritório, entrou na pequena recepção e checou se a porta da frente estava trancada. Foi ao lavatório e deixou correr um pouco de água na jaqueta de Dunlap e voltou para limpar o sangue do chão. Para sua surpresa, não havia muito. Após jogar o casaco esportivo sobre o corpo, sentou-se diante da mesa. Olhou ao redor em busca de qualquer coisa que pudesse denunciá-lo, mas não encontrou nada. Tomou um gole da garrafa de scotch que estava na mesa, tampou e enfiou em outra gaveta. Na mesa havia uma foto de um adolescente rechonchudo numa moldura dourada, a imagem escarrada de Dunlap, segurando uma raquete de tênis. O retrato de sua esposa não estava mais lá.

Ao apagar as luzes do escritório, Willard se dirigiu ao beco e pôs a jaqueta e o martelo no banco da frente da caminhonete. Em seguida abaixou a porta da carroceria e ligou o veículo e deu ré até a entrada aberta. Levou apenas um minuto para arrastar o advogado até a caçamba e cobri-lo com uma lona, prendendo os cantos com blocos de cimento. Pisou na embreagem e moveu a caminhonete uns centímetros no ponto morto, saiu e fechou a porta do escritório. Enquanto ia pela Rota 50, passou pela viatura de um xerife parada no estacionamento vazio do posto em Slate Mills. Deu uma olhada no retrovisor e segurou o fôlego até que a placa iluminada da Texaco sumisse de sua vista. Na Schott's Bridge, parou e lançou o martelo no córrego Paint Creek. Por volta das três da manhã, já estava terminando.

Na manhã seguinte, quando Willard e Arvin foram ao tronco de rezas, o sangue fresco ainda pingava na terra pestilenta. "Isso não estava aqui ontem", comentou Arvin.

"Atropelei uma marmota ontem de noite", disse Willard. "Fui em frente e a sacrifiquei quando voltei pra casa."

"Uma marmota? Nossa, deve ter sido uma das grandes."

Willard deu um sorriso irônico enquanto se punha de joelhos. "É, era sim. Uma desgraçada grande e gorda."

7 O MAL NOSSO DE CADA DIA

DONALD RAY POLLOCK

Mesmo com o sacrifício do advogado, duas semanas depois os ossos de Charlotte começaram a quebrar, pequenos estalos horrendos que a faziam gritar e talhavam cortes em seus braços. Desmaiava de dor sempre que Willard tentava movê-la. Uma escara supurada em suas costas se espalhou até ficar do tamanho de um prato. Seu quarto tinha um cheiro tão forte e fétido quanto o tronco de rezas. Não chovia fazia um mês, e o calor não dava trégua. Willard comprou mais ovelhas do estábulo, despejou baldes de sangue ao redor do tronco a ponto de seus sapatos se afundarem por inteiro no lodaçal. Certa manhã, enquanto estava fora, um vira-lata manco e faminto com pelo branco e macio se aventurou timidamente até a varanda com o rabo entre as pernas. Arvin o alimentou com alguns restos da geladeira, já o havia batizado de Jack e o ensinado a se sentar quando seu pai chegou. Sem uma palavra, Willard entrou em casa e voltou com seu rifle. Afastou Arvin do cão, então atirou entre seus olhos, enquanto o menino implorava para que não fizesse aquilo. Ele o arrastou para a mata e o pregou numa das cruzes. Depois disso Arvin parou de falar com ele. Escutava os gemidos de sua mãe enquanto Willard dirigia à procura de mais sacrifícios. As aulas na escola já estavam prestes a recomeçar, e durante todo o verão ele não havia saído da montanha sequer uma vez. Se pegou desejando que sua mãe morresse.

Algumas noites depois, Willard entrou com pressa no quarto de Arvin e o chacoalhou para acordá-lo. "Vai pro tronco agora", disse.

O garoto se sentou, olhou ao redor, confuso. A luz do corredor estava acesa. Podia escutar a respiração ofegante e sibilante de sua mãe no quarto do outro lado do corredor. Willard o balançou mais uma vez. "Não para de rezar até eu buscar você. Faz Ele escutar, entendeu?" Arvin pôs suas roupas e começou a atravessar o terreno com pressa. Pensou no desejo de que ela morresse, sua própria mãe. Correu mais rápido.

Por volta das três da manhã, sua garganta estava machucada e inchada. Seu pai apareceu uma vez e despejou um balde de água sobre sua cabeça, e implorou que ele continuasse rezando. Mas, apesar de Arvin continuar gritando pela piedade do Senhor, não sentia nada e nada aconteceu. Algumas das pessoas lá embaixo, em Knockemstiff, fecharam suas janelas, mesmo com o calor. Outros deixaram a luz acesa pelo resto da noite, ofereceram suas próprias preces. A irmã de Snook Haskins, Agnes, se sentou em sua cadeira escutando aquela voz sofrida e pensando nos maridos fantasmas que já havia enterrado em sua cabeça. Arvin olhou para o cachorro morto, seus olhos vazios encarando a mata escura, a barriga inflada prestes a estourar. "Está me ouvindo, Jack?", disse.

Pouco antes do amanhecer, Willard cobriu a esposa com um lençol branco limpo e atravessou o terreno, entorpecido com a perda e o desespero. Deslizou por trás de Arvin em silêncio, escutou as preces do garoto por uns dois minutos, agora não mais que um sussurro engasgado. Olhando para baixo, percebeu enojado que segurava seu canivete aberto. Sacudiu a cabeça e o guardou. "Vamos, Arvin", disse, usando um tom de voz gentil com o filho pela primeira vez em semanas. "Acabou. Sua mãe se foi."

Charlotte foi enterrada dois dias depois, no cemitério plano e ensolarado na saída de Bourneville. Voltando para casa do funeral, Willard disse: "Acho que a gente devia fazer uma viagem. Ir pro sul e visitar sua vó em Coal Creek. Talvez ficar por um tempo. Você vai poder conhecer o tio Earskell e aquela menina que mora com eles e deve ser só um pouco mais nova que você. Você vai gostar". Arvin não disse nada. Ainda não havia superado a questão do cachorro e tinha certeza de que não havia como superar a perda da mãe. O tempo inteiro Willard prometera que, se rezassem com dedicação suficiente, ela ficaria bem. Ao chegar em casa encontraram na varanda, perto da porta, uma torta de mirtilos enrolada num jornal.

Willard foi caminhar no terreno atrás da casa. Arvin entrou e tirou suas roupas de sair e deitou na cama.

Quando acordou, várias horas depois, Willard ainda estava fora, o que o garoto achou bom. Comeu metade da torta e colocou o resto na geladeira. Saiu para a varanda e se sentou na cadeira de balanço de sua mãe e viu o sol da tardinha afundar atrás da fileira de sempre-verdes a oeste da casa. Pensou na primeira noite dela debaixo da terra. Como devia ser escuro lá. Havia escutado por acaso um velho se apoiando numa pá debaixo de uma árvore dizer para Willard que a morte era ou uma longa jornada ou um longo sono e, apesar de seu pai ter feito uma careta e se virado, Arvin achou que aquilo parecia estar certo. Esperava, pelo bem de sua mãe, que fosse um pouco dos dois. No funeral só havia aparecido um pouquinho de gente: uma mulher com quem sua mãe havia trabalhado no Wooden Spoon e um par de velhas da igreja de Knockemstiff. Pelo visto, havia uma irmã em algum lugar no oeste, mas Willard não descobriu como avisá-la. Arvin nunca tinha ido a um funeral antes, mas pressentia que aquele não foi muito comum.

Conforme a escuridão se espalhava pelo quintal mal capinado, Arvin se levantou e andou ao redor da casa e gritou por seu pai várias vezes. Esperou alguns minutos, pensou em voltar pra cama. Mas então entrou e pegou a lanterna na gaveta da cozinha. Depois de procurar no celeiro, se dirigiu ao tronco de rezas. Nenhum dos dois estivera lá nos três dias desde que sua mãe falecera. A noite agora vinha caindo rapidamente. Morcegos se lançavam no campo atrás de insetos, um rouxinol o observava de seu ninho sob um emaranhado de madressilvas. Ele hesitou, depois entrou na mata e percorreu a trilha. Parou no começo da clareira, acendeu a luz. Viu Willard ajoelhado no tronco. O fedor de podre o atingiu, e ele pensou que talvez pudesse passar mal. Sentiu o gosto da torta querendo subir por sua garganta. "Não faço mais isso", falou para o pai em voz alta. Sabia que isso poderia lhe trazer problemas, mas não se importava. "Não vou rezar."

Esperou cerca de um minuto por uma resposta, então perguntou: "Está me ouvindo?". Aproximando-se do tronco, manteve a luz sobre a silhueta de Willard ajoelhado. Em seguida tocou no ombro do pai e o canivete caiu no chão. A cabeça de Willard pendeu para um lado e expôs o talho sangrento que ele havia cortado de orelha a orelha atravessando a garganta. O sangue descia pela lateral do tronco e pingava nas calças do terno. Uma brisa leve soprava sobre a montanha e esfriava o suor da nuca de Arvin. Galhos estalavam sobre sua cabeça. Um tufo de pelo branco flutuava no ar. Alguns dos ossos pendurados pelos arames e pregos batiam suavemente uns contra os outros, soando como uma música triste e depressiva.

Entre as árvores, Arvin viu algumas luzes brilhando em Knockemstiff. Ouviu uma porta de carro bater em algum lugar lá embaixo, depois uma única ferradura tinindo num pino de metal. Esperou pela jogada seguinte, mas não houve nenhuma. Parecia que mil anos haviam se passado desde a manhã em que os dois caçadores se aproximaram por trás dele e de Willard quando estavam ali. Sentiu culpa e vergonha por não chorar, porém não tinha mais nenhuma lágrima. O longo padecimento de sua mãe o secara. Sem saber mais o que fazer, desviou do corpo de Willard e apontou a lanterna para a frente. Começou a descer, atravessando a mata.

8 O MAL NOSSO DE CADA DIA

DONALD RAY POLLOCK

Exatamente às nove em ponto daquela noite, Hank Bell prendeu a placa de FECHADO na janela do mercadinho de Maude e apagou as luzes. Foi para trás do balcão e pegou uma caixa com seis latinhas de cerveja no fundo da seção de carnes, então saiu pela porta dos fundos. No bolso da frente de sua camisa havia um rádio portátil. Sentou-se numa cadeira dobrável e abriu uma cerveja e acendeu um cigarro. Morava no trailer atrás da construção de concreto fazia quatro anos. Remexendo no bolso, ligou o rádio exatamente quando o locutor anunciou que os Reds estavam perdendo por três corridas na sexta entrada. Estavam jogando na Costa Oeste. Hank estimou que deveriam ser umas seis horas lá. A maneira como o tempo funcionava, isso era engraçado, pensou.

Olhou para a pequena catalpa que havia plantado no primeiro ano trabalhando no mercadinho. Crescera quase um metro e meio desde então. Foi um broto tirado da árvore que ficava na frente do jardim da casa onde ele e sua mãe moravam antes de ela falecer e ele perder o imóvel para um banco. Não sabia ao certo por que a plantara. Planejava deixar Knockemstiff em no máximo dois anos. Falava disso para qualquer cliente disposto a escutar. Toda semana economizava alguns dólares dos trinta que Maude lhe pagava nas sextas. Em certos dias pensava em se mudar para o norte, noutros decidia que o sul seria melhor. Mas tinha muito tempo para decidir aonde ir. Ainda era jovem.

Observou enquanto uma névoa cinza-prateada de cerca de trinta centímetros de altura se movia vagarosamente, saindo do Black Run

Creek e cobria o terreno plano e pedregoso atrás da loja, parte do pasto de vacas de Clarence Myers. Era sua parte favorita do dia, logo após o sol se pôr e antes que as sombras compridas desaparecessem. Podia escutar alguns rapazes uivando e gritando na ponte de concreto em frente ao mercadinho sempre que um carro passava. Alguns iam pra lá quase todas as noites, qualquer que fosse o clima. Uns pobres coitados, todos eles. Tudo o que aspiravam na vida era um carro veloz e uma mulher gostosa. Pensou que de certa maneira aquilo soava bem, viver a vida sem maiores expectativas. Às vezes desejava não ser tão ambicioso.

A reza no topo da montanha finalmente parara fazia três noites. Hank tentava não pensar na pobre mulher morrendo lá, trancada naquele quarto, como andavam dizendo, enquanto Russell e seu filho ficavam meio doidos. Nossa, às vezes eles quase enlouqueciam o maldito vale inteiro, insistindo por horas todas as manhãs e todas as noites. Pelo que ouvira, parecia mais que estavam praticando algum tipo de vodu do que alguma coisa cristã. Dois dos meninos dos Lynch haviam cruzado com alguns animais mortos pendurados nas árvores duas semanas antes; pouco depois, um de seus cães acabou desaparecido. Senhor, o mundo estava se tornando um lugar horrível. Um dia antes mesmo, lera no jornal que a mulher de Henry Dunlap e seu amante negro haviam sido detidos sob a suspeita de matá-lo. A polícia ainda precisava encontrar o corpo, mas Hank achava que, diabos, ela dormir com um negro era uma prova mais que suficiente de que eles haviam cometido o crime. Todos conheciam o advogado; era dono de terras por todo o condado de Ross, parava no mercadinho de vez em quando caçando bebida para impressionar algum dos figurões de seus amigos. Pelo que Hank via do homem, provavelmente mereceu ser morto, mas por que a mulher simplesmente não pediu divórcio e se mudou para White Heaven com os de cor? As pessoas não usavam mais o cérebro. É um milagre o advogado não ter matado a fulana antes, quer dizer, se é que sabia do amante. Ninguém o teria culpado por isso, mas agora estava morto e provavelmente numa situação melhor. Seria um inferno ter de conviver com isso, todos sabendo que sua esposa o chifrou com um negro.

Era a vez dos Reds de rebater, e Hank começou a pensar em Cincinnati. Muito em breve dirigiria para a River City e assistiria a uma rodada dupla. Seu plano era conseguir um bom assento, beber cerveja, se entupir de cachorros-quentes. Ouvira dizer que as salsichas tinham um gosto melhor no estádio de beisebol, e queria descobrir por si mesmo. Cincinnati não estava a mais que cento e cinquenta quilômetros, no outro lado de Mitchell Flats, uma grande reta pela Rota 50, mas ele jamais havia ido lá, nunca fora mais longe que Hillsboro em todos os seus vinte e dois anos. Hank pressentia que sua vida só começaria de verdade depois que fizesse aquela viagem. Ainda não tinha acertado todos os detalhes, mas também queria pagar uma prostituta depois que os jogos terminassem, uma garota bonita que o tratasse bem. Daria um dinheiro a mais para que ela o despisse, tirasse suas calças e sapatos. Compraria uma camisa nova para a ocasião, pararia no caminho em Bainbridge para um corte de cabelo decente. Tiraria as roupas dela devagar, se demorando com cada botãozinho ou qualquer coisa que as prostitutas usassem pra fechar suas roupas. Derramaria uísque em seus peitos e lamberia tudo, como ouvia alguns homens dizendo quando iam ao mercadinho depois de tomar umas no Bull Pen. Quando enfim a penetrasse, ela pediria para ele ir com calma, porque não estava acostumada com um homem daquele tamanho. Em nada se pareceria com a bocuda da Mildred McDonald, a única mulher com quem estivera até então.

"Uma enfiadinha", Mildred contou para todos no Bull Pen, "e depois nada mais que fumaça." Acontecera já fazia três anos e as pessoas ainda o enchiam por isso. A prostituta em Cincinnati insistiria para que ele ficasse com o dinheiro depois que acabasse, pediria seu número telefone, talvez implorasse para que ele a levasse junto. Imaginou que provavelmente voltaria uma pessoa diferente pra casa, assim como Slim Gleason quando chegou da Guerra da Coreia. Antes de abandonar Knockemstiff de vez, Hank pensou que poderia até passar no Bull Pen e pagar pros amigos uma cerveja de despedida, só pra mostrar que não havia ressentimentos por causa das piadas. De certo modo, pensou, Mildred lhe fizera um favor; guardara bastante dinheiro desde que parara de ir lá.

Ele prestava pouca atenção à partida e pensava na atitude desleal de Mildred em relação a ele, quando notou que alguém com uma lanterna caminhava pelo pasto de Clarence. Viu a pequena figura se abaixar e passar pela cerca de arame farpado, vindo em sua direção. Já estava quase escuro, mas, conforme a pessoa se aproximou, Hank percebeu que era o garoto dos Russell. Jamais o havia visto fora da montanha sozinho, ouviu dizer que o pai não permitia. Mas haviam enterrado a mãe naquela mesma tarde, o que talvez tivesse mudado as coisas, amolecido um pouco o coração do Russell pai. O menino usava uma camisa branca e um macacão novo. "Oi", disse Hank quando Arvin se aproximou. Seu rosto estava abatido e suado e pálido. Ele não parecia bem, de forma nenhuma. Como se tivesse sangue ou algo assim lambuzando o rosto e as roupas.

Arvin parou a alguns centímetros do funcionário do mercadinho e desligou a lanterna. "A loja está fechada", disse Hank, "mas se você precisar de alguma coisa, eu posso abrir de novo."

"Como uma pessoa faz pra polícia aparecer?"

"Ah, acho que é só causar algum problema ou ligar pra eles", disse Hank.

"Pode ligar pra mim? Eu nunca usei um telefone."

Hank enfiou a mão no bolso e desligou o rádio. Os Reds estavam tomando uma surra mesmo. "O que você quer com o xerife, filho?"

"Ele morreu", disse o garoto.

"Quem?"

"Meu pai", respondeu Arvin.

"Você quer dizer sua mãe, não?"

Um olhar confuso surgiu no rosto do garoto por um momento, então ele sacudiu a cabeça. "Não, minha mãe morreu faz três dias. Estou falando do meu pai."

Hank se levantou e pegou nas calças as chaves da porta dos fundos do mercadinho. Talvez o garoto não estivesse pensando direito por causa do luto. Hank se lembrou da dureza que havia sido quando sua própria mãe falecera. Era algo que uma pessoa jamais superava de verdade, ele sabia. Ainda pensava nela todos os dias. "Entra aí. Acho que você está com sede."

"Não tenho dinheiro", disse Arvin.

"Tudo bem", disse Hank. "Depois você me paga." Entraram, e o balconista abriu o refrigerador de metal onde ficavam os refrigerantes. "Você gosta de qual?" O garoto deu de ombros.

"Toma uma gengibirra", disse Hank. "Era o que eu costumava beber." Passou ao garoto uma garrafa do refrigerante e coçou a barba de um dia. "Então, seu nome é Arvin, não é?"

"Sim, senhor", disse o garoto. Colocou sua lanterna no balcão e deu um gole longo e depois outro.

"Ok, por que você acha que tem algo de errado com o seu pai?"

"O pescoço", disse Arvin. "Ele se cortou."

"Isso aí em você não é sangue, é?"

Arvin olhou para sua camisa e suas mãos. "Não", disse. "É torta."

"Onde seu pai está?"

"Perto de casa", disse o garoto. "Na mata."

Hank pegou o catálogo telefônico embaixo do balcão. "Olha", disse, "não me importo em chamar a polícia pra você, mas não me venha com palhaçada, tá? Eles não gostam de viagem perdida." Apenas dois dias antes, Marlene Williams o fizera ligar para denunciar outro sujeito que andava bisbilhotando pela janela dela. Era a quinta vez em apenas dois meses. Desligaram na cara dele.

"Por que eu faria isso?"

"É", disse Hank. "Acho que você não faria mesmo."

Após a ligação, ele e Arvin saíram pelos fundos e Hank pegou suas cervejas. Deram a volta e se sentaram num banco na frente da loja. Uma nuvem de mariposas revoava ao redor da luz de segurança que ficava acima das bombas de gasolina. Hank pensou na surra que o pai do garoto havia dado em Lucas Hayburn no ano anterior. Não que provavelmente ele não merecesse, só que Lucas nunca mais voltara ao normal. No dia anterior, ficara encurvado naquele banco pela manhã inteira com um fio de cuspe pendurado na boca. Hank abriu outra cerveja e acendeu um cigarro. Hesitou um segundo, então ofereceu um de seu maço ao garoto.

Arvin sacudiu a cabeça e deu outro gole no refrigerante. "Não estão jogando ferraduras hoje", disse após uns dois minutos.

Hank olhou para o vale, viu as luzes acesas no Bull Pen. Quatro ou cinco carros estacionados no quintal. "Devem estar fazendo uma pausa", disse o balconista, recostando-se na parede da loja e esticando as pernas. Ele e Mildred tinham ido para o chiqueiro no pasto de Platter. Ela disse que gostava do cheiro bom de esterco de porco, de imaginar as coisas de um jeito diferente das outras garotas.

"O que você gosta de imaginar?", Hank perguntara para ela com um laivo de preocupação na voz. Por anos escutara rapazes e homens falando sobre dar uma, mas nunca tinha ouvido falar em bosta de porco.

"Não é da sua conta o que se passa na minha cabeça", retrucara ela. Seu queixo era afiado como uma machadinha, os olhos pareciam bolas de gude cinzentas e opacas. Sua única característica redentora era a coisa entre suas pernas, que alguns haviam comparado a uma tartaruga que morde.

"Ok", dissera Hank.

"Vamos conferir o que você tem aí", disse Mildred, abaixando seu zíper e o derrubando na palha suja.

Após sua performance desprezível, ela o empurrou para o lado e disse: "Meu Deus, era melhor eu ter brincado sozinha".

"Desculpa", dissera ele. "Você me deixou nervoso. Vai ser melhor da próxima vez."

"Rá! Duvido muito que vai ter uma próxima vez, querido", zombara ela.

"Mas você não quer nem uma carona pra casa?", ele perguntara enquanto iam embora. Era quase meia-noite. O cafofo de dois quartos em Nipgen onde ela vivia com os pais ficava a muitas horas a pé.

"Não, vou ficar por aqui um pouco", dissera ela. "Para o caso de aparecer alguém que vale a pena."

Hank lançou o cigarro no estacionamento de cascalho e deu outro gole na cerveja. Gostava de dizer para si mesmo que, no fim, tudo ocorreu para o bem. Apesar de não ser uma pessoa rancorosa, de forma nenhuma, tinha de admitir que ficava feliz em saber que Mildred agora estava envolvida com um sujeito barrigudo chamado Jimmy Jack que andava numa Harley velha e a mantinha confinada num barraco de compensado na varanda dos fundos quando não estava vendendo o corpo dela atrás de algum bar da região. As pessoas diziam que por cinquenta centavos ela faria qualquer coisa em que você pudesse pensar. Hank a vira em Meade no último Quatro de Julho, parada diante da porta do Dusty's Bar com um olho roxo, segurando o capacete de couro do motoqueiro. Os melhores anos da vida de Mildred já haviam passado, e os seus ainda estavam prestes a começar. A mulher que ele arranjaria em Cincinnati seria mil vezes melhor que a velha Mildred McDonald. Uns dois anos depois que se mudasse dali, ele provavelmente nem seria mais capaz de recordar o nome dela. Esfregou o rosto com a mão e olhou ao redor, notou que o garoto dos Russell o observava. "Droga, eu estava falando sozinho?", perguntou ao menino.

"Nem tanto", disse Arvin.

"Nem tem como saber que horas o policial vai aparecer", disse Hank. "Eles não gostam muito de vir aqui."

"Quem é Mildred?", perguntou Arvin.

9 O MAL NOSSO DE CADA DIA

DONALD RAY POLLOCK

O turno de Lee Bodecker estava quase no fim quando ele recebeu a chamada pelo rádio. Mais vinte minutos e estaria pegando sua namorada e indo para o Johnny's Drive-in na Bridge Street. Estava morrendo de fome. Todas as noites, depois que saía, ele e Florence iam para o Johnny's, o White Cow ou o Sugar Shack. Gostava de passar o dia inteiro sem comer e então devorar cheeseburgers e fritas e milk-shakes; e terminar tudo na River Road com umas duas cervejas estupidamente geladas, recostado no banco enquanto Florence o masturbava até ele gozar dentro do seu copo de Pepsi vazio. A pegada dela era de uma leiteira *amish*. O verão inteiro havia sido uma sucessão de noites quase perfeitas. Ela estava guardando o melhor para a lua de mel, o que não era um problema para Bodecker. Com apenas vinte e um anos, tinha somente seis meses fora do Exército em época de paz, e nenhuma pressa em se prender a uma família. Apesar de ter se tornado policial havia apenas quatro meses, já podia ver as vantagens de fazer parte das forças da lei num lugar remoto como o condado de Ross, em Ohio. Um homem podia ganhar dinheiro se fosse cuidadoso e não ficasse metido a besta, como o seu chefe. Ultimamente o xerife Hen Matthews tinha uma foto de sua fuça redonda e estúpida na primeira página do *Meade Gazette* três ou quatro vezes por semana, jamais com um motivo aparente. Os moradores começavam a fazer piada a respeito. Bodecker já planejava sua estratégia de campanha. Tudo o que precisava fazer era colocar a culpa de alguma sujeira em

Matthews antes da eleição seguinte, e ele poderia se mudar com Florence para uma das casas novas que estavam construindo na Brewer Heights quando finalmente oficializassem os laços. Tinha ouvido dizer que cada uma delas tinha dois banheiros.

    Deu a volta com a viatura na Paint Street, perto da fábrica de papel, e seguiu por Huntington Pike em direção a Knockemstiff. A quase cinco quilômetros dos limites da cidade, passou pela casa em Brownsville, onde morava com a irmã e a mãe. Uma luz estava acesa na sala. Ele sacudiu a cabeça e tirou um cigarro do bolso da camisa. No momento estava pagando a maioria das contas, mas havia deixado claro quando voltou do serviço militar que elas não poderiam depender dele por muito tempo. Seu pai os abandonara anos antes, simplesmente foi para a fábrica de sapatos certa manhã e nunca mais voltou. Pouco tempo antes, escutaram um rumor de que ele estava morando em Kansas City, trabalhando num salão de bilhar, o que fazia sentido para quem já tivesse ouvido falar de Johnny Bodecker. A única hora em que o homem sorria era quando estava batendo nas bolas de bilhar ou tomando conta de uma mesa. Essa notícia causou uma grande decepção no filho; nada teria feito Bodecker mais feliz que descobrir que aquele escroto ainda ganhava a vida em algum lugar costurando solas de mocassins num prédio escuro de tijolos vermelhos com janelas altas e sujas. De tempos em tempos, quando saía em patrulha e as coisas estavam calmas, Bodecker imaginava seu pai retornando a Meade para uma visita. Em sua mente, seguia o velho para o campo, longe de eventuais testemunhas, e o prendia por alguma acusação idiota. Então lhe daria uma sova com o cassetete ou a coronha de seu revólver antes de levá-lo para a Schott's Bridge e jogá-lo por cima do corrimão. Era sempre cerca de um dia depois de uma chuva pesada, e o Paint Creek estaria cheio, com as águas velozes e profundas correndo para o leste, em direção ao Scioto River. Às vezes o deixava se afogar; noutras permitia que nadasse até a barranca enlameada. Era uma boa maneira de passar o tempo.

    Deu uma tragada no cigarro enquanto seus pensamentos iam do pai para a irmã, Sandy. Apesar de ter acabado de completar dezesseis anos, Bodecker já havia lhe arranjado um emprego servindo mesas à noite no Wooden Spoon. Tinha parado o proprietário do restaurante algumas semanas antes por dirigir embriagado, sua terceira vez em um ano, e uma coisa conduzira à outra. Antes que se desse conta, estava com cem dólares a mais e a irmã empregada. Em público, ela era tão recatada e ansiosa quanto um gambá capturado à luz do dia, sempre fora, e Bodecker não tinha dúvidas de que aquelas primeiras duas semanas aprendendo a lidar com os clientes foram torturantes, mas o proprietário lhe contara na manhã anterior que a garota parecia estar pegando o jeito. Nas noites em que não podia buscá-la depois do trabalho, o chapeiro, um homem atarracado de sonolentos olhos azuis que gostava de fazer ilustrações maliciosas de personagens de desenhos animados em sua touca branca de papel, andava lhe dando caronas para casa, e isso o preocupava um pouco, principalmente porque Sandy estava inclinada a fazer qualquer coisa que alguém pedisse. Bodecker nunca a tinha visto se defender uma vez sequer e, como no caso de muitas outras coisas, culpava o pai por isso. Ainda assim, disse para si mesmo, já estava na hora de ela começar a se virar no mundo. Não podia se esconder em seu quarto e sonhar pelo resto da vida; e, quanto mais cedo começasse a ganhar algum dinheiro, mais cedo ele poderia sair de lá. Alguns dias antes, chegara ao ponto de sugerir a sua mãe que deixasse Sandy sair da escola para trabalhar em tempo integral, mas a velha não lhe deu ouvidos. "Por que não?", perguntou. "Assim que alguém descobrir como ela é fácil, provavelmente vai engravidar mesmo, então qual a importância de saber álgebra ou não?" A mãe não lhe deu uma explicação, mas agora a semente estava plantada, e ele sabia que deveria esperar apenas um ou dois dias antes de retomar o assunto. Poderia levar algum tempo, mas Lee Bodecker sempre conseguia o que queria.

Lee virou à direita na Black Run Road e foi até o mercadinho de Maude. O funcionário de lá estava sentado no banco em frente à loja bebendo uma cerveja e conversando com um menino. Bodecker saiu da viatura com sua lanterna. O balconista era um farrapo humano miserável, embora o policial tenha deduzido que deveriam ter mais ou menos a mesma idade. Algumas pessoas nasciam apenas para serem enterradas; sua mãe era assim, e ele sempre achara que devia ser por isso que o velho tinha partido, ainda que seu pai não fosse lá grandes coisas. "Então, o que aconteceu desta vez?", perguntou Bodecker. "Só espero que não tenha sido mais um desses bisbilhoteiros de merda de quem vocês vivem falando."

Hank se inclinou e cuspiu no chão. "Queria eu que fosse", disse, "mas não, é por causa do pai deste menino."

Bodecker apontou a lanterna para o garoto magricela de cabelos escuros. "Então, o que foi, filho?", perguntou.

"Ele está morto", disse Arvin, levantando a mão para bloquear a luz que brilhava em seu rosto.

"E hoje acabaram de enterrar a pobrezinha da mãe dele", disse Hank. "É triste pra porra, pois é."

"Então seu pai morreu, foi?"

"Sim, senhor."

"Isso na sua cara é sangue?"

"Não", disse Arvin. "Alguém deu uma torta pra gente."

"Não é nenhuma palhaçada, certo? Você sabe que vou ter que botar você em cana se for."

"Por que vocês todos acham que eu estou mentindo?", questionou Arvin.

Bodecker olhou para o balconista. Hank deu de ombros e entornou a cerveja e matou a bebida. "Eles moram lá em cima na Baum Hill", disse. "Arvin aqui, ele pode mostrar pra você." Então se levantou e arrotou e foi para a lateral do mercadinho.

"Talvez eu tenha algumas perguntas pra fazer mais tarde", avisou Bodecker.

"É triste pra porra, é só o que eu tenho pra dizer", foi a resposta de Hank.

Bodecker colocou Arvin no banco da frente da viatura e dirigiu até Baum Hill. Lá em cima, fez a curva numa estradinha de terra estreita no meio das árvores, que foi apontada pelo garoto. Diminuiu bastante a velocidade. "Eu nunca andei por estas bandas antes", justificou o policial. Abaixou a mão e destravou o coldre calmamente.

"Já faz muito tempo que não aparece ninguém diferente aqui", disse Arvin. Ao olhar para a mata escura pela janela lateral, o garoto se deu conta de que havia esquecido a lanterna no mercadinho. Esperava que o funcionário não a vendesse antes que ele voltasse lá. Entreviu o brilhante painel do veículo. "Você vai ligar a sirene?"

"Não precisamos assustar ninguém."

"Não tem mais ninguém pra assustar", disse Arvin.

"Então é aqui que você mora?", perguntou Bodecker enquanto eles se aproximavam da casa pequena e quadrada. Não havia nenhuma luz acesa, nenhum sinal de que alguém sequer vivia ali, exceto por uma cadeira de balanço na varanda. A grama do quintal estava com pelo menos trinta centímetros de altura. À esquerda havia um velho celeiro com a maior parte da parede lateral arrancada. Bodecker estacionou ao lado de uma caminhonete enferrujada. O típico lixo caipira, pensou. Era difícil saber em que tipo de confusão estava se metendo. Seu estômago vazio gorgolejava como um lavabo quebrado.

Arvin saiu sem responder e parou na frente da viatura, esperando pelo policial. "Por aqui", disse. Virou-se e começou a contornar a casa.

"É longe?", perguntou Bodecker.

"Não muito. Talvez uns dez minutos."

Bodecker acendeu a lanterna e seguiu o garoto ao longo de um terreno mal capinado. Entraram na mata e desceram dezenas de metros por uma estrada bastante pisada. De repente o garoto parou e apontou para a escuridão. "Ele está bem ali", disse Arvin.

O policial apontou a luz para o homem vestido com uma camisa branca e calça social, jogado num tronco de qualquer jeito. Aproximando-se alguns passos, pôde perceber um talho no pescoço dele. A frente de sua camisa estava encharcada de sangue. Deu uma fungada no ar e sentiu ânsia de vômito. "Meu Deus, ele está aqui assim faz quanto tempo?"

Arvin deu de ombros. "Pouco. Tirei um cochilo depois do enterro e depois ele estava aqui."

Bodecker apertou as narinas com os dedos, tentou respirar pela boca. "E de onde vem este fedor dos infernos, então?"

"Vem deles ali", disse Arvin, apontando para as árvores.

Bodecker levantou sua lanterna. Animais em vários estados de decomposição estavam pendurados ao redor deles, alguns nos galhos, outros em grandes cruzes de madeira. Um cachorro morto com uma coleira de couro ao redor do pescoço estava pregado numa das cruzes como uma hedionda imagem de Cristo. A cabeça de um veado estava no pé de outra. Bodecker se atrapalhou com sua arma. "Puta que pariu, menino, que porra é essa?", perguntou, virando a luz para Arvin exatamente no momento em que um verme branco e retorcido caía no ombro do garoto. Ele o espanou com a naturalidade que alguém o faria com uma folha ou uma semente. Bodecker brandiu o revólver enquanto dava alguns passos para trás.

"É um tronco de rezas", disse Arvin, sua voz agora um mero sussurro.

"O quê? Um tronco de rezas?"

Arvin assentiu com a cabeça, encarando o corpo do pai. "Mas não funciona", disse.

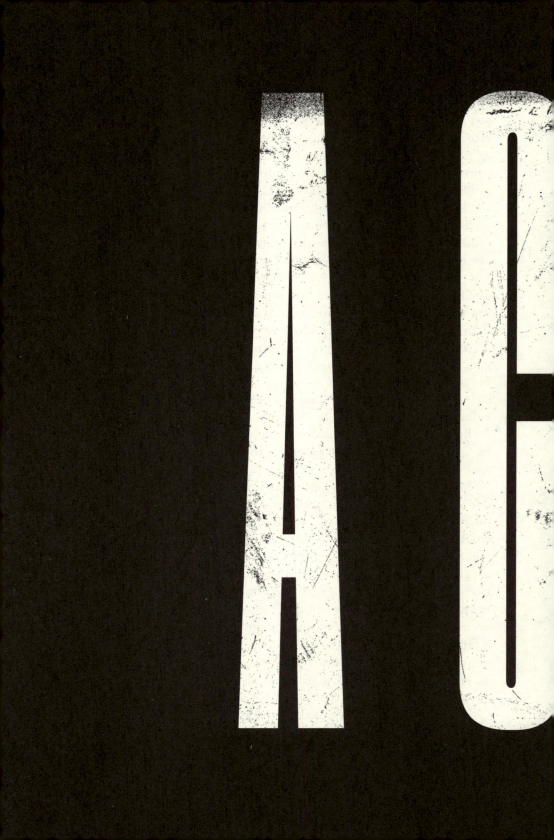

10 O MAL NOSSO DE CADA DIA

DONALD RAY POLLOCK

O casal estivera vagando pelo Meio-Oeste fazia várias semanas durante o verão de 1965, sempre à caça, dois ninguéns numa perua preta da Ford comprada por cem dólares numa loja de carros usados chamada Brother Whitey's, em Meade, Ohio. Era o terceiro veículo que haviam roubado do pastor em muitos anos. O homem no banco do passageiro estava engordando e acreditava em sinais e tinha o hábito de palitar seus dentes deteriorados com um canivete Buck. A mulher sempre dirigia e usava shorts apertados e blusas leves que mostravam seu corpo pálido e esquelético de uma forma que os dois achavam excitante. Fumava um atrás do outro qualquer tipo de cigarro mentolado que caía em suas mãos, enquanto ele mascava charutos pretos baratos que chamava de picas de cachorros. O Ford queimava óleo e derramava fluido de freio e ameaçava perder suas peças de metal pela rodovia sempre que eles passavam de oitenta quilômetros por hora. O homem gostava de pensar que parecia um carro fúnebre, mas a mulher preferia uma limusine. Seus nomes eram Carl e Sandy Henderson, mas às vezes também usavam outros nomes.

Nos quatro anos anteriores, Carl passou a acreditar que os caroneiros eram os melhores, e na época havia muitos deles nas estradas. Ele chamava Sandy de *isca*, ela o chamava de *atirador*, e ambos se referiam aos caroneiros como *modelos*. Naquela mesma noite, logo ao norte de Hannibal, Missouri, haviam enganado e torturado e matado um jovem militar numa área arborizada cheia de umidade e mosquitos. Assim que o pegaram, o garoto gentilmente ofereceu tabletes de chiclete Juicy Fruit, disse que podia dirigir um pouco caso a moça precisasse descansar. "Hoje é dia, porra", disse Carl; e Sandy desviou os olhos por causa do tom sarcástico que seu marido às vezes usava, como se pensasse ser um lixo de uma classe superior à daquele que encontravam pelas estradas. Sempre que ele ficava assim, ela desejava simplesmente parar o carro e dizer ao pobre idiota no banco de trás que fosse embora enquanto ainda tinha uma chance. Qualquer dia, prometeu a si mesma, era isso o que iria fazer, pisar no freio e colocar o Senhor Gostosão em seu lugar.

Mas não naquela noite. O rapaz no banco de trás era abençoado com um rosto liso como manteiga e minúsculas sardas marrons e cabelos cor de morango, e Sandy não conseguia resistir àqueles que pareciam anjos. "Qual seu nome, querido?", ela perguntou, após percorrerem uns dois quilômetros pela rodovia. Fazia sua voz soar doce e agradável; e quando o jovem olhou para cima e seus olhos se encontraram no retrovisor central, ela deu uma piscadinha e sorriu da maneira como Carl havia lhe ensinado, o que a obrigara a ensaiar por noites seguidas na mesa da cozinha até que seu rosto estivesse a ponto de cair e grudar no chão como massa de torta, o sorriso que insinuava cada possibilidade depravada que um jovem podia imaginar.

"Soldado Gary Matthew Bryson", disse o rapaz. Ela estranhou que ele tivesse dito o nome completo assim, como se estivesse pronto para uma inspeção ou alguma merda parecida, mas deixou isso de lado e continuou a conversa. Esperava que não fosse um daqueles tipos muito sérios. Esses sempre dificultavam bastante sua parte do trabalho.

"Está aí um nome bonito", comentou Sandy. No espelho, observando um sorriso envergonhado se espalhando pelo rosto dele, o viu meter mais um pedaço de chiclete na boca. "Qual deles você usa?", perguntou.

"Gary", respondeu ele, jogando a embalagem prateada do chiclete pela janela. "Era o nome do meu pai."

"E o outro, Matthew, é o mesmo que aquele Mateus da Bíblia, não é, Carl?", perguntou Sandy.

"Diabos, tudo vem da Bíblia", disse seu marido, encarando o para-brisa. "O velho Matt era um dos apóstolos."

"Carl costumava dar aulas na escola dominical, não é, amor?"

Com um suspiro, Carl retorceu seu corpanzil no assento, mais para dar outra olhada no rapaz que por qualquer outro motivo. "Isso mesmo", disse com um sorriso sem mostrar os dentes. "Eu costumava dar aulas na escola dominical." Sandy deu um tapinha em seu joelho, e ele se virou para a frente sem dizer mais nada e pegou um mapa rodoviário do porta-luvas.

"Mas você provavelmente já sabia disso, não é, Gary?", disse Sandy. "Que seu nome do meio veio direto do Bom Livro?"

O jovem parou de mascar seu chiclete por um momento. "A gente nunca foi muito de ir pra igreja quando eu era criança", explicou.

Um olhar de preocupação perpassou o rosto de Sandy, e ela pegou seus cigarros no painel. "Mas você foi batizado, certo?", perguntou.

"Ora, claro, não somos pagãos", disse o rapaz. "Eu só não entendo nada dessas coisas da Bíblia."

"Que bom", disse Sandy com uma ponta de alívio em sua voz. "Não faz sentido arriscar, não com algo assim. Senhor, quem sabe aonde uma pessoa pode acabar se ela não foi salva?"

O soldado estava indo para casa ver sua mãe antes de embarcar com o Exército ou para a Alemanha ou esse novo lugar chamado Vietnã, Carl não se lembrava mais qual deles. Pouco lhe importava que tivesse o nome de algum maluco filhodumaputa do Novo Testamento, ou que sua namorada tivesse feito o cara prometer que usaria um colar com seu anel de formatura no pescoço até que voltasse do estrangeiro. Saber de coisas como aquelas só complicaria tudo mais tarde; e Carl achava mais fácil ignorar o papinho, deixar Sandy lidar com essas questões idiotas, a conversa mole. Ela era boa nisso, flertar e tagarelar, deixá-los tranquilos. Já haviam rodado bastante desde que se conheceram — ela, uma moça solitária e magra como um graveto servindo mesas no Wooden Spoon em Meade, dezoito anos de idade e ouvindo merda dos clientes na esperança de uma gorjeta de vinte e cinco centavos. E ele? Não muito melhor, um rapaz mimado e flácido que havia acabado de perder a mãe, sem futuro ou amigos exceto por aquilo que uma câmera pudesse fazer. Não tinha ideia, enquanto entrava no Wooden Spoon em sua primeira noite fora de casa, do que aquilo significava ou do que fazer em seguida. A única coisa de que teve certeza logo de cara, quando se sentou e ficou observando a garçonete magricela terminando de esfregar as mesas antes de apagar as luzes, era que precisava, mais que tudo no mundo, tirar uma foto dela. Desde então estavam juntos.

Claro, também havia coisas que Carl precisava dizer pros caroneiros, mas geralmente isso podia esperar até que estacionassem o carro. "Olha isso", ele começava, quando tirava a câmera de dentro do porta-luvas, uma Leica M3 35mm, e a erguia para mostrar ao homem. "Ela nova custa quatrocentos, mas consegui quase de graça." E, embora o sorriso sexy nunca deixasse os lábios de Sandy, não conseguia conter uma leve irritação sempre que ele se vangloriava por isso. Não sabia por que havia seguido Carl nessa vida, nem sequer conseguia começar a pôr isso em palavras, mas sabia que a maldita câmera não tinha sido uma barganha, que no fim aquilo sairia muito caro para os dois. Em seguida o ouvia perguntar ao próximo modelo, numa voz que quase soava como uma piada: "Então, o que você acha de tirar uma foto com uma mulher bonita?". Mesmo após todo esse tempo, ainda ficava impressionada com a disponibilidade absoluta dos homens adultos.

Após terem carregado e arrastado o corpo nu do jovem soldado alguns metros mata adentro, rolando-o para debaixo de uns arbustos carregados de frutinhas roxas, vasculharam suas roupas e a bolsa de viagem e encontraram quase trezentos dólares socados num par de meias brancas limpas. Era mais dinheiro que Sandy ganhava num mês inteiro. "Pilantra mentiroso", disse Carl. "Você lembra que eu perguntei se ele podia ajudar na gasolina?" Sacudindo a nuvem de insetos reunidos ao redor de seu rosto vermelho e suado, meteu o chumaço de notas no bolso da calça. Uma pistola de cano longo e gasto estava próxima à câmera no chão ao seu lado. "Como minha velha mãe costumava dizer", continuou, "não dá pra confiar em nenhum deles."

"Eles quem?", disse Sandy.

"Os malditos ruivos", disse. "Diabo, eles soltam uma mentira mesmo quando a verdade é mais vantajosa. É mais forte que eles. Alguma coisa que deu errado na sua evolução."

Um carro com o silenciador furado passou devagar pela rodovia principal, e Carl espichou o pescoço para cima e ouviu o *pop-pop* até sumir. Em seguida, olhando para Sandy ajoelhada diante dele, estudou seu rosto no crepúsculo acinzentado por um momento. "Toma, se limpa aí", disse, passando-lhe a camiseta do rapaz, ainda umedecida com seu suor. Apontou para seu queixo. "Você ainda está com uma mancha bem aí. O magricela de uma figa estava cheio como um carrapato."

Após passar a camisa no rosto, Sandy a largou sobre a bolsa de viagem verde e se levantou. Abotoou a blusa com as mãos tremendo, tirou a sujeira e os pedacinhos de folhas mortas de suas pernas. Quando chegou perto do carro, se curvou e começou a se analisar no espelho do retrovisor, então enfiou a mão pela janela e pegou seus cigarros no painel. Recostou-se no para-choque frontal e acendeu um, catou um pedaço de cascalho minúsculo do joelho fino com uma unha rosa. "Nossa, odeio quando eles choram daquele jeito", disse ela. "É a pior coisa."

Carl sacudiu a cabeça enquanto checava a carteira do jovem mais uma vez. "Você tem que parar com essa merda, garota", disse. "As lágrimas que ele derramou são o tipo de coisa que deixa a foto boa. Esses últimos minutos foram os únicos de toda aquela vida miserável em que ele não estava fingindo."

Enquanto ele devolvia todos os pertences do rapaz para a bolsa de viagem, Sandy ficou tentada a pedir para ficar com o anel de formatura da namorada, mas achou que não valia o inconveniente. Carl tinha tudo planejado e podia se transformar num maníaco raivoso se ela tentasse passar por cima de uma única regrinha. Itens pessoais deviam ser descartados apropriadamente. Era a Regra Número 4. Ou talvez a Número 5. Sandy nunca sabia direito a ordem das regras, não importava quantas vezes tentasse enfiá-las na cabeça, mas lembraria para sempre que Gary Matthew Bryson amava Hank Williams e odiava os ovos em pó do Exército. Então seu estômago roncou e ela se perguntou, apenas por um segundo, se aquelas frutinhas no pé atrás da cabeça dele lá na mata eram comestíveis ou não.

†

Uma hora depois, foram a uma pedreira deserta pela qual haviam passado mais cedo quando Sandy e o soldado Bryson ainda estavam fazendo piadinhas e trocando olhares lascivos. Ela estacionou atrás de um galpão erguido com restos de madeira e placas de latão enferrujadas e desligou o motor. Carl pulou para fora do carro com a bolsa do rapaz e uma lata de gasolina que sempre carregava. A alguns metros do barraco, colocou a bolsa no chão e espirrou um pouco de gasolina em cima. Depois que começou a queimar bem, voltou para o carro e fez uma busca com uma lanterna no banco traseiro, encontrou um pedaço de chiclete preso debaixo do apoio para os braços. "Pior que criança", comentou. "Pensava que os militares educavam eles melhor que isso. Com soldados que nem esse aí, estamos fodidos se os russos um dia decidirem invadir." Removeu o chiclete cuidadosamente com a unha e voltou à fogueira.

Sandy se sentou dentro do carro e o observou cutucar as chamas com um graveto. Fagulhas alaranjadas e azuis subiam e flutuavam e desapareciam na escuridão. Ela coçou umas mordidas de bicho-de-pé em seus tornozelos e se preocupou com a sensação de queimação entre as pernas. Apesar de ainda não tê-la mencionado para Carl, com certeza o outro rapaz, um que eles haviam pegado em Iowa dois dias antes, havia lhe passado algum tipo de infecção. O médico avisara que mais uma ou duas doses arruinaria suas chances de ter um filho algum dia, mas Carl não gostava de camisinhas aparecendo em suas fotos.

Quando o fogo apagou, Carl chutou as cinzas no cascalho, tirou uma bandana suja de seu bolso traseiro e pegou a fivela quente e os restos esfumaçados dos coturnos. Ele as atirou no meio da pedreira e escutou um baque grave. Enquanto estava na beira do buraco profundo, Carl pensava no modo como Sandy havia envolvido o jovem soldado com os braços quando o viu abaixar a câmera e puxar a pistola, como se isso fosse salvá-lo. Ela sempre tentava aquele tipo de merda com os bonitinhos, e apesar de na verdade não ter como culpá-la por desejar que durasse um pouco mais, não era só a porra de uma suruba. De acordo com seu modo de pensar, era a única religião verdadeira, o que havia buscado a vida toda. Apenas na presença da morte podia sentir a presença de algo parecido com Deus. Olhou para cima, e viu nuvens escuras começando a se juntar no céu. Limpou o suor dos olhos e foi andando de volta para o carro. Se tivessem sorte, talvez chovesse à noite para lavar um pouco da sujeira do ar, refrescar um pouco as coisas.

"Que diabos você estava fazendo lá?", perguntou Sandy.

Carl tirou um charuto novo do bolso da camisa e começou a abrir a embalagem. "Quando você se apressa, é aí que comete algum erro."

Ela estendeu a mão. "Só me dá essa merda de lanterna."

"Vai fazer o quê?"

"Tenho que mijar, Carl", disse ela. "Meu Deus, estou quase pra estourar, e você lá enrolando."

Carl mascou o charuto e a observou dando a volta por detrás do galpão. Duas semanas na estrada e ela já estava novamente reduzida a quase nada, as pernas parecendo malditos palitos de dentes, a bunda reta como uma tábua de bater roupa. Levaria três ou quatro meses pra devolver um pouco de carne naqueles ossos. Guardou o rolo de filme que fizera dela e do soldado num pequeno cilindro de metal e o colocou na caixa do porta-luvas com os outros. Na hora em que Sandy voltou, já tinha recarregado a câmera com um filme novo. Ela entregou a lanterna e ele a enfiou debaixo do banco. "Vamos pra um hotel hoje?", pediu ela com uma voz cansada ao ligar o carro.

Carl tirou o charuto da boca e removeu um fiapo de tabaco que estava entre os dentes. "Antes precisamos andar um pouco", disse.

Rumo ao sul pela 79, cruzaram com o Mississippi em Illinois na Rota 50, uma estrada com a qual estavam ficando bastante acostumados nos últimos anos. Sandy continuava tentando acelerar, e ele precisava lembrá-la várias vezes para tirar o pé. Capotar o carro e ficar preso lá dentro ou inconsciente era um de seus maiores medos. Às vezes tinha pesadelos com isso, via-se deitado algemado a uma cama de hospital tentando explicar pra polícia o que eram aqueles rolos de filme. Somente pensar a respeito já começava a cagar a euforia que tivera com o soldado, então ele estendeu o braço e girou o botão do rádio até encontrar uma estação de música country de Covington. Nenhum dos dois dizia nada, mas volta e meia Sandy cantarolava junto alguma das canções mais lentas. Então bocejava e acendia outro cigarro. Carl contou os insetos que se espatifaram contra o para-brisa, e se preparou pra segurar o volante caso ela cochilasse.

Depois de atravessarem cento e sessenta quilômetros de cidadezinhas pacatas e milharais vastos e escuros, chegaram a um decrépito hotel construído com blocos de cimento rosados chamado Sundowner. Era quase uma da manhã. Havia três carros no estacionamento esburacado. Carl tocou a campainha várias vezes antes de uma luz finalmente se acender dentro do escritório e uma idosa com bobes de metal no cabelo abrir a porta com um estalo e dar uma olhada na situação. "É sua esposa no carro?", perguntou, espremendo os olhos em direção à perua atrás de Carl. Olhando pra lá, mal podia distinguir o brilho do cigarro de Sandy na escuridão.

"Seus olhos são bons", disse ele, dando um sorriso discreto. "Sim, é ela."

"De onde vocês são?", a mulher perguntou.

Carl quase disse Maryland, um dos poucos estados que ainda não conhecia, mas se lembrou da placa na frente do carro. Imaginou que aquela bruaca velha e intrometida já tivesse checado isso. "Lá da região de Cleveland", respondeu.

A mulher mexeu a cabeça, apertou a camisola em seu corpo. "Eu não moraria num lugar daqueles nem que me pagassem, com tantos roubos e mortes acontecendo."

"Você está certa", disse Carl. "Fico preocupado o tempo todo. Tem pretos demais por lá, por exemplo. Nossa, minha esposa quase nem sai mais de casa." Então tirou o dinheiro do soldado da carteira. "O quarto fica por quanto mesmo?", perguntou.

"Seis dólares", disse a mulher. Ele lambeu o polegar e contou algumas notas de um e lhe passou. Ela saiu por um momento e voltou com uma chave num chaveiro de papelão gasto e amassado. "Número sete", disse. "O último ali embaixo."

O quarto era quente e abafado e cheirava a inseticida Black Flag. Sandy foi direto para o banheiro e Carl ligou a televisão portátil, mas àquela hora da noite não passava nada além de chuvisco, pelo menos ali no meio do nada. Arrancando os sapatos, começou a puxar a fina colcha xadrez. Seis moscas mortas jaziam espalhadas sobre os travesseiros duros. Ele as examinou por um minuto, então se sentou na beirada da cama e pegou um cigarro na bolsa de Sandy. Contou as moscas mais uma vez, mas o número não mudou.

Olhando para o outro lado do quarto, deteve os olhos numa fotografia barata emoldurada na parede, uma porcaria com flores e frutas da qual ninguém jamais se recordaria, nem ao menos uma pessoa que dormisse naquele quarto fedorento. Não conseguia atribuir qualquer propósito para aquilo, a não ser lembrar que o mundo era um lugar triste para se viver. Inclinou-se para a frente e pousou os cotovelos sobre os joelhos, tentando visualizar uma de suas fotos no lugar. Talvez o beatnik de Wisconsin com um pouco de seda para baseados, ou o loirão desgraçado do ano anterior, o que arrumou briga. Claro, umas eram melhores que outras, até Carl admitia isso; mas de uma coisa tinha certeza: qualquer um que olhasse para uma de suas fotos, mesmo aquelas mal tiradas de três ou quatro anos antes, jamais se esqueceria delas. Apostaria o chumaço de verdinhas do soldado nisso.

Amassou o cigarro no cinzeiro e olhou novamente para o travesseiro. Seis era o número de modelos com quem haviam lidado naquela viagem; e seis foi o preço que aquela cadela velha cobrara pelo quarto; e agora seis moscas envenenadas em sua cama. O odor persistente do inseticida começou a fazer seus olhos arderem, e ele os esfregou com a ponta da colcha. "E o que esses três seis significam, Carl?", perguntou para si mesmo em voz alta. Puxando o canivete, brincou com um buraco num de seus molares enquanto procurava uma resposta adequada, que evitasse as explicações mais óbvias para aqueles três números, o sinal bíblico que sua mãe velha e louca teria lhe apontado com alegria se ainda estivesse viva. "Significa, Carl", disse por fim, fechando o canivete com um estalo, "que é hora de voltar pra casa." E, com um movimento da mão, varreu os pequeninos cadáveres alados para o carpete sujo e virou os travesseiros pro outro lado.

11 O MAL NOSSO DE CADA DIA

DONALD RAY POLLOCK

Mais cedo no mesmo dia, em Meade, Ohio, o xerife Lee Bodecker sentou diante de sua mesa numa cadeira giratória de carvalho comendo um chocolate e checando uma papelada. Não tomava uma gota de álcool, sequer uma cervejinha, fazia dois meses, e o médico de sua esposa lhe dissera que o açúcar tiraria a vontade. Florence havia espalhado doces por toda a casa, até enfiara uns biscoitos debaixo de seu travesseiro. Às vezes acordava no meio da noite comendo, sentindo a garganta viscosa como um papel pega-moscas. Se não fossem os comprimidos vermelhos para dormir, jamais descansaria. A preocupação na voz dela, o modo como agora o mimava, o deixavam enojado por pensar em como havia decaído àquele ponto. Embora as eleições do condado ainda fossem dali a um ano, Hen Matthews se mostrava um mau perdedor. Seu antigo chefe já estava jogando sujo, espalhando merdas sobre homens da lei que corriam mais rápido atrás de bebidas que de bandidos. Porém cada doce que Bodecker comia fazia com que desejasse mais dez, e sua barriga começava a cair sobre o cinto como um saco repleto de cururus mortos. Se continuasse assim, quando a campanha recomeçasse, seria um gordo desleixado como o porco do seu cunhado, Carl.

O telefone tocou, e antes que tivesse a chance de dizer alô, uma voz fina de mulher mais velha do outro lado perguntou: "É o xerife?".

"Eu mesmo", disse Bodecker.

"Você tem uma irmã que trabalha no Tecumseh?"

"Talvez", respondeu Bodecker. "Faz um tempo que não falo com ela." Pelo tom de voz da mulher, deduzia que não era um telefonema amigável. Colocou o resto do doce sobre a papelada. Nos últimos tempos, falar sobre a irmã deixava Lee nervoso. Lá em 1958, quando voltara do Exército para casa, teria estourado as tripas de rir se alguém lhe desse a entender que a tímida e magricela Sandy viraria uma doidona, mas isso foi antes de ter encontrado Carl. Agora mal conseguia reconhecê-la. Vários anos antes, Carl a convencera a largar o emprego no Wooden Spoon e se mudar para a Califórnia. Apesar de terem ficado lá por menos de um mês, quando voltou, alguma coisa nela estava diferente. Arrumou um emprego servindo bebidas no Tecumseh, o inferninho mais barra pesada da cidade. Passou a andar por aí com saias curtas que mal cobriam a bunda, o rosto pintado como aquelas putas que ele havia expulsado da Water Street quando foi eleito pela primeira vez. "Ando muito ocupado correndo atrás de gente que não presta", brincou, tentando melhorar o humor da pessoa do outro lado da linha. Olhou de relance para baixo e notou um arranhão na ponta de uma das botas marrons novinhas. Cuspiu no polegar e se abaixou para tentar apagá-lo.

"Oh, aposto que sim", disse a mulher.

"Você está com algum problema?", disse Bodecker.

"Com certeza", respondeu a mulher com um tom de raiva. "Sua irmãzinha, agora já faz mais de um ano que ela está vendendo o corpo na porta dos fundos daquele lugar nojento, mas pelo que estou vendo, xerife, você não moveu uma palha pra impedir isso. Já perdi a conta de quantos bons casamentos terminaram por causa dela. Como eu acabei de dizer pro sr. Matthews hoje de manhã, isso faz a gente se perguntar como você conseguiu se eleger, com uma família assim."

"Quem diabos está falando?", Bodecker quis saber, inclinando-se para a frente em sua cadeira.

"Rá!", exclamou a mulher. "Não vou cair nessa. Eu sei como a polícia funciona aqui no condado de Ross."

"Funciona do jeito certo", retrucou Bodecker.

"Não é o que o sr. Matthews diz." E, depois disso, desligou.

Batendo o telefone, Bodecker empurrou a cadeira e se levantou. Deu uma olhada em seu relógio e apanhou as chaves sobre o armário do arquivo. Assim que chegou à porta, parou e voltou para a mesa. Vasculhou a gaveta de cima, encontrou um pacote aberto de balas de caramelo. Enfiou um punhado no bolso.

Ao passar pela recepção na saída, o atendente, um jovem de olhos verdes esbugalhados e corte de cabelo militar, olhou por sobre uma revista de sacanagem que estava lendo. "Tudo certo, Lee?", perguntou.

Com o seu grande rosto vermelho de nervoso, o xerife continuou sem abrir a boca, então parou diante da porta e olhou para trás. Agora o atendente erguia a revista na direção da luz, estudando um corpo feminino envolvido em apertadas faixas de couro e fios de náilon, uma calcinha embolada na boca. "Willis", disse Bodecker, "não deixa ninguém entrar aqui e pegar você vendo essa porra de revista de putaria, tá me ouvindo? Já tem gente demais me enchendo o saco."

"Claro, Lee", disse o atendente. "Vou tomar cuidado." Ele começou a virar outra página.

"Meu Deus, rapaz, você não entendeu?", gritou Bodecker. "Joga essa merda fora."

Enquanto dirigia para o Tecumseh, chupava um das balas de caramelo e pensou no que a mulher no telefone dissera sobre Sandy se prostituindo. Apesar de suspeitar que Matthews a fizera ligar só pra sacanear com ele, tinha de admitir que não ficaria surpreso se descobrisse que era verdade. Dois carangos detonados estavam parados no estacionamento, junto com uma moto Indian coberta de lama seca. Tirou o chapéu e o distintivo e os trancou no porta-malas. Da última vez em que estivera ali, no começo do verão, vomitara Jack Daniel's na mesa de bilhar inteira. Sandy mandou todos embora cedo e fechou o lugar. Ele havia se deitado no chão pegajoso entre bitucas de cigarro e escarros e cerveja derramada enquanto ela limpava a sua sujeira no feltro verde com umas toalhas. Então ela pôs um ventiladorzinho na parte seca da mesa e ligou. "Leroy vai ficar doido quando ver isso", disse, com as mãos em seus quadris magros.

"Foda-se aquele filhodumaputa", Bodecker murmurou.

"É, pra você é fácil falar", retrucou ela, enquanto o ajudava a se levantar do chão e a sentar em uma cadeira. "Não é você que trabalha praquele imbecil."

"Eu vou fechar esta merda deste lugar", disse Bodecker, sacudindo os braços no ar enlouquecidamente. "Juro que vou."

"Relaxa aí, irmão", falou ela. Limpou seu rosto com um pano macio molhado e lhe preparou uma xícara de café instantâneo. Assim que Bodecker deu o primeiro gole, deixou a xícara cair. Ela se estraçalhou no chão. "Nossa, eu devia ter imaginado", comentou Sandy. "Vem cá, é melhor eu levar você pra casa."

"Que diabo de calhambeque você anda dirigindo agora?", balbuciou, enquanto ela o ajudava a subir no banco da frente do carro.

"Querido, isto aqui não é nenhum calhambeque", corrigiu ela.

Ele olhou para dentro da perua, espremendo os olhos. "E que porra é essa então?", perguntou.

"É uma limusine", disse Sandy.

12. O MAL NOSSO DE CADA DIA

DONALD RAY POLLOCK

No banheiro do hotel, Sandy encheu a banheira de água e desembalou um dos chocolates que guardava na bolsa de maquiagem para aqueles dias em que Carl se recusava a parar pra comer. Ele conseguia passar dias sem se alimentar quando estavam viajando, sem pensar em mais nada além de encontrar o próximo modelo. Ele podia sugar aqueles malditos charutos e passar aquela faca suja nos caninos o quanto quisesse, mas ela não iria pra cama com fome.

A água quente aliviou a coceira entre suas pernas, e ela se recostou e fechou os olhos enquanto mordiscava o Milky Way. No dia em que cruzaram com o rapaz de Iowa, ela havia saído da rodovia principal à procura de um lugar para encostar o carro e tirar um cochilo quando ele pulou de uma plantação de soja parecendo um espantalho. Assim que levantou o polegar, Carl bateu palma e disse: "Aqui vamos nós". O caroneiro estava coberto de lama e merda e fiapos de palha, como se tivesse dormido num celeiro. Mesmo com todas as janelas abertas, seu cheiro pútrido preenchia o carro. Sandy sabia que era difícil ficar limpo no meio da estrada, mas o espantalho fora o pior que eles já tinham pegado. Colocando o chocolate na beira da banheira, ela tomou fôlego e afundou a cabeça na água, escutando o som distante de seu coração batendo, tentou imaginar que ele parava para sempre.

Ainda nem tinham rodado muito quando o rapaz começou a cantar numa voz aguda: "Califórnia, aí vou eu, Califórnia, aí vou eu"; e ela sabia que Carl seria mais cruel com ele porque simplesmente queriam se esquecer de tudo daquela merda de lugar. Num posto de gasolina próximo a Ames, ela havia abastecido e comprado duas garrafas de *screwdriver* de laranja, achando que isso acalmaria o jovem um pouco; porém depois de dois goles ele começou a cantar junto com o rádio, o que só piorou as coisas. Após o espantalho guinchar ao seu modo infausto por cinco ou seis canções, Carl se inclinou sobre ela e disse: "Meu Deus, esse idiota vai pagar por isso".

"Acho que ele deve ser retardado ou alguma coisa assim", comentou ela em voz baixa, esperando que Carl o deixasse ir embora, porque ele era bem supersticioso.

Carl deu uma olhada no rapaz no banco atrás, em seguida se virou e sacudiu a cabeça. "Ele só é burro. Ou maluco pra caralho. Tem uma diferença, entende?"

"Então pelo menos desliga esse rádio", sugeriu ela. "Não faz sentido incentivar o cara."

"Foda-se, deixa ele se divertir", disse Carl. "Eu vou literalmente arrancar o canário de dentro dele."

Ela jogou no chão a embalagem do chocolate e deixou cair um pouco mais de água quente. Não dissera nada na hora, mas agora desejava por tudo quanto era mais sagrado não ter tocado no rapaz. Ensaboou a toalha de rosto e empurrou a ponta dela para dentro de si, juntando as pernas com força. Lá no outro cômodo, Carl falava sozinho, porém isso em geral não significava nada, especialmente logo após terem acabado com outro modelo. Então ele falou numa voz mais alta, e ela se espichou e se assegurou de que a porta estava fechada, só por precaução.

Com o rapaz de Iowa, estacionaram no canto de um depósito de lixo, então Carl pegou a câmera e começou sua prosa enquanto o jovem terminava a segunda garrafa de *screwdriver*. "Minha mulher gosta de se divertir, mas hoje em dia ando velho demais pra levantar o bicho", disse ao rapaz aquela tarde. "Sabe do que eu estou falando?"

Sandy dera um trago no cigarro, vendo o espantalho pelo retrovisor central. Ele se agitava para um lado e para o outro, rindo loucamente e concordando com a cabeça com tudo o que Carl dizia, com os olhos vazios como pedrinhas. Por um momento pensou que vomitaria. Era mais o nervosismo que qualquer outra coisa, e o enjoo passou logo, como sempre. Então Carl sugeriu que saíssem do carro e, enquanto ele esticava um cobertor no chão, ela começou a tirar a roupa com relutância. O jovem recomeçou sua maldita cantoria, mas ela pôs o dedo nos lábios e pediu que ele ficasse quieto um pouquinho. "Vamos nos divertir agora", disse, forçando um sorriso e dando um tapinha no lugar ao seu lado no cobertor.

O rapaz de Iowa precisou de mais tempo que a maioria para se dar conta do que estava acontecendo, mas mesmo depois disso não resistiu muito. Carl não teve pressa e produziu pelo menos vinte fotos com bagulhos jogados em vários lugares: lâmpadas e cabides e latas de sopa. A luz começava a desaparecer quando abaixou a câmera e terminou o trabalho. Limpou as mãos e a faca na camisa do rapaz, em seguida caminhou até encontrar por ali uma velha geladeira Westinghouse soterrada até a metade pelo lixo. Com a pá do carro, limpou a parte de cima e xeretou pela porta aberta enquanto Sandy checava as calças do jovem. "Só isso?", disse Carl quando ela lhe passou um apito de plástico e um centavo com a cara de um índio.

"O que você esperava?", disse ela. "Ele não tem nem carteira." Deu uma olhada na geladeira. As paredes estavam cobertas por uma fina camada de lodo verde, e tinha um pote de geleia cinza e gosmenta todo esbagaçado num dos cantos. "Nossa, você vai colocar ele aí?"

"Acho que ele já dormiu em lugares piores", disse Carl.

Dobraram o jovem ao meio e o socaram na geladeira, então Carl insistiu numa última foto, uma com Sandy de calcinha vermelha e sutiã se preparando para fechar a porta. Agachou e apontou a câmera. "Essa vai ficar boa", disse, após acionar o obturador. "Uma beleza." Depois se levantou e meteu o apito do rapaz na boca. "Vai lá e fecha essa porcaria. Agora ele pode sonhar com a Califórnia o quanto quiser." Com a pá, começou a espalhar lixo sobre a tumba de metal.

A água esfriou, e ela saiu da banheira. Escovou os dentes e untou o rosto com um creme gelado e passou um pente pelo cabelo molhado. O jovem militar fora o melhor que ela tivera em muito tempo e planejava dormir pensando nele naquela noite. Qualquer coisa que afastasse a merda do espantalho de sua cabeça. Quando saiu do banheiro com a camisola amarela, Carl estava deitado na cama olhando para o teto. Fazia uma semana, calculou, que ele havia tomado o último banho. Acendeu um cigarro e disse que ele não dormiria com ela se não se livrasse do cheiro daqueles rapazes.

"São modelos, não rapazes", ele retrucou. Então se levantou e jogou as pernas pesadas para fora da cama. "Quantas vezes tenho que dizer isso pra você?"

"Não interessa o que eles são", disse Sandy. "Esta cama está limpa."

Carl abaixou os olhos para as moscas no tapete. "Ah, é o que você pensa", disse a caminho do banheiro. Arrancou as roupas encardidas e deu uma fungada em si mesmo. No fim das contas gostou de seu cheiro, mas talvez devesse tomar mais cuidado. Nos últimos tempos começava a recear que estivesse se transformando numa bicha e suspeitava que Sandy achava a mesma coisa. Testou a água chuveiro com a mão e entrou na banheira. Esfregou o sabonete no corpo peludo e inchado. Bater uma pras fotos não era um bom sinal, sabia disso, mas às vezes não conseguia se segurar. Era difícil pra ele quando voltavam pra casa, sozinho noite após noite naquele apartamento fuleiro enquanto Sandy servia bebidas no bar.

Ao se secar, tentou se lembrar de qual tinha sido a última vez que fizeram amor. Na primavera, talvez, mas não tinha certeza. Tentou imaginar Sandy novamente jovem e disposta, antes de toda aquela merda começar. Claro, ele logo ficara sabendo do chapeiro que havia tirado o cabaço dela e dos casos de uma noite com vagabundos da cara espinhenta, mas mesmo assim naquela época ela ainda tinha um ar de inocência. Talvez porque, pensava às vezes, ele próprio não tivesse lá muita experiência quando a conheceu. Claro, tinha ido pra cama com algumas prostitutas — a vizinhança era cheia delas —, mas estava com apenas vinte e poucos anos quando sua mãe sofreu o ataque que a deixara paralisada e praticamente sem voz. Nessa época, fazia muitos anos que nenhum amante batia em sua porta, e Carl foi obrigado a cuidar dela. Pelos primeiros meses, cogitou apertar um travesseiro naquele rosto contorcido e libertar ambos, mas afinal de contas era sua mãe. Em vez disso, passou a se dedicar ao registro em filme do longo declínio dela, uma nova foto de seu corpo enrugado duas vezes por semana, pelos treze anos seguintes. Com o tempo ela se acostumou. Então certa manhã a encontrou morta. Sentou-se na beira da cama e tentou comer os ovos mexidos que havia preparado para ela no café, mas não conseguiu engolir. Três dias depois, despejou a primeira pá de terra sobre seu caixão.

Além da câmera, ficara com os duzentos e dezessete dólares que restaram após o pagamento do funeral e com um Ford velho que funcionava só no clima seco. As chances daquele carro algum dia cruzar os Estados Unidos eram quase nulas, mas ele havia sonhado com uma vida nova durante quase toda sua existência, e agora sua melhor e última desculpa estava finalmente em paz no cemitério St. Margaret's. Assim, no dia anterior ao vencimento do aluguel, encaixotou as enormes pilhas de fotos do leito de morte e as deixou na calçada para o caminhão de lixo. Então dirigiu no sentido oeste da Parson's Avenue para a High Street e tomou o rumo de Columbus. Seu destino era Hollywood, mas não tinha nenhum senso de direção naqueles dias, e de alguma maneira naquela noite acabou em Meade, Ohio, e no Wooden Spoon. Olhando para trás, Carl estava convencido de que o destino o conduzira até lá, mas às vezes, quando se lembrava da Sandy doce e gentil de cinco anos antes, chegava quase a desejar jamais ter parado.

Saindo de seu devaneio, colocou um pouco de creme dental na boca com uma das mãos enquanto se acariciava com a outra. Levou alguns minutos, mas enfim ficou pronto. Saiu do banheiro pelado e um pouco apreensivo, com a ponta roxa do membro duro pressionada contra a barriga caída e cheia de estrias.

Mas Sandy já estava dormindo; e quando ele se aproximou e tocou em seu ombro, ela abriu os olhos e grunhiu. "Não estou bem", disse, virando-se e se encolhendo do outro lado da cama. Carl ficou diante dela por alguns minutos, respirando pela boca, sentindo o sangue acalmar. Então apagou a luz e voltou ao banheiro. Foda-se, ela estava pouco se lixando para a importância do seu pedido aquela noite. Sentou-se no vaso e sua mão caiu entre as pernas. Visualizou o corpo liso e branco do jovem soldado, pegou a toalha de rosto molhada no chão e mordeu. A ponta fina do galho cheio de folhas foi grande demais para caber no buraco de bala, mas Carl o mexeu pra lá e pra cá até que ficasse ereto, como uma jovem árvore brotando do peito musculoso do soldado Bryson. Após terminar, se levantou e largou a toalha de rosto na pia. Ao encarar seu reflexo ofegante no espelho, Carl se deu conta de que havia uma grande chance de jamais fazer amor com Sandy novamente, de que os dois estavam pior do que ele imaginava.

Mais tarde naquela noite, acordou em pânico, com o coração gordo palpitando como um animal assustado engaiolado numa jaula de costelas. De acordo com o relógio na mesa de cabeceira, dormira menos que uma hora. Começou a rolar, mas então deu uma guinada pra fora da cama e cambaleou até a janela, puxando a cortina de vez. Graças a Deus, a perua ainda estava no estacionamento. "Seu idiota de merda", disse a si mesmo. Puxando as calças, atravessou descalço o cascalho até o carro e destravou a porta. Uma massa de nuvens grossas flutuava acima dele. Pegou os seis rolos de filme sobre o painel e os levou para o quarto, enfiando-os dentro de seus sapatos. Havia se esquecido deles completamente, uma clara violação de sua Regra Número 7. Sandy murmurava algo em seu sono sobre espantalhos ou alguma merda parecida. De volta à porta aberta, Carl acendeu outro dos cigarros dela e ficou observando a noite. Enquanto xingava a si mesmo por sua falta de cuidado, as nuvens se moviam, revelando um pequeno aglomerado de estrelas ao leste. Ele espremeu os olhos em meio à fumaça e começou a contá-las, então parou e fechou a porta. Mais um número, mais um sinal, não mudaria porra nenhuma naquela noite.

13 O MAL NOSSO DE CADA DIA

DONALD RAY POLLOCK

Três homens estavam sentados diante de uma mesa bebendo cerveja quando Bodecker entrou no Tecumseh Lounge. O aposento escuro se iluminou com a luz do sol por um breve momento, projetando no chão a sombra comprida do xerife. Então a porta bateu atrás dele e as trevas encobriram tudo novamente. Uma canção de Patsy Cline em um jukebox chegou ao final trêmula e triste. Nenhum dos homens abriu a boca quando o xerife passou por eles em direção ao bar. Um era ladrão de carros e outro, espancador de mulheres. Ambos haviam passado algum período em sua cela, lavando sua viatura em várias ocasiões. Apesar de não conhecer o terceiro, imaginou que seria apenas questão de tempo.

Bodecker se sentou numa banqueta e esperou que Juanita terminasse de fritar um hambúrguer na grelha engordurada. Lembrou que ela havia servido seu primeiro uísque naquele bar fazia poucos anos. Buscaria a sensação daquela noite pelos sete anos seguintes, mas nunca a encontraria novamente. Enfiou a mão no bolso em busca de mais uma bala, mas decidiu esperar. Ela pôs o sanduíche numa bandeja de papel junto com algumas batatas fritas que pegou de uma lata de banha de porco e um pepino em conserva comprido e sem cor que pescou com o garfo de um pote de vidro sujo. Carregando a bandeja para a mesa, ela a colocou em frente ao ladrão de carros. Bodecker escutou um dos homens falar algo sobre cobrir a mesa de bilhar antes que alguém começasse a passar mal. Outro deu uma gargalhada, e ele sentiu seu rosto começar a fumegar. "Para com isso", disse Juanita em voz baixa.

Ela foi até o caixa e separou o troco do ladrão de carros e lhe entregou. "Essas batatas estão estragadas", reclamou ele.

"Então não come", retrucou ela.

"Mas, querida", disse o espancador de mulheres, "isso não são modos."

Ignorando-o, Juanita acendeu um cigarro e foi até o canto do bar onde Bodecker estava. "Oi, estranho", disse, "o que eu posso..."

"... por Deus que o rabo dela ficou aberto que nem uma marmita", disse um dos homens em voz alta na mesma hora, e as gargalhadas estouraram na mesa.

Juanita sacudiu a cabeça. "Me empresta sua arma?", pediu para Bodecker. "Esses imbecis estão aqui desde que eu abri de manhã."

Ele os observou pelo espelho comprido atrás do bar. O ladrão de carros dava risinhos como uma colegial enquanto o espancador de mulheres amassava as batatas na mesa com o punho. O terceiro estava encostado na cadeira com uma expressão de tédio no rosto, limpando as unhas da mão com um fósforo. "Se quiser, eu coloco eles pra correr", disse Bodecker.

"Não, está tudo bem", disse ela. "Eles só vão voltar a me incomodar de novo mais tarde." Ela soltou fumaça com o canto da boca e deu um sorriso sem graça. Esperava que seu menino não estivesse em apuros novamente. Da última vez, tivera que pedir duas semanas de adiantamento para tirá-lo da cadeia, tudo isso por causa de cinco discos que ele escondera na calça na Woolworth's. Merle Haggard ou Porter Wagoner, o que já teria sido ruim o suficiente, mas Gerry and the Pacemakers? Herman's Hermits? The Zombies? Graças a Deus o pai já estava morto, era só o que podia dizer. "Então, como posso ajudar?"

Bodecker olhou durante um momento para as duas fileiras de garrafas alinhadas debaixo do espelho. "Tem café?"

"Só instantâneo", disse ela. "Não vem muita gente aqui pra beber café."

Ele fez uma cara feia. "Esse negócio estraga meu estômago", disse. "E 7-Up?"

Após Juanita colocar a garrafa de refrigerante na sua frente, Bodecker acendeu um cigarro e disse: "Pelo visto Sandy ainda não chegou, hein?".

"Queria eu. Ela saiu já faz mais de duas semanas."

"O quê? Ela pediu demissão?"

"Não, nada disso", disse a atendente. "Está de férias."

"De novo?"

"Não sei como eles conseguem", disse Juanita, se alegrando, aliviada porque a visita parecia não ter nada a ver com seu filho. "Acho que não ficam em nenhum lugar chique, mas o que ganho aqui mal paga o aluguel daquele trailer velho onde eu moro. E você deve saber melhor que eu que Carl não está pagando por nada disso."

Bodecker deu um gole no refrigerante e pensou mais uma vez na ligação. Então provavelmente era verdade, mas, se Sandy estava na malandragem fazia mais de um ano, como aquela cadela contara, por que diabos ele não tinha ouvido falar sobre isso antes? Talvez fosse bom ter parado de beber. Era evidente que o uísque estava transformando seu cérebro em mingau. Em seguida olhou para a mesa de bilhar e pensou em outras coisas com as quais talvez pudesse ter sido mais cuidadoso nos últimos meses. Um calafrio repentino percorreu seu corpo. Teve de engolir várias vezes para impedir que o 7-Up voltasse. "Ela falou quanto tempo ficariam longe?", perguntou.

"Ela disse pro Leroy que voltaria no fim da semana. Espero que sim. O mão de vaca não contrata ninguém pra ajudar."

"Você tem ideia de onde eles foram?"

"É sempre difícil de saber no caso daquela garota", disse Juanita, encolhendo os ombros. "Ela estava falando em Virginia Beach, mas simplesmente não consigo imaginar Carl tomando sol numa praia por duas semanas, né?"

Bodecker fez que não com a cabeça. "Pra falar a verdade, não consigo imaginar aquele filhodumaputa fazendo nada." Então se levantou e deixou um dólar no bar. "Olha", disse, "quando eles voltarem, avisa que eu preciso conversar com ela, ok?"

"Claro, Lee, falo sim", disse a garçonete.

Depois que ele atravessou a porta, um dos homens gritou: "Ei, Juanita, você ouviu o que Hen Matthews anda falando desse sacana metido a besta?".

14 O MAL NOSSO DE CADA DIA

DONALD RAY POLLOCK

Uma porta de carro bateu no estacionamento. Carl abriu os olhos, olhou para as flores e frutas na parede do outro lado do quarto. O relógio dizia que ainda era de manhã cedo, mas ele já estava coberto de suor. Saiu da cama e foi ao banheiro, esvaziou a bexiga. Não penteou o cabelo, nem escovou os dentes, nem lavou o rosto. Vestiu as mesmas roupas que havia usado na semana anterior, a camisa roxa, a calça social cinza folgada e brilhante. Enfiando os cilindros de filme nos bolsos, sentou-se na ponta de uma cadeira e colocou os sapatos. Pensou em acordar Sandy para que pudessem seguir viagem, mas decidiu deixá-la descansar. Haviam dormido no carro nas três noites anteriores. Achou que devia isso a ela, e além do mais estavam voltando pra casa de qualquer jeito. Sem motivos para se apressar agora.

Enquanto esperava que ela acordasse, Carl mascou um charuto e tirou do bolso o chumaço de dinheiro do rapaz do Exército. Ao contar mais uma vez, lembrou-se de um período no ano anterior em que eles andaram pelo sul de Minnesota. Estavam penando com seus últimos três dólares quando o radiador do Chevy 49 esportivo em que viajavam naquele verão furou. Ele conseguiu conter o vazamento temporariamente com uma lata de pimenta-do-reino que carregava para uma emergência do tipo, um truque que escutara uma vez numa parada de caminhoneiros. Encontraram um posto de gasolina tosco e minúsculo a cerca de um quilômetro e meio da rodovia antes que o buraco se abrisse novamente e terminaram passando a maior parte do dia esperando, enquanto um mecânico com um pacote de tabaco Red Man saindo do bolso de trás prometeu várias vezes consertá-lo assim que terminasse um reparo que seu chefe queria que fosse feito com urgência. "Agora vai ser rápido, doutor", falava para Carl a cada quinze minutos. Sandy também não ajudou em nada. Colocou a bunda num banquinho perto da porta da oficina e começou a fazer as unhas e a atiçar o pobre coitado com pequenas amostras de sua calcinha rosa até que ele ficou tão desorientado que não sabia se endoidava de vez ou parava de olhar.

Carl por fim jogou as mãos para cima com desgosto e pegou os rolos de filme no porta-luvas e se trancou no banheiro atrás do posto. Pelas horas seguintes ficou naquele cubículo fedorento vendo uma pilha de revistas de detetive rasgadas que estavam amontoadas no chão úmido ao lado da privada imunda e cheia de crostas. Volta e meia escutava o sino tocar lá na frente, anunciando outro cliente do posto. Uma barata marrom rastejava morosamente pela parede. Acendeu uma de suas picas de cachorro, acreditando que poderia fazer seus intestinos funcionarem, mas suas entranhas estavam duras como cimento. O melhor que conseguia fazer era eventualmente gotejar um pouco de sangue. Suas coxas gordas ficaram adormecidas. A certa altura, alguém bateu na porta, mas ele não tinha a intenção de desistir de seu assento para que algum idiota filhodumaputa pudesse lavar as mãozinhas delicadas.

Estava prestes a limpar seu cu ensanguentado quando bateu o olho num artigo de um exemplar empapado da *True Crime*. Acomodou-se no trono novamente, bateu o charuto para as cinzas caírem. O detetive entrevistado na matéria afirmava que dois cadáveres masculinos haviam sido encontrados, um enfiado num esgoto próximo a Red Cloud, Nebraska, e o outro pregado ao piso de um barracão numa fazenda abandonada nos arredores de Seneca, Kansas. "Estamos falando de uma distância de cento e sessenta quilômetros de um pro outro", observou o detetive. Carl olhou para a data na capa da revista: novembro de 1964. Porra, aquela matéria já tinha nove meses. Leu as três páginas com atenção cinco vezes. Apesar de se recusar a fornecer detalhes específicos, o detetive sugeria que havia uma boa chance de os dois assassinatos estarem conectados por causa da *natureza* dos crimes. Assim, considerando a condição dos restos mortais, estamos falando do verão de 1963, ou por aí, declarou ele. "Bem, pelo menos o ano você acertou", Carl murmurou para si mesmo. Era a terceira vez que eles viajavam, quando pegaram aqueles dois. Um era um marido que fugia de casa esperando um novo começo no Alasca, e o outro, um mendigo que avistaram nos fundos de uma clínica veterinária revirando uma lixeira em busca do que comer. Aqueles pregos ficaram bons pra porra nas fotos. Tinha uma lata de café cheia deles bem na porta do barracão, como se o Diabo tivesse colocado lá, sabendo que Carl apareceria algum dia.

Ele se limpou e passou as mãos suadas nas calças. Arrancou as páginas da matéria da revista e dobrou para guardar na carteira. Assobiando uma melodiazinha, molhou o pente na pia e lambeu para trás o cabelo fino e embranquecido, espremeu alguns cravos no rosto. Encontrou o mecânico conversando com Sandy em voz baixa dentro da oficina. Uma de suas pernas finas estava pressionada contra a dela. "Meu Deus, finalmente", disse ela, quando olhou para cima e o viu.

Ignorando-a, Carl perguntou ao sujeito: "Conseguiu consertar?".

O homem se afastou de Sandy, enfiou nervosamente as mãos cheias de graxa nos bolsos do macacão. "Acho que sim", disse. "Enchi até a boca de água e até agora está segurando."

"Com o que mais você encheu?", disse Carl, olhando com suspeita para ele.

"Mais nada, nadinha, doutor."

"Deixou ligado um pouco?"

"Deixamos por dez minutos", explicou Sandy. "Enquanto você estava lá no banheiro, fazendo sei lá o quê."

"Certo", disse Carl. "Quanto ficou?"

O mecânico coçou a cabeça, pegou o pacote de tabaco. "Ah, não sei. Que tal cinco pratas?"

"Cinco pratas?", disse Carl. "Porra, meu velho, do jeito que você estava se divertindo com a minha mulher? Ela vai ficar acabada por uma semana. Sorte a minha se você não emprenhou ela."

"Quatro?", sugeriu o mecânico.

"Olha só que merda", disse Carl. "Você gosta de levar vantagem mesmo, não é?", olhou para Sandy, e ela deu uma piscadinha. "Tudo bem, acrescenta dois refrigerantes gelados, que eu dou três dólares pra você, mas é minha última oferta. Minha mulher não é nenhuma puta barata."

Era fim de tarde quando saíram de lá, e naquela noite dormiram no carro numa estrada tranquila da zona rural. Dividiram uma lata de carne em conserva, usando o canivete de Carl como colher; então Sandy pulou para o banco de trás e deu boa-noite. Pouco depois, justamente quando ele começava a cochilar na frente, uma pontada aguda atingiu as vísceras de Carl e ele meteu a mão na maçaneta da porta. Correndo para fora do carro, subiu numa vala de esgoto ao lado da estrada. Abaixou as calças bem na hora, esvaziou no mato uma semana de estresse e bosta enquanto se apoiava no tronco de um mamoeiro. Depois de se limpar com algumas folhas mortas, ficou fora do carro ao luar e leu a matéria da revista mais uma vez. Então pegou o isqueiro e a queimou. Decidiu não tocar no assunto com Sandy. Às vezes ela falava demais, e ele não gostava de se preocupar com a possibilidade de ter de lidar com isso na estrada.

15 O MAL NOSSO DE CADA DIA

DONALD RAY POLLOCK

Um dia depois de falar com a garçonete no Tecumseh, Bodecker dirigiu até o apartamento onde sua irmã morava com o marido na zona leste da cidade. Quase sempre estava se lixando para a maneira como Sandy levava sua vida desprezível, mas ela não ia vender o corpo no condado de Ross, não enquanto ele fosse xerife. Botar chifre em Carl era uma coisa — quer dizer, ele não podia culpá-la por isso —, mas ganhar dinheiro assim era outra conversa. Mesmo sabendo que Hen Matthews tentaria envergonhá-lo com alguma sujeira do tipo na época das eleições, Bodecker estava preocupado por outros motivos. Pessoas são como cães; quando começam a cavar, não querem parar mais. Primeiro, seria apenas porque a irmã do xerife era uma puta, mas logo alguém ficaria sabendo sobre seus negócios com Tater Brown; e depois disso, todas as propinas e outras merdas acumuladas desde a primeira vez que usara um distintivo. Olhando para trás, ele deveria ter prendido o filhodumaputa daquele cafetão ladrão quando teve a chance. Uma grande prisão como aquela teria limpado sua ficha. Mas deixara sua ganância sugar o que tinha de melhor e agora tinha que arrastar aquilo consigo pra sempre.

Estacionado em frente ao duplex todo esculhambado, viu uma caminhonete abarrotada de gado manobrando na direção dos estábulos do outro lado da rua. O penetrante odor de esterco pesava no ar quente de agosto. O velho calhambeque no qual Sandy o levara para casa naquela noite antes de ele parar de beber não estava à vista, mas

Bodecker saiu da viatura mesmo assim. Tinha certeza de que era uma perua. Rodeou a casa e subiu pelas escadas vacilantes que davam na porta do segundo andar. No final havia um pequeno espaço plano que Sandy chamava de pátio. Um saco de lixo estava revirado no canto, moscas varejeiras rastejando sobre cascas de ovo e borra de café e embalagens de hambúrguer amassadas. Ao lado do corrimão de madeira havia uma cadeira de cozinha acolchoada e logo abaixo uma lata de café com bitucas de cigarro até a metade. Carl e Sandy eram piores que os negros de White Heaven ou o lixo do vale lá em Knockemstiff, pensou, pelo modo como viviam. Deus, como odiava gente desleixada. Os detentos na prisão local se revezavam para lavar sua viatura todas as manhãs; os vincos em sua calça cáqui eram retinhos como facas. Chutou uma lata vazia de Dinty Moore no caminho e bateu na porta, mas ninguém respondeu.

Prestes a sair, escutou um barulho de música ali perto. Olhando por cima do corrimão, viu uma mulher rechonchuda em trajes de banho floridos deitada num cobertor amarelo no quintal vizinho. Chassis e pedaços enferrujados de motos velhas estavam espalhados ao seu redor sobre a grama alta. Seu cabelo castanho estava amarrado no topo da cabeça, e ela segurava um minúsculo rádio portátil. Estava besuntada de óleo de bebê, brilhando no sol ardente como uma moeda nova. Ele a viu girando o botão em busca de outra estação, ouviu o lânguido ruído de alguma canção caipira sobre corações partidos. Então ela deixou o rádio no canto do cobertor e fechou os olhos. A barriga escorregadia subiu e desceu. Ela se virou, levantou a cabeça e olhou em volta. Feliz por ninguém estar vendo, tirou a parte de cima da roupa de banho. Após hesitar um pouco, esticou o braço e retirou a metade inferior, revelando sete ou oito centímetros da polpa das nádegas.

Bodecker acendeu um cigarro e começou a descer as escadas. Imaginou seu cunhado sentado ali ao sol suando litros e tentando conseguir uma boa visão. Era fácil demais, pelo modo como a mulher se arregaçava lá pra qualquer um ver. Tirar fotos parecia ser a única coisa em que Carl pensava, e Bodecker se perguntava se já havia tirado alguma da vizinha sem ela saber. Apesar de não ter certeza, achava que existia alguma lei contra uma merda desse tipo. E mesmo que não houvesse, com certeza deveria existir.

16 O MAL NOSSO DE CADA DIA

DONALD RAY POLLOCK

Quando deixaram o Sundowner era meio-dia. Sandy havia acordado às onze e passado uma hora no banheiro se arrumando. Tinha somente vinte e cinco anos, mas os cabelos castanhos já começavam a mostrar traços grisalhos. Carl se preocupava com os dentes dela, que sempre haviam sido sua melhor qualidade. Estavam com um amarelo feio por causa de todos aqueles cigarros. Percebera também que sua respiração agora andava ruim o tempo inteiro, não importava quantos mentolados consumisse. Alguma coisa começava a apodrecer dentro de sua boca, ele tinha certeza. Assim que chegassem em casa, precisaria levá-la a um dentista. Odiava pensar nos gastos, mas um bom sorriso era um aspecto importante de suas fotografias, providenciava um contraste necessário com toda a dor e sofrimento. Embora volta e meia tentasse, Carl ainda não conseguira fazer um dos modelos fingir ao menos um sorrisinho depois que ele mostrava a arma e partia pra cima deles. "Garota, eu sei que às vezes é difícil, mas preciso que você pareça feliz pra elas ficarem boas", falava para Sandy sempre que fazia com os homens algo que a incomodava. "Só pensa no quadro da Mona Lisa. Tenta fingir que você é ela pendurada na parede daquele museu."

Não haviam andado mais que alguns quilômetros quando Sandy freou de repente e parou num pequeno restaurante chamado Tiptop. Tinha o formato de uma espécie de tenda indígena e era pintado com diferentes tonalidades de vermelho e verde. O estacionamento estava quase lotado. "Que diabos você está fazendo?", perguntou Carl.

Sandy desligou o motor, saiu do carro, deu a volta até o lado do passageiro. "Não dirijo mais nem um quilômetro antes de fazer uma refeição de verdade", avisou ela. "Faz três dias que eu só como chocolate. Porra, meus dentes já estão ficando moles."

"Deus do céu, acabamos de pegar a estrada", reclamou Carl, enquanto ela se virou e começou a andar em direção à porta do restaurante. "Espera aí", gritou ele. "Estou indo."

Depois de fechar o carro, ele a seguiu até lá dentro, e encontraram uma mesa perto da janela. A garçonete trouxe duas xícaras de café e um cardápio rasgado e com respingos de ketchup. Sandy pediu torradas e Carl, uma porção de bacon crocante. Colocando os óculos escuros, ela viu um homem com um avental manchado tentando trocar o rolo de papel da caixa registradora. O lugar a fazia lembrar o Wooden Spoon. Carl deu uma olhada no salão cheio de gente, em sua maioria velhos e fazendeiros, uma dupla de vendedores exaustos estudando uma lista de contatos. Então notou um jovem, talvez entrando na casa dos vinte, sentado diante do balcão comendo uma torta de limão com merengue. Estrutura robusta, cabelos ondulados e grossos. Uma mochila com uma bandeirinha dos Estados Unidos costurada estava apoiada na banqueta atrás dele.

"E então?", disse Carl depois que a garçonete trouxe a comida. "Está se sentido melhor hoje?" Enquanto falava, mantinha um dos olhos avermelhados no homem no balcão, o outro no carro.

Sandy engoliu e fez que não com a cabeça. Pôs um pouco de melado na torrada. "Tem uma coisa que precisamos conversar", disse ela.

"Que foi?", perguntou ele, puxando a casquinha queimada de uma fatia de bacon e a enfiando na boca. Então tirou um cigarro do maço dela e o girou entre os dedos. Empurrou-lhe o que sobrou de seu prato.

Ela deu um gole no café, olhou para a mesa cheia de gente ao lado. "Mais tarde", disse.

O homem no balcão se levantou e entregou um dinheirinho para a garçonete. Então atirou a mochila no ombro com um lamento fatigado e saiu pela porta com um palito de dentes na boca. Carl notou quando ele foi até a beira da estrada e tentou pegar carona com um carro que passava. O motorista passou direto, e o jovem caminhou rumo ao oeste num ritmo preguiçoso. Carl se virou para Sandy, apontou para a janela com a cabeça. "Sim, eu vi", disse ela. "Grande coisa. Estão por toda a parte. São que nem baratas."

Carl olhava para o tráfego na estrada enquanto Sandy terminava de comer. Pensou em sua decisão de voltar para casa naquele dia. Os sinais estavam muito claros para ele na noite anterior, mas agora não tinha tanta certeza. Mais um modelo estragaria os três seis, porém eles poderiam dirigir por uma semana e não encontrariam outro que se parecesse com aquele jovem. Sabia que era melhor não foder com os sinais, mas então se lembrou de que *sete* era o número do seu quarto na noite anterior. E nenhum carro havia passado desde que o rapaz saíra. Estava lá fora naquele momento, procurando carona debaixo do sol quente.

"Certo", disse Sandy, limpando a boca com um guardanapo de papel, "agora posso dirigir." Levantou-se e pegou a bolsa. "Melhor não deixar o desgraçado esperando."

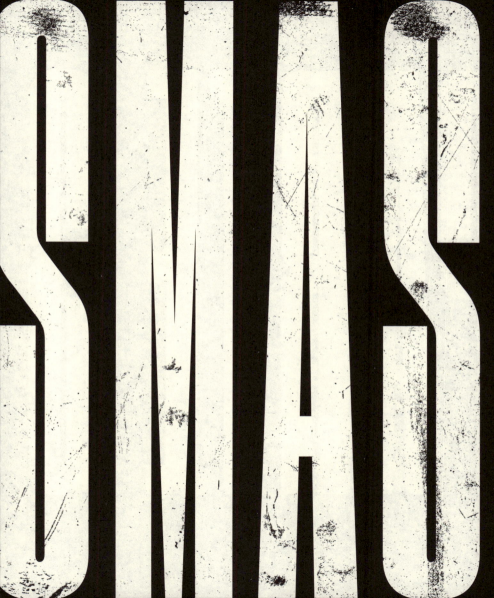

17 O MAL NOSSO DE CADA DIA

DONALD RAY POLLOCK

Arvin foi morar com a avó logo após o suicídio do pai e, apesar de Emma se assegurar de que ele fosse à igreja consigo e Lenora todos os domingos, jamais lhe pedia que rezasse ou cantasse ou se ajoelhasse diante do altar. As pessoas da assistência social de Ohio contaram para a velha sobre o verão terrível que o garoto enfrentara enquanto sua mãe estava morrendo, e ela decidiu não forçar nada além de sua simples presença regular. Sabendo que o reverendo Sykes era às vezes inclinado ao zelo excessivo em suas tentativas de atrair novatos hesitantes para a congregação, Emma fora até ele logo após a chegada de Arvin e lhe explicou que seu neto encontraria a fé ao seu próprio modo quando estivesse pronto. A ideia de pendurar animais mortos na estrada em cruzes e despejar sangue sobre troncos deixara o velho pastor secretamente impressionado — afinal, não foram todos os cristãos famosos uns crentes fanáticos? —, mas acabou por concordar com Emma que talvez aquela não fosse a melhor maneira de apresentar um jovem ao Senhor. "Entendo aonde você quer chegar", disse Sykes. "Não faz sentido transformá-lo num daqueles pirados de Topperville." Ele estava sentado nos degraus da igreja descascando uma maçã amarelada e machucada com um canivete. Era uma manhã ensolarada de setembro. Ele usava seu paletó bom sobre um macacão desbotado e uma camisa branca que começava a desfiar ao redor do colarinho. Nos últimos tempos seu peito começara a doer, e Clifford

Odell lhe daria uma carona até o novo médico em Lewisburg, mas ainda não tinha aparecido. Sykes ouvira alguém na loja de Banner afirmar que o cirurgião havia passado seis anos na faculdade e estava ansioso para conhecê-lo. Imaginou que um homem com tal formação poderia curar qualquer coisa.

"O que isso quer dizer, Albert?", perguntou Emma.

Sykes tirou os olhos da maçã e notou o olhar duro que a mulher lhe dirigia. Levou um momento para se dar conta do que dissera, e seu rosto enrugado ficou vermelho de vergonha. "Desculpa, Emma", disse. "Eu não estava falando de Willard, de jeito nenhum. Ele era um homem bom. Um dos melhores. Diacho, eu ainda me lembro do dia em que ele foi salvo."

"Está certo", disse ela. "Não precisa ficar puxando o saco dos mortos, Albert. Sei como meu filho era. Só não vá importunar o meu garoto, é só o que eu peço."

†

Lenora, por outro lado, parecia jamais se cansar de sua religião. Carregava uma Bíblia consigo pra onde fosse, até mesmo para o banheiro externo, assim como Helen; e toda manhã acordava antes de todos e durante uma hora rezava ajoelhada no piso de madeira cheio de lascas junto à cama que dividia com Emma. Apesar de não ter lembranças de nenhum de seus pais, a menina dirigia a maior parte das rezas que Emma podia ouvir para a alma de sua mãe assassinada, e na maioria daquelas feitas em silêncio pedia por alguma notícia do pai desaparecido. A velha lhe dissera várias vezes que era melhor esquecer Roy Laferty, mas Lenora não conseguia deixar de pensar nele. Quase todas as noites, dormia com uma imagem do homem aparecendo na varanda num casaco preto novo pra fazer tudo ficar bem. Isso a confortava um pouco, e ela se permitia ter esperanças de que, com a ajuda do Senhor, seu pai realmente voltaria um dia, caso ainda estivesse vivo. Várias vezes na semana, não importava o clima, visitava o cemitério e lia a Bíblia em voz alta, especialmente os Salmos, sentada no chão ao lado do túmulo de sua mãe. Emma uma vez lhe dissera que o livro dos Cânticos era a parte das Escrituras favorita de Helen, e quando terminou o sexto ano, Lenora sabia todos de cor.

†

Fazia muito tempo que o xerife desistira de encontrar Roy e Theodore. Era como se tivessem se transformado em fantasmas. Ninguém era capaz de encontrar uma fotografia ou registro de qualquer tipo de nenhum dos dois. "Porra, até aqueles retardados de Hungry Holler têm certidão de nascimento", usava como desculpa sempre que algum de seus eleitores trazia à tona o sumiço deles. Não mencionou a Emma o boato que ouvira logo após terem desaparecido, de que o aleijado estava apaixonado por Roy, que deveria estar rolando alguma coisa de bicha entre eles antes de o pastor ter se casado com Helen. Durante a investigação inicial, muita gente afirmou ter visto Theodore reclamando com amargura de que a mulher havia arrancado o brilho da mensagem espiritual de Roy. "Arruinou um homem muito bom, aquela xota peluda e nojenta", ouviam o aleijado dizer após tomar umas. "Pastor, uma porra", continuava, "agora ele só pensa em molhar a pica." Era um aborrecimento interminável para o xerife que aqueles dois sodomitas imbecis tivessem cometido assassinato em sua área e escapado; então ele continuava repetindo a velha história, de que, pelas semelhanças, o mesmo maníaco que massacrara aquela família em Millersburg também assassinara Helen e esquartejara Roy e Theodore em pedaços ou desovara seus corpos no Greenbrier River. Dizia tanto isso que às vezes ele mesmo chegava a acreditar.

†

Ainda que Arvin nunca tivesse lhe trazido algum problema sério, Emma podia ver traços de Willard nele com facilidade, especialmente no que dizia respeito às brigas. Quando tinha catorze anos, havia sido expulso da escola várias vezes por usar seus punhos para se expressar. Espere a hora certa, lembrava-se de seu pai ter lhe dito, e Arvin aprendeu bem a lição, pegando o inimigo da vez sozinho e despreparado no banheiro ou nas escadas ou debaixo da arquibancada do ginásio. Quase sempre, entretanto, era descrito em Coal Creek como alguém tranquilo e, para seu crédito, a maioria das confusões nas quais fora pego tinha sido por causa de Lenora, para defendê-la de metidos a valentões que caçoavam dela por seu comportamento casto e o rosto espinhento e aquele maldito gorro que insistia em usar. Apesar de apenas alguns meses mais nova que Arvin, ela já parecia envelhecida, uma batata de inverno arrancada da terra tarde demais. Ele a amava como se fosse sua própria irmã, mas considerava vergonhoso entrar no prédio da escola com ela seguindo seus passos mansamente. "Ela nunca vai ser uma líder de torcida, isso é certeza", ele falou para o tio Earskell. Desejava ardentemente que sua avó nunca tivesse lhe dado a fotografia em preto e branco de Helen em pé sob a macieira atrás da igreja num vestido comprido e sem forma com um chapéu amarrotado cobrindo a cabeça. Até onde podia ver, Lenora certamente não precisava de novas ideias de como ficar mais parecida com a sombra daquela coitada da mãe.

†

Sempre que Emma lhe perguntava sobre as brigas, Arvin pensava em seu pai e naquele úmido dia de outono, muito tempo atrás, em que ele defendera a honra de Charlotte no estacionamento do Bull Pen. Embora tivesse sido o melhor dia que se lembrava de ter passado com Willard, nunca falava disso com ninguém, tampouco mencionava algum dos dias ruins que logo se seguiram àquele. Em vez disso, simplesmente lhe dizia, com a voz de seu pai ecoando vagamente em sua cabeça: "Vó, tem um monte de filhosdumaputa que não prestam por aí".

"Meu Deus, Arvin, por que você fica dizendo isso toda hora?"

"Porque é verdade."

"Bem, talvez você devesse rezar por eles então", sugeria ela. "Isso não machuca ninguém, não é?" Era em momentos como esse que ela se arrependia de ter falado ao reverendo Sykes que deixasse o garoto encontrar o caminho até Deus ao seu modo. Pelo que percebia, Arvin parecia sempre prestes a escolher a outra direção.

Ele desviou os olhos; era o conselho dela para tudo. "Talvez não", disse, "mas Lenora já reza o suficiente por nós dois, e eu não vejo em que isso faz tão bem pra ela."

18 O MAL NOSSO DE CADA DIA

DONALD RAY POLLOCK

Eles dividiam uma tenda na extremidade do parque com a Mulher Flamingo, um varapau com o maior nariz que Roy já tinha visto num ser humano. "Ela não é um pássaro de verdade, é?", Theodore perguntou depois da primeira vez que a viram, com sua voz normalmente ousada agora tímida e vacilante. A estranha aparição o assustara. Já haviam trabalhado com aberrações antes, mas nada que se parecesse com aquilo.

"Não", assegurou Roy. "Isso é só o show dela."

"Não achei que fosse mesmo", disse o aleijado, aliviado por descobrir que ela não era real. Deu uma olhada e percebeu que Roy conferia sua bunda enquanto ela ia para o trailer. "É difícil dizer que tipo de doenças essa gente tem", acrescentou, com sua insolência voltando rapidamente, agora satisfeito por estar fora do alcance dos ouvidos dela. "Mulheres dessa categoria trepam com um cachorro ou um burro ou qualquer outra coisa por umas duas pratas."

O cabelo revoltoso e espesso da Mulher Flamingo era pintado de rosa, e ela usava um biquíni com penas arrancadas de pombos coladas ao tecido cor de carne. Seu número basicamente consistia em ficar numa perna só dentro de uma pequena piscina de borracha cheia de água suja enquanto se alisava com seu bico pontudo. Um aparelho de som ficava numa mesa atrás dela tocando uma música de violino lenta e triste que às vezes a fazia chorar se por acaso tivesse tomado calmantes em excesso naquele dia. Exatamente como temia, após cerca de um mês, Theodore deduziu que Roy a estava traçando, porém, por mais que tentasse, nunca conseguia flagrá-los no ato imundo. "Aquela vagabunda horrorosa vai colocar um ovo qualquer dia desses", resmungou para Roy, "e a porra do passarinho vai ter a sua cara, boto a minha mão no fogo por isso." Às vezes ele se incomodava, às vezes não. Dependia de como ele e o Palhaço Panqueca estavam se dando no momento. Panqueca se aproximara de Theodore querendo aprender uns acordes no violão, mas depois, por sua vez, mostrara ao aleijado como tocar flauta. Roy uma vez cometera o erro de comentar com seu primo que as coisas que ele e o palhaço andavam fazendo eram uma abominação aos olhos de Deus. Theodore colocou seu violão no chão cheio de serragem e cuspiu um sumo amarronzado num copinho de papel. Fazia pouco tempo que começara a mascar tabaco. Deixava-o meio mal do estômago, mas Panqueca gostava do cheiro que deixava em seu hálito. "Puta que pariu, Roy, até parece que você tem moral pra dizer alguma coisa, seu maluco de merda", disse.

"Do que você está falando? Eu não sou boiola."

"Acho que não, mas com certeza você matou sua mulher com aquela chave de fenda, não foi? Você ainda não se esqueceu disso, né?"

"Não esqueci", disse Roy.

"Ora, então acha mesmo que o Senhor me considera pior que você?"

Roy hesitou por um minuto antes de responder. De acordo com o que havia lido num panfleto encontrado debaixo de um travesseiro num abrigo do Exército da Salvação, um homem se deitar com outro provavelmente era tão ruim quanto matar a esposa, mas Roy não tinha certeza se era ou não. O modo como o peso de certos pecados era calculado às vezes o confundia. "Não, acho que não", respondeu por fim.

"Então é melhor ir se agarrar com o seu corvo ou pelicano de cabelo rosa, ou seja lá o diabo que ela for, e me deixar em paz com o Panqueca nessa porra", retrucou Theodore, catando um pedaço úmido de tabaco no fundo da boca e lançando-o na piscina da Mulher Flamingo. Os dois ouviram o som baixo de alguma coisa caindo na água. "Não estamos fazendo mal pra ninguém."

O anúncio do lado de fora da tenda dizia O PROFETA E O APANHADOR. Roy apresentava sua sinistra versão do Fim dos Tempos enquanto Theodore cuidava da música de fundo. Custava vinte e cinco centavos pra entrar na tenda, e convencer as pessoas de que religião podia ser divertida era dureza quando a poucos metros havia várias outras distrações mais atraentes e menos sérias, o que levou Roy a ter a ideia de comer insetos durante seu sermão, uma sacada não muito diferente do seu antigo número com as aranhas. A cada dois minutos, ele parava de pregar e puxava um verme retorcido ou uma barata crocante ou uma lesma viscosa de um velho balde de iscas e mastigava como se fosse um pedaço de doce. Depois disso os negócios começaram a andar. A depender da quantidade de gente, eles faziam quatro, às vezes cinco apresentações por noite, alternando com a Mulher Flamingo a cada quarenta e cinco minutos. Ao final de cada show, Roy corria até os fundos da tenda para regurgitar os insetos, e Theodore o seguia em sua cadeira de rodas. Enquanto esperaram para recomeçar, fumavam e davam uns goles numa garrafa, escutavam sem prestar atenção os bêbados lá dentro berrarem e ululararem e tentarem coagir o pássaro de mentira a arrancar suas plumas.

Por volta de 1963, estavam nesse parque específico, Diversões Familiares de Billy Bradford, fazia quase quatro anos, viajando de uma ponta a outra do Sul quente e úmido do começo da primavera até o fim do outono num velho ônibus escolar abarrotado de lonas deterioradas e cadeiras dobráveis e postes de metal, sempre parando em cidadezinhas empoeiradas de merda onde os moradores consideravam alto entretenimento os brinquedos giratórios que rangiam e uns felinos selvagens desdentados e cheios de pulgas. Numa noite boa, Roy e Theodore conseguiam entre vinte e trinta pratas. A Mulher Flamingo e o Palhaço Panqueca ficavam com tudo o que eles não gastavam em bebida ou insetos ou na barraca de cachorro-quente. A Virgínia Ocidental parecia estar a um milhão de quilômetros, e os dois fugitivos não imaginavam que o braço da lei de Coal Creek pudesse se esticar tanto. Fazia quase catorze anos que haviam enterrado Helen e fugido para o sul. Nem se davam mais ao trabalho de esconder seus nomes verdadeiros.

19 O MAL NOSSO DE CADA DIA

DONALD RAY POLLOCK

No aniversário de quinze anos de Arvin, tio Earskell lhe deu uma pistola embrulhada num pano macio junto com uma caixa de cartuchos empoeirada. "Era do seu pai", disse o velho. "É uma Luger alemã. Ele trouxe da guerra. Achei que ia querer que ficasse com você." Earskell nunca precisara de pistolas, por isso a escondera debaixo de uma tábua no defumadouro logo após Willard partir para Ohio. Desde então havia tocado nela apenas ocasionalmente para limpar. Ao ver o olhar de alegria no rosto do garoto, ficou feliz por nunca a ter quebrado ou vendido. Acabavam de terminar a janta, e ainda havia um pedaço de coelho frito na travessa ao centro da mesa. Earskell refletia se devia ou não deixar a coxa para o café da manhã, então pegou e começou a roê-la.

Arvin desenrolou o pano com cuidado. A única arma que seu pai tinha em casa era um rifle calibre 22, e Willard jamais o deixou tocar nele, muito menos atirar. Earskell, por outro lado, lhe entregara uma Remington calibre 16 e o levou para a mata apenas três ou quatro semanas após Arvin ter ido morar com eles. "Nesta casa é melhor você aprender a usar uma arma, a não ser que queira morrer de fome", falou para Arvin.

"Mas não quero atirar em nada", disse Arvin naquele dia, quando Earskell parou e apontou para dois esquilos cinzentos saltitando pra um lado e pro outro em uns galhos no alto de uma nogueira.

"Você não comeu costeletas de porco hoje de manhã?"

"Sim."

"Alguém teve que matar e cortar o porco, não?"

"Acho que sim."

Earskell levantou sua espingarda e atirou. Um dos esquilos caiu no chão, e o velho foi até ele. "Tenta só não esbagaçar muito", explicou. "Você vai querer que sobre alguma coisa pra colocar na panela."

A camada de óleo lubrificante fazia a Luger brilhar como nova na luz ondulante projetada pelos lampiões a querosene pendurados nos dois cantos do cômodo. "Nunca ouvi ele falar sobre isso", disse Arvin, levantando a arma pelo cabo e apontando-a para a janela. "Quer dizer, sobre ter servido no Exército." Havia algumas coisas sobre as quais sua mãe o alertava em relação ao pai, e fazer perguntas sobre o que vira na guerra estava no topo da lista.

"É, eu sei", disse Earskell. "Me lembro de quando ele voltou, eu queria ouvir sobre os japas, mas toda vez que puxava o assunto ele começava a falar da sua mãe de novo." Terminou de comer o coelho e deixou o osso no prato. "Diabos, acho que na época ele nem sabia o nome dela. Simplesmente viu ela servindo comida em algum lugar quando estava voltando pra casa."

"O Wooden Spoon", contou Arvin. "Ele me levou lá uma vez depois que ela ficou doente."

"Acho que ele viu umas coisas feias lá nas ilhas", comentou o velho. Procurou por um pano de prato, então limpou as mãos na frente do macacão. "Nunca descobri se eles comiam os próprios mortos ou não."

Arvin mordeu os lábios e sentiu um nó na garganta. "Este foi o melhor presente que eu já ganhei."

Bem na hora, Emma entrou na cozinha carregando um bolo simples e amarelo numa pequena assadeira. Uma vela solitária estava enfiada no meio. Lenora vinha atrás dela usando o longo vestido azul e o gorro que geralmente só colocava para ir à igreja. Segurava uma caixa de fósforos numa mão e sua Bíblia de capa de couro toda rachada na outra. "O que é isso?", Emma perguntou quando viu Arvin segurando a Luger.

"É a arma que Willard me deu", explicou Earskell. "Achei que já era hora de passar pro moleque."

"Céus", disse Emma. Pôs o bolo na mesa e agarrou a borda de seu avental quadriculado para enxugar uma lágrima. Ao ver a arma, lembrou-se mais uma vez de seu filho e da promessa que falhara em cumprir tantos anos antes. Às vezes era impossível não imaginar se ainda estariam todos vivos caso ela ao menos tivesse convencido Willard a ficar e se casar com Helen.

Todos permaneceram em silêncio por um instante, quase como se soubessem no que a velha estava pensando. Então Lenora riscou um fósforo e disse numa voz melodiosa: "Feliz aniversário, Arvin". Acendeu a vela, a mesma que haviam usado para celebrar seu próprio aniversário de catorze anos alguns meses antes.

"Não vai servir pra muita coisa", continuou Earskell, ignorando o bolo e apontando com a cabeça para a arma. "Você tem que estar bem perto pra conseguir acertar."

"Vai em frente, Arvin", disse Lenora.

"Você pode jogar uma pedra em vez disso", brincou o velho.

"Arvin?"

"A espingarda vai ser melhor pra você."

"Faz seu pedido antes que a vela apague", avisou Emma.

"São cartuchos de nove milímetros", apontou Earskell. "Banner não tem desses na loja, mas pode encomendar."

"Anda logo!", gritou Lenora.

"Ok, ok", disse o garoto, colocando a arma sobre o pano. Inclinou-se e assoprou a minúscula chama.

"Então, qual foi o seu desejo?", perguntou Lenora. Esperava que fosse algo relacionado ao Senhor, mas pelo jeito que Arvin era, não criaria muitas expectativas. Todas as noites rezava para que ele despertasse com o amor por Jesus Cristo brilhando no coração. Odiava pensar que fosse terminar no inferno como aquele tal de Elvis Presley e todos os outros pecadores que escutava no rádio.

"Agora você já tem idade pra pedir direitinho", disse Emma.

"Isso mesmo, vó", disse Arvin. "Desejei poder levar vocês todos pra Ohio e mostrar onde a gente morava. Era bom, lá em cima da montanha. Pelo menos antes da minha mãe ter ficado doente."

"Já contei pra vocês da época em que morei em Cincinnati?", perguntou Earskell.

Arvin olhou para as duas mulheres e piscou. "Não", disse. "Não me lembro disso."

"Senhor, de novo não", murmurou Emma, enquanto Lenora, rindo para si mesma, tirou o toco de vela do bolo e o guardou na caixa de fósforos.

"É, fui com uma moça pra lá", disse o velho. "Ela era de Fox Knob, tinha crescido perto de Riley. A casa dela não existe mais. Queria estudar secretariado. Eu não era muito mais velho que você."

"Quem queria estudar secretariado?", perguntou Arvin, "Você ou a moça?"

"Rá! Ela queria", disse Earskell. Respirou fundo, então continuou lentamente. "O nome dela era Alice Louise Berry. Você se lembra dela, não é, Emma?"

"Lembro, sim, Earskell."

"E por que você não ficou por lá?", perguntou Arvin, sem pensar. Embora já tivesse ouvido partes da história uma centena de vezes, jamais perguntara ao velho por que acabara voltando para Coal Creek. Da convivência com seu pai, Arvin aprendera a não se meter demais nos assuntos alheios. Todos tinham coisas sobre as quais não gostavam de falar, inclusive ele próprio. Nos cinco anos desde o falecimento dos pais, jamais mencionara uma vez sequer os sentimentos ruins que nutria contra Willard por tê-lo abandonado. Agora se sentia um imbecil por abrir a boca e colocar o velho contra a parede. Começou a enrolar a pistola no pano novamente.

Earskell deu uma olhada no cômodo com olhos opacos e enevoados enquanto procurava uma resposta no papel de parede florido, apesar de saber muito bem o motivo. Alice Louise Berry morrera da epidemia de gripe espanhola de 1918, junto com cerca de três milhões de pobres almas, apenas poucas semanas após o começo das aulas na Escola de Secretariado Gilmore Sanderson. Se tivesse ficado na montanha, Earskell pensava com frequência, talvez ela ainda estivesse viva. Mas Alice sempre sonhara alto, o que era uma das coisas que ele amava nela, e ficava contente por não ter tentado dissuadi-la disso. Estava certo de que aqueles dias passados em Cincinnati entre os prédios altos e as ruas movimentadas, antes de ela contrair a gripe, haviam sido os melhores da vida dela. Da sua vida também, na verdade. Após uns dois minutos, despertou das lembranças e disse: "Esse bolo parece estar muito bom".

Emma pegou a faca e o dividiu em quatro pedaços, um pra cada.

20 O MAL NOSSO DE CADA DIA

DONALD RAY POLLOCK

Um dia Arvin saiu atrás de Lenora depois da saída da escola e a encontrou encurralada no incinerador de lixo ao lado da garagem de ônibus, rodeada por três garotos. Enquanto caminhava por trás deles, ouviu Gene Dinwoodie falando para ela: "Porra, você é tão feia que eu ia ter que colocar um saco na sua cabeça pro meu pau ficar duro". Os outros dois, Orville Buckman e Tommy Matson, gargalhavam e estavam bem perto dela. Eram alunos mais velhos que tinham repetido um ou dois anos, todos maiores que Arvin. Passavam a maior parte do tempo na escola sentados no prédio de artes trocando piadas sujas com o inútil do professor da oficina de reparos e fumando Bugler. Lenora havia fechado os olhos com força e começado a rezar. As lágrimas desciam pelo seu rosto rosado. Arvin deu apenas dois golpes em Dinwoodie antes que os outros o derrubassem no chão e se alternassem lhe dando socos. Enquanto estava deitado no cascalho, pensou, como sempre fazia no meio de uma briga, no caçador que seu pai surrara tão duramente na lama do banheiro naquele dia. Mas ao contrário daquele homem, Arvin nunca desistia. Poderiam tê-lo matado se o zelador não tivesse aparecido com um carrinho de caixas de papelão que iria queimar. Sua cabeça doeu por uma semana, e ele teve dificuldades para ler o quadro negro por muitas outras.

Embora tenha levado quase dois meses, Arvin conseguiu pegar cada um sozinho. Num fim de tarde, logo antes de escurecer, seguiu

Orville Buckman até a loja de Banner. Ficou atrás de uma árvore na estrada a uns cem metros e observou enquanto o garoto voltava bebendo um refrigerante e comendo a última Little Debbie do pacote. Assim que Orville passou por ele com a garrafa inclinada para dar outro gole, Arvin apareceu na frente dele na estrada. Bateu no fundo da garrafa com a palma da mão e mandou o gargalo pra dentro da garganta do grandalhão, quebrando dois dos seus dentes podres da frente. Quando Orville se deu conta do que acontecera, a briga já estava praticamente terminada, exceto pela pancada que o deixaria inconsciente. Uma hora mais tarde, acordou deitado numa vala na lateral da estrada, sufocando com o próprio sangue e com um saco de papel na cabeça.

Duas semanas depois, Arvin foi para o jogo de basquete do Coal Creek High School no velho Ford de Earskell. Eles enfrentariam o time de Millersburg, o que sempre juntava uma grande multidão. Ficou sentado no carro fumando cigarros Camel e esperou Tommy Matson dar as caras na porta da frente. Era uma noite escura e fria, uma sexta-feira chuvosa no começo de novembro. Matson se achava o garanhão da escola, sempre se vangloriando por todas as bocetas que conseguia nos jogos enquanto seus amigos idiotas se atropelavam na quadra do ginásio pra cima e pra baixo atrás de uma bola de borracha. Pouco antes do intervalo, assim que Arvin lançou outra bituca pela janela, viu seu alvo seguinte sair com o braço em volta de uma caloura chamada Susie Cox, indo na direção da fila de ônibus parados no fundo do estacionamento. Arvin saiu do Ford levando uma chave de roda e os seguiu. Viu Matson abrir a porta traseira de um dos ônibus amarelos e ajudar Susie a entrar. Após esperar alguns minutos, Arvin girou a maçaneta e deixou a porta aberta, balançando com um rangido desagradável. "O que foi isso?", ouviu a garota dizer.

"Nada", Matson disse. "Acho que não fechei direito. Agora vem aqui, garota, vamos tirar essa calcinha."

"Primeiro fecha aquela porta", pediu ela.

"Puta que pariu", resmungou Matson, levantando-a. "Você vai ter que fazer valer a pena." Atravessou o estreito corredor segurando as calças com uma mão.

Quando se inclinou para pegar a maçaneta e fechar a porta, Arvin atacou com a chave de roda e atingiu Matson nas rótulas dos joelhos, derrubando-o do ônibus. "Meu Deus!", ele gritou quando atingiu o cascalho, batendo o ombro direito com força. Brandindo a chave de roda mais uma vez, Arvin quebrou duas de suas costelas, então o chutou até que parasse de tentar se levantar. Ele pegou uma sacola de papel na jaqueta e se ajoelhou ao lado do moleque, que gemia de dor. Agarrou o cabelo encaracolado de Matson e levantou sua cabeça. A garota dentro do ônibus não deu um pio.

Na segunda-feira seguinte, Gene Dinwoodie foi até Arvin no refeitório da escola e disse: "Quero ver você tentar colocar um saco na minha cabeça, seu filhodumaputa".

Arvin estava sentado numa mesa com Mary Jane Turner, uma garota nova na escola. Seu pai crescera em Coal Creek e então passou quinze anos na marinha mercante antes de voltar para casa a fim de reivindicar sua herança, uma fazenda decadente deixada pelo avô na encosta de uma montanha. A ruivinha sabia xingar como um marinheiro quando a oportunidade se apresentava e, embora Arvin não soubesse muito bem a razão, adorava aquilo, especialmente quando estavam se pegando. "Deixa a gente em paz, seu bostinha retardado", disse ela, encarando com desprezo o rapaz alto diante deles. Arvin sorriu.

Ignorando-a, Gene disse: "Russell, depois que acabar com você, pode ser que eu leve sua namorada pra um passeio demorado e gostoso. Ela não é nenhuma modelo, mas sou obrigado a dizer que não é feia que nem aquela sua irmã com cara de rato". Ficou diante da mesa com os punhos cerrados, esperando que Arvin levantasse e saísse distribuindo socos, então fez uma cara de idiota ao ver o garoto fechar os olhos e juntar as mãos. "Você só pode estar de sacanagem." Gene olhou em volta no refeitório lotado. O professor de educação física, um homem corpulento de barba vermelha que nos fins de semana lutava por uns trocados extras em Huntington e Charleston, o encarava carrancudo. O boato na escola era de que ele jamais havia sido derrotado e vencia todas as lutas porque odiava tudo e todos na Virgínia Ocidental. Até Gene tinha medo dele. Inclinando-se, o garoto disse para Arvin em voz baixa: "Não pense que rezar vai tirar você dessa, seu escroto".

Depois que Gene foi embora, Arvin abriu os olhos e bebeu o achocolatado de uma caixinha. "Tá tudo bem?", perguntou Mary.

"Claro", respondeu. "Por que a pergunta?"
"Você estava mesmo rezando?"
"Sim", disse, balançando a cabeça. "Rezando pelo momento certo."

Ele finalmente pegou Dinwoodie uma semana depois, na garagem do pai, enquanto ele trocava a vela de ignição de seu Chevy 56. A essa altura, Arvin já tinha juntado uma dúzia de sacos de papel. A cabeça de Gene estava bem enfiada dentro deles quando seu irmão mais novo o encontrou várias horas depois. O médico disse que ele teve sorte por não morrer sufocado. "Arvin Russell", Gene contou ao xerife após recobrar os sentidos. Passara as doze horas anteriores no hospital acreditando ser o último colocado numa edição das quinhentas milhas de Indianápolis. Fora a noite mais longa de sua vida; sempre que pisava no acelerador, a velocidade do carro diminuía severamente. O rugido dos motores o ultrapassando ainda ressoava em seus ouvidos.

"Arvin Russell?", questionou o xerife, com um tom de dúvida em sua voz. "Ouvi dizer que esse menino gosta de brigar. Mas que diabos, filho, você é duas vezes maior que ele."

"Ele me pegou desprevenido."

"Você chegou a ver o menino antes dele amarrar sua cabeça?", perguntou o xerife.

"Não", disse Gene, "mas foi ele."

"E como você pode ter tanta certeza?"

O pai de Gene estava encostado na parede, observando o filho com olhos soturnos e avermelhados. O garoto podia sentir o cheiro de Wild Irish Rose emanando de seu velho e se espalhando pelo quarto. Carl Dinwoodie não era tão ruim se ficasse só na cerveja, mas quando entrava no vinho podia ser bem perigoso. O tiro pode sair pela culatra se eu não tomar cuidado, pensou Gene. Sua mãe frequentava a mesma igreja que os Russell. Seu pai lhe desceria o cacete se descobrisse que ele andava ameaçando a vagabundinha da Lenora. "Posso estar errado", disse Gene.

"Então por que você falou que tinha sido o garoto dos Russell?", perguntou o xerife.

"Não sei. Acho que sonhei com isso."

Do canto onde estava, o pai de Gene emitiu o som de um cachorro vomitando, depois disse: "Dezenove anos e ainda não saiu da escola. O que você acha disso, xerife? É tão inútil quanto tetas num javali, não é?"

"De quem você está falando?", perguntou o xerife com um olhar intrigado.

"Desse merdinha deitado nessa cama aí, é dele que estou falando", disse Carl, então se virou e saiu cambaleando porta afora.

O xerife voltou o olhar para o garoto: "Bem, você tem alguma ideia de por que a pessoa que fez isso colocou os sacos na sua cabeça daquele jeito?".

"Não", disse Gene. "Nenhuma ideia."

21 O MAL NOSSO DE CADA DIA

DONALD RAY POLLOCK

"Conseguiu o que lá?", Earskell perguntou assim que Arvin pisou na varanda. "Escutei você atirando com aquela arminha." Sua catarata piorava a cada semana, como cortinas sujas sendo fechadas lentamente num quarto já mal iluminado. Temia não conseguir mais dirigir dali a dois meses. Envelhecer era a segunda pior coisa que já havia acontecido com ele. Nos últimos tempos pensava cada vez mais em Alice Louise Berry. Ambos tinham perdido muito com sua morte tão precoce.

Arvin segurava três esquilos vermelhos. A pistola de seu pai estava presa na cintura da calça. "A janta vai ser boa hoje", disse. Emma não cozinhava nada além de feijão e batatas fritas fazia quatro dias. As coisas ficavam apertadas perto no fim do mês, antes que o cheque da pensão dela chegasse. Ele e o velho andavam loucos por um pouco de carne.

Earskell se inclinou para a frente na cadeira. "Não vai me dizer que conseguiu eles com essa merdinha alemã." Secretamente, estava orgulhoso pelo modo como o garoto conseguia manusear a Luger, mas ainda assim não tinha as pistolas em alta conta. Preferia muito mais uma espingarda de sal ou um rifle.

"Não é uma arma ruim", disse Arvin. "Você só tem que saber atirar com ela." Era a primeira vez que o velho ridicularizava a pistola em um bom tempo.

Earskell largou o catálogo de peças que havia conferido a manhã inteira e puxou o canivete do bolso. "Bem, traz alguma coisa pra gente colocar eles, que eu ajudo a limpar."

Arvin tirou as peles dos esquilos enquanto o velho os segurava pelas patas da frente. Destriparam as carcaças numa folha de jornal e arrancaram a cabeças e os pés e depositaram a carne sangrenta numa panela cheia de água com sal. Após terminarem, Arvin dobrou o jornal com a sujeira e o carregou até a extremidade do quintal. Earskell esperou até que ele retornasse para a varanda, então puxou uma garrafa pequena do bolso e deu um gole. Emma lhe pedira para falar com o garoto. Estava angustiada por causa do último incidente. Ele limpou a boca e disse: "Ontem joguei cartas na garagem de Elder Stubb".

"E aí, ganhou?"

"Na verdade, não", disse Earskell. Esticou as pernas, olhou para os sapatos detonados. Teria que tentar remendá-los mais uma vez. "Vi Carl Dinwoodie lá."

"Foi?"

"Não estava muito feliz, não."

Arvin se sentou ao lado de seu tio-avô numa cadeira barulhenta e deteriorada remendada com arame. Observou a mata cinzenta do outro lado da estrada e mastigou o lado interno da boca por um minuto. "Irritado por causa do Gene?", perguntou. Fazia mais de uma semana que tinha ensacado o filhodumaputa.

"Talvez um pouco, mas acho que está mais puto por causa da conta do hospital que vai ter que pagar." Earskell olhou para os esquilos flutuando na panela. "Então, o que aconteceu?"

Embora Arvin nunca visse vantagem em dar à avó qualquer explicação por ter metido a porrada em alguém, principalmente porque não queria deixá-la chateada, sabia que Earskell não ficaria satisfeito com nada além dos fatos. "O moleque estava provocando Lenora, junto com os frangotes dos amigos dele", contou. "Xingando ela, esse tipo de merda. Então dei uma lição nele."

"E os outros?"

"Neles também."

Earskell deu um longo suspiro, coçou os pelinhos do pescoço. "Você não acha de deveria ter pegado um pouco mais leve? Rapaz, eu entendo o que você está dizendo, mas ainda assim você não pode mandar as pessoas pro hospital por causa de um xingamento. Fazer uns galos na cabeça é uma coisa, mas, pelo que eu ouvi, você machucou ele de verdade."

"Eu não gosto desses metidos a valentões."

"Meu Deus, Arvin, você ainda vai conhecer muita gente de quem não vai gostar."

"Pode ser, mas aposto que eles não vão mais encher o saco da Lenora."

"Olha, queria que você me fizesse um favor."

"O quê?"

"A partir de agora, você vai enfiar a Luger numa gaveta e esquecer que ela existe."

"Por quê?"

"Pistolas não foram feitas pra caçar. Elas servem pra matar gente."

"Mas eu não atirei no babaca", disse Arvin. "Eu bati nele."

"Sim, eu sei. Por enquanto, pelo menos."

"E os esquilos? Eu acerto todos na cabeça. Não dá pra fazer isso com uma espingarda."

"Só guarda ela por um tempinho, tá? Pega o rifle se quiser sair pra caçar."

O garoto observou o piso da varanda por um instante, então encarou o velho com os olhos apertados e cheios de desconfiança. "Ele falou alguma besteira pra você?"

"Carl, você diz?", perguntou Earskell. "Não, ele sabe o lugar dele." Não via propósito em contar para Arvin que conseguira a sequência mais alta na última e maior aposta da noite, ou que tinha pulado fora da aposta pra que Carl levasse a grana para casa com seus dois pares de merda. Mesmo sabendo ter sido a coisa certa a fazer, ainda ficava um pouco irritado ao pensar nisso. Devia ter uns duzentos dólares naquela mesa. Só esperava que o médico do garoto recebesse uma parte.

22 O MAL NOSSO DE CADA DIA

DONALD RAY POLLOCK

Arvin estava apoiado no corrimão áspero da varanda no fim de uma noite clara de sábado no mês de março, olhando pras estrelas acima das montanhas com todo o seu mistério distante e seu brilho solene. Mais cedo, ele e Hobart Finley e Daryl Kuhn, seus amigos mais próximos, haviam comprado um garrafão com Slot Machine, um trambiqueiro que tinha um braço só e vendia sua mercadoria no Hungry Holler, e ele ainda estava bebendo. O vento gelava os ossos, mas o uísque o deixava aquecido. Escutou Earskell lá dentro resmungando e murmurando algo enquanto dormia. No clima bom, o velho dormia num puxadinho gelado que havia levantado nos fundos da casa de sua irmã quando se mudara alguns anos antes, mas, assim que esfriava, ele se deitava no chão, ao lado do fogão a lenha, numa cama improvisada com cobertores caseiros esfarrapados e que cheiravam a querosene e naftalina. Montanha abaixo, estacionado no acostamento atrás do Ford de Earskell, estava o estimado patrimônio de Arvin, um Chevy Bel Air 1954 azul com a transmissão frouxa. Levara quatro anos fazendo todo tipo de trabalho que conseguia — cortar lenha, construir cercas, colher maçãs, alimentar porcos — para juntar dinheiro suficiente e comprá-lo.

Mais cedo aquele dia, Arvin levara Lenora ao cemitério para visitar o túmulo de sua mãe. Embora nunca admitisse, a única razão pela qual a acompanhava até lá era porque tinha esperanças de que ela desencavasse alguma memória enterrada do pai ou do aleijado com quem fugira. Ficara fascinado com o mistério do desaparecimento dos dois. Apesar de Emma e muitos outros no condado de Greenbrier parecerem convencidos de que eles estavam vivos e bem, Arvin achava difícil de acreditar que dois loucos idiotas, como Roy e Theodore eram descritos, pudessem sumir no mundo e ninguém ter notícias deles novamente. Se fosse assim tão fácil, imaginou que muito mais gente faria aquilo. Desejara muitas vezes que seu pai tivesse seguido esse caminho.

"Você não acha engraçado como nós dois acabamos órfãos e morando na mesma casa assim?", dissera Lenora depois que entraram no cemitério. Pôs a Bíblia sobre uma tumba próxima, afrouxou um pouco o gorro e pegou o livro novamente. "É quase como se tudo tivesse acontecido pra gente se conhecer." Ela estava em pé diante do túmulo da mãe, olhando para uma placa quadrada rente ao chão: HELEN HATTON LAFERTY 1926-1948. Havia um anjo de asas pequenas e sem rosto em cada um dos cantos superiores. Arvin segurava a saliva entre os dentes e olhava ao redor, para os restos mortais das flores do ano anterior sobre outros túmulos, os montes de grama e o arame enferrujado que rodeava o cemitério. Sentia-se desconfortável quando Lenora falava assim, e ela vinha fazendo isso cada vez mais depois que completou dezesseis anos. Podiam não ter relação de sangue, mas pensar nela como qualquer coisa além de sua irmã o deixava apreensivo. Apesar de achar improvável, torcia para que ela encontrasse logo um namorado antes que dissesse algo realmente idiota.

Cambaleou um pouco enquanto ia da ponta da varanda até a cadeira de balanço de Earskell e se sentou. Começou a pensar em seus pais, e sua garganta ficou inchada e seca de repente. Amava o uísque, mas às vezes a bebida trazia uma tristeza profunda que apenas o sono podia apagar. Sentiu vontade de chorar, porém, em vez disso, levantou a garrafa e bebeu mais um gole. Um cachorro latiu em algum lugar na colina ao lado, e seus pensamentos se transportaram para Jack, o coitado do vira-lata inofensivo que seu pai matara em busca de um pouco mais do maldito sangue. Havia sido um dos piores dias daquele verão, pelo que se lembrava, quase tão ruim quanto a noite da morte de sua mãe. Em pouco tempo, Arvin prometeu a si mesmo, voltaria ao tronco de rezas e veria se os ossos do cachorro ainda estavam lá. Queria enterrá-los do jeito certo, tentar todo o possível para compensar o que o maluco do seu pai havia feito. Se chegasse aos cem anos, jurou, jamais se esqueceria de Jack.

Às vezes se perguntava se talvez não tinha apenas inveja porque o pai de Lenora poderia estar vivo enquanto o seu estava morto. Havia lido todos os relatos apagados nos jornais, chegara ao ponto de vasculhar a mata onde o corpo de Helen fora encontrado, esperando encontrar evidências que provariam que todos estavam errados: uma cova rasa com dois esqueletos lado a lado emergindo pouco a pouco da terra, ou uma cadeira de rodas enferrujada cheia de buracos de bala escondida no fundo de algum fosso despercebido. Mas as únicas coisas que já havia visto foram dois cartuchos de espingarda usados e uma embalagem de chiclete de hortelã. Como Lenora ignorara suas perguntas a respeito do pai aquela manhã e continuara com a baboseira sobre coisas escritas nas estrelas e amantes unidos pelo destino e toda aquela merda romântica que lia nos livros emprestados da biblioteca da escola, ele percebeu que deveria ter ficado em casa trabalhado no Bel Air. O carro ainda não havia saído do lugar desde que o comprara.

"Porra, Lenora, para de falar essas besteiras", Arvin falou. "Além do mais, pode ser que você nem seja órfã. Até onde todo mundo por aqui sabe, seu pai ainda está vivo e respirando. Diabos, qualquer dia ele pode até aparecer por aí feliz e saltitante."

"Tomara que sim", disse ela. "Rezo todos os dias pra isso."

"Mesmo se isso significar que ele matou sua mãe?"

"Não importa", disse ela. "Já perdoei ele. A gente poderia começar do zero."

"Que loucura."

"Não, não é. E seu pai?"

"O que tem ele?"

"Bem, se ele pudesse voltar..."

"Cala a boca, menina." Arvin começou a andar na direção do portão do cemitério. "Nós dois sabemos que isso não vai acontecer."

"Desculpa", disse ela, com a voz se tornando um soluço.

Respirando fundo, Arvin parou e deu meia-volta. Às vezes parecia que ela passava metade da vida chorando. Ele balançou as chaves do carro. "Olha, se quiser a carona, vamos logo."

Quando chegou em casa, limpou o carburador do Bel Air com uma esponja de aço embebida em gasolina, então saiu novamente logo após o jantar para buscar Hobart e Daryl. Tinha se sentido mal a semana inteira, pensando em Mary Jane Turner, e achou que precisava melhorar ficando grogue. O pai dela não demorou a descobrir que a vida na marinha mercante era muito mais fácil que arar pedras e ficar se preocupando se a chuva seria suficiente ou não, e assim, na manhã do domingo anterior, empacotara as coisas e partira com a família para Baltimore, em busca de um novo navio. Embora Arvin tivesse continuado atrás dela depois do primeiro encontro, estava contente por não ter conseguido comer Mary. A despedida, da forma como aconteceu, já havia sido dura demais. "Por favor", ele pediu quando estavam parados na porta da frente da casa dela na última noite antes de sua partida; ela sorriu e ficou na ponta dos pés e pela última vez disse palavrões no seu ouvido. Ele, Hobart e Daryl fizeram uma vaquinha para a garrafa, um pacote com doze cervejas Blue Ribbon, três maços de Pall Mall e um tanque de gasolina. Então rodaram pra cima e pra baixo pelas ruas tediosas de Lewisburg até meia-noite, escutando o sinal do rádio indo e voltando e conversando sobre o que fariam depois que o colégio acabasse, até suas vozes ficarem ásperas como cascalho com tanta fumaça e uísque e planos grandiosos para o futuro.

    Recostado na cadeira de balanço, Arvin pensava em quem estaria morando na sua casa antiga naquele momento, se o cara do mercadinho ainda ficava sozinho no pequeno trailer e se Janey Wagner já estava prenha àquela altura. "Dedo fedido", murmurou para si mesmo. Pensou também no modo como o policial chamado Bodecker o trancara na parte de trás da viatura depois que ele o levara até o tronco de rezas, como se o homem da lei estivesse com medo de uma criança de dez anos de idade com manchas de torta de mirtilo na cara. Fora colocado numa cela vazia naquela noite, por não saberem o que fazer com ele, e a mulher da assistência social apareceu na tarde seguinte com algumas de suas roupas e o endereço de sua avó. Levantando a garrafa, viu que ainda restavam quatro dedos no fundo. Ele a deixou debaixo da cadeira para Earskell beber de manhã.

23 O MAL NOSSO DE CADA DIA

DONALD RAY POLLOCK

O reverendo Sykes tossiu, e a congregação da Igreja do Sagrado Espírito Santo de Coal Creek notou um vívido fio de sangue descendo por seu queixo e indo pingar na camisa. Continuou a pregar mesmo assim, ofereceu às pessoas um sermão decente sobre ajudar o próximo; porém, no final, anunciou que estava abandonando o púlpito. "Temporariamente", falou. "Só até eu melhorar." Disse que sua esposa tinha um sobrinho no Tennessee que acabara de se formar numa dessas faculdades bíblicas. "Ele diz que quer trabalhar com pessoas pobres", continuou Sykes. "Acho que deve ser um democrata." Forçou um sorriso, na expectativa de que umas risadas elevassem um pouco os ânimos, mas o único som que escutou vinha do pequeno grupo de mulheres ao fundo, perto da porta, chorando com sua esposa. Percebeu então que devia tê-la deixado em casa aquele dia.

Respirando fundo, limpou a garganta. "Não o vejo desde que era um menino, mas sua mãe disse que ele é bom. Ele e a esposa devem chegar em duas semanas, e, como eu disse, ele só vai ajudar por um tempo. Sei que não é da região, mas tentem deixar o homem confortável mesmo assim." Sykes começou a cambalear e segurou firme no púlpito para ficar de pé. Puxou do bolso o pacote vazio de Five Brothers e o levantou. "Caso qualquer um de vocês precise disso, vou deixar com ele." Então lhe veio um ataque de tosse seca que dobrou seu corpo, mas dessa vez ele conseguiu cobrir a boca com um lenço e esconder o sangue. Quando recuperou o fôlego, endireitou o corpo e olhou em volta, com o rosto vermelho e suado com a tensão de tudo aquilo. Sentia muita vergonha de contar que estava morrendo. O pulmão preto que havia enfrentado por anos finalmente estava vencendo. Nas semanas ou nos meses seguintes, de acordo com o médico, conheceria o Criador. Sykes não podia dizer com sinceridade que ansiava por aquilo, mas sabia que tivera uma vida melhor que a da maioria dos homens. Afinal de contas, não tinha vivido quarenta e dois anos a mais que aqueles pobres miseráveis que morreram no desabamento da mina que revelara sua vocação? Sim, tivera sorte. Limpou uma lágrima dos olhos e enfiou o lenço ensanguentado no bolso da calça. "Bem", disse, "não há necessidade de prender vocês aqui por mais tempo. Isso é tudo por hoje."

24 O MAL NOSSO DE CADA DIA

DONALD RAY POLLOCK

Roy levantou Theodore da cadeira de rodas e o carregou pela areia suja. Estavam na ponta norte de uma praia pública em St. Petersburg, a poucos quilômetros ao sul de Tampa. As pernas inúteis do aleijado balançavam para um lado e para o outro como as de uma boneca de pano. Fedia bastante com o cheiro de mijo, e Roy notara que ele não estava mais usando sua garrafa de leite, apenas encharcava o macacão apodrecido sempre que precisava. Teve que soltar Theodore e descansar várias vezes, mas finalmente o levou até a beira da água. Duas mulheres corpulentas com chapéus de aba larga se ergueram e olharam para eles, então juntaram suas toalhas e loções com gestos apressados e foram para o estacionamento. Roy voltou para pegar a cadeira e o jantar deles, duas garrafas de vinho do Porto branco e um pacote de presunto cozido. Haviam surrupiado de uma Winn-Dixie a dois quarteirões, após um caminhoneiro que transportava laranjas tê-los deixado lá. "Passamos um tempo presos aqui uma vez, não foi?", perguntou Theodore.

Roy engoliu o último pedaço de presunto e assentiu com a cabeça. "Três dias, acho." Os policiais haviam detido os dois por vadiagem pouco antes de escurecer. Estavam pregando na esquina. "A América está ficando tão ruim quanto a Rússia", gritou um homem magro e careca naquela noite, enquanto eles passavam por sua cela ao serem conduzidos à própria. Por que a polícia podia jogar um homem na cadeia só por falta de dinheiro ou endereço? E se o homem não desejasse ter a merda do dinheiro ou a porra de um endereço? Onde estava toda essa liberdade da qual tanto se gabavam? Os policiais tiravam o ativista do xadrez todas as manhãs e o obrigavam a carregar uma pilha de listas telefônicas pra cima e pra baixo numa escada o dia inteiro. De acordo com alguns dos outros prisioneiros, o homem havia sido preso por vadiagem vinte e duas vezes somente no ano anterior, e eles não aguentavam mais alimentar o desgraçado do Comunista. No mínimo, assim, ele era obrigado a suar pela mortadela e a canjica que comia.

"Não lembro", disse Theodore. "Como era a prisão?"

"Nada má", disse Roy. "Acho que serviam café de sobremesa." Na segunda noite em que passaram lá, os policiais trouxeram um brutamontes alto e desajeitado com um rosto entalhado conhecido como Comedor de Espinhas. Pouco antes da hora de dormir, o enfiaram na cela no fim do corredor em companhia do Comunista. Todos na cadeia já tinham ouvido falar do Comedor de Espinhas, exceto Roy e Theodore. Ele era famoso por toda a Costa do Golfo. "Por que chamam ele assim?", Roy perguntou ao instalador de papel de parede bigodudo na cela ao lado da sua.

"Porque o desgraçado derruba você e estoura todas as suas espinhas, se você tiver alguma", disse o homem, torcendo as pontas oleosas do bigode preto. "Por sorte, eu sempre tive uma pele boa."

"Por que diabos ele faz isso?"

"Ele gosta de comer", falou outro homem, de uma cela no lado oposto. "Tem gente que diz que ele é canibal, que tem restos enterrados por toda a Flórida, mas eu não acredito. Ele só gosta de chamar atenção, é o que eu acho."

"Meu Deus, alguém tinha que matar um filhodumaputa desses", comentou Theodore, observando as cicatrizes de acne no rosto de Roy.

O bigodudo sacudiu a cabeça. "Ele seria difícil de matar", disse. "Você já viu um daqueles retardados que conseguem carregar um carro nas costas? Tinha um desses num criadouro de jacarés onde eu trabalhei num verão lá pras bandas de Naples. Depois que ele começava, você não conseguia parar o cara nem com uma metralhadora. O Comedor de Espinhas é desse tipo." Então escutaram certa comoção no fim do corredor. Evidentemente, o Comunista não desistiria sem lutar, e isso animou um pouco Roy e Theodore, mas após alguns minutos tudo o que podiam escutar era o choro.

Na manhã seguinte, três homens de peito largo com jalecos brancos passaram com cassetetes e arrastaram o Comedor de Espinhas numa camisa de força para um hospício do outro lado da cidade. O Comunista parou de encher o saco por causa da lei depois disso, não reclamou nem uma vez das recentes marcas de beliscões no rosto ou das bolhas em seus pés, simplesmente carregou as listas telefônicas escada acima e abaixo como se estivesse agradecido por lhe passarem um trabalho significativo.

Theodore suspirou, olhou para o golfo azul, a água lisa como uma vidraça naquele dia. "Parece bom, café de sobremesa. Talvez a gente devesse forçar eles a nos colocar lá, pra dar uma descansada."

"Que merda, Theodore, eu não quero passar a noite na cadeia." Roy estava de olho na cadeira nova. Depois que as rodas da outra estragaram de vez, fazia dois dias, ele entrara de fininho num asilo de idosos e a pegara emprestada. Perguntava-se por quantos quilômetros havia empurrado Theodore desde que haviam saído da Virgínia Ocidental. Embora não fosse bom com números, estimava que àquela altura já devia estar perto de um milhão.

"Estou cansado, Roy."

Theodore não andava bem desde que, por sua culpa, haviam perdido o trabalho no parque no verão anterior. Um garotinho de talvez cinco ou seis anos, que comia algodão doce de uma embalagem de papelão, foi até os fundos da tenda enquanto Roy estava na frente tentando atrair alguns clientes. Theodore jurou que o garoto pediu ajuda para fechar o zíper da calça, mas nem Roy conseguia acreditar nisso. Em minutos Billy Bradford os jogou em seu Cadillac e os largou alguns quilômetros adiante, no interior. Não tiveram sequer a chance de se despedir de Panqueca ou da Mulher Flamingo; e, embora tivessem tentado arrumar outros trabalhos desde então, a fama do pedófilo aleijado e seu camarada comedor de insetos se espalhara rapidamente entre os donos de parques. "Quer que eu pegue seu violão?", perguntou Roy.

"Não", disse Theodore. "Estou sem música em mim hoje."

"Está doente?"

"Não sei", disse o aleijado. "É como se nunca tivesse uma trégua."

"Quer uma das laranjas que o caminhoneiro deu pra nós?"

"Deus me livre. Já chupei o suficiente dessas porcarias pra aguentar até o Juízo Final. Ainda estou com caganeira por causa delas."

"Posso deixar você num hospital", disse Roy. "Volto em um ou dois dias."

"Os hospitais são piores que as cadeias."

"Quer que eu reze pra você?"

Theodore riu. "Rá. Essa foi boa, Roy."

"Pode ser isso o que tem de errado com você. Você não tem mais fé."

"Nem começa com essa merda de novo", disse Theodore. "Eu servi o Senhor de tudo que é jeito. E tenho as pernas pra provar."

"Você só precisa descansar um pouco", disse Roy. "Vamos procurar uma árvore boa pra dormir antes que escureça."

"Ainda me parece muito bom. Eles dando café de sobremesa."

"Meu Deus, se você quer tanto assim uma xícara de café, eu compro. Ainda temos uns trocados."

"Queria que a gente ainda estivesse no parque", suspirou Theodore. "Foi o melhor que a gente já teve."

"Pois é, então você devia ter deixado suas mãos longe daquela criança, se é isso o que acha."

Theodore pegou uma pedrinha e lançou na água. "Isso faz a gente pensar, não é?"

"O quê?", perguntou Roy.

"Não sei", o aleijado disse com um balançar de ombros. "Só sei que faz a gente pensar."

25 O MAL NOSSO DE CADA DIA

DONALD RAY POLLOCK

Era uma manhã gelada de fevereiro de 1966, o quinto ano juntos de Carl e Sandy. O apartamento era uma geladeira, mas Carl receava que, se fosse vezes demais na porta da proprietária no andar de baixo para ela ligar o termostato, poderia não se segurar e estrangulá-la com a rede de cabelo imunda que ela usava. Nunca havia matado ninguém em Ohio, não cagava em seu próprio ninho. Era a Regra Número 2. Assim, a sra. Burchwell, apesar de merecer isso mais que tudo, estava fora dos limites. Sandy acordou pouco antes do meio-dia e foi para a sala com um cobertor sobre os ombros estreitos, arrastando as pontas pela poeira e sujeira do chão. Encolheu-se no sofá como uma bola trêmula e esperou Carl lhe trazer uma xícara de café e ligar a televisão. Por várias horas fumou cigarros e viu suas novelas e tossiu. Às três em ponto, Carl gritou da cozinha que era hora de ela se arrumar para sair. Sandy trabalhava no bar seis noites por semana e, embora tivesse que chegar às quatro para liberar Juanita, estava sempre atrasada.

Com um lamento, ela se sentou e enfiou o cigarro num cinzeiro e tirou o cobertor dos ombros. Desligou a televisão e foi tiritando até o banheiro. Curvada sobre a pia, jogou um pouco de água na cuba. Secou o rosto, se observou no espelho, tentou em vão tirar as manchas amarelas dos dentes com a escova. Passou um batom vermelho na boca, ajeitou os olhos, puxou para trás os cabelos castanhos num rabo de cavalo caído. Estava dolorida e machucada. Na noite anterior, após fechar o bar, deixou que um empregado da fábrica de papel, que fazia pouco tempo perdera a mão num rebobinador, a debruçasse sobre a mesa de bilhar por vinte pratas. Seu irmão a andava vigiando de perto naqueles dias, desde a maldita ligação, mas vinte pratas eram vinte pratas, fossem quais fossem as condições. Ela e Carl poderiam atravessar o estado com essa grana, ou pagar a conta de luz do mês. Era uma coisa irritante, Lee estar metido em tantas maracutaias e ainda temer que ela fosse lhe tirar alguns votos. O homem falou que pagaria outros dez se ela o deixasse enfiar o gancho de metal, mas Sandy respondeu que achava que ele deveria deixar aquilo para a esposa.

"Minha esposa não é nenhuma puta", disse o homem.

"Ah, tá", Sandy replicou enquanto abaixava a calcinha. "Ela casou com você, não foi?" Ficou segurando a nota de vinte por todo o tempo em que ele metia. Era sua trepada mais violenta em muito tempo; o desgraçado definitivamente estava fazendo valer o investimento. Parecia prestes a sofrer um ataque do coração, do jeito que gemia e arfava em busca de ar, com o gancho de metal gelado pressionando o seu quadril direito. Quando terminou, o dinheiro estava embolado em sua mão, molhado de suor. Assim que ele recuou, Sandy alisou a nota no feltro verde e a colocou em seu suéter. "Além disso", disse ela, enquanto andava para destrancar a porta e colocá-lo pra fora, "enfiar esse negócio em mim ia ser como me foder com uma lata de cerveja." Às vezes, após noites como aquela, desejava voltar a trabalhar no turno matutino do Wooden Spoon. Ao menos Henry, o velho chapeiro, fora gentil. Tinha sido seu primeiro, logo após ela completar dezesseis anos. Deitaram juntos no piso do estoque por muito tempo aquela noite, cobertos com a farinha de um saco de vinte quilos que haviam derrubado. Volta e meia ele ainda passava no bar para jogar conversa fora e fazer piadinhas sobre abrir mais algumas massas de torta.

Quando ela entrou na cozinha, Carl estava sentado de frente para o fogão lendo o jornal pela segunda vez naquele dia. Seus dedos estavam tingidos de cinza. Todas as bocas do fogão estavam acesas, e o forno estava aberto. Chamas azuis dançavam atrás dele como fogueiras de acampamento em miniatura. Sua pistola estava sobre a mesa da cozinha, com o cano apontado para a porta. O branco de seus olhos estava atravessado por veias vermelhas e, no reflexo da lâmpada solitária acima da mesa, seu rosto gordo, pálido e mal barbeado parecia uma estrela fria e distante. Passara a maior parte da noite anterior curvado no minúsculo closet do corredor que usava como sala de revelação, trazendo vida para o último filme que guardara do verão. Odiava vê-los acabando. Quase chorara ao revelar a última foto. Agosto ainda estava longe.

"Essas pessoas são muito perturbadas", disse Sandy enquanto pegava as chaves do carro em sua bolsa.

"Que pessoas?", perguntou Carl, virando mais uma página do jornal.

"Essas na televisão. Não sabem o que querem."

"Puta que pariu, Sandy, você dá atenção demais pra esses merdas", disse, encarando o relógio com impaciência. "Porra, você acha que eles estão se lixando pra você?" Fazia cinco minutos que ela já deveria estar no trabalho. Ele havia esperado por sua saída o dia inteiro.

"Bem, se não fosse pelo médico, eu não ia assistir mais", disse ela. Vivia falando sobre o médico de um dos programas, um homem alto e bonito que Carl achava ser o sacana mais sortudo do planeta. O homem poderia cair num ninho de ratos que sairia de lá com uma mala cheia de dinheiro e as chaves de um El Dorado novinho. Ao longo dos anos em que Sandy o via na tevê, provavelmente havia realizado mais milagres que Jesus. Carl não o suportava, aquele nariz falso de astros do cinema, aqueles ternos de sessenta dólares.

"Então, de quem foi a pica que ele chupou hoje?", Carl perguntou.

"Rá! Olha quem fala", disse Sandy, pegando o casaco. Não aguentava mais ter que defender suas novelas.

"O que você quer dizer com isso?"

"O que você achar que eu estou dizendo", disse Sandy. "Você passou a noite inteira naquele closet de novo."

"Pois digo uma coisa pra você, eu ia gostar de encontrar aquele filhodumaputa."

"Tenho certeza que sim", comentou Sandy.

"Eu ia fazer ele guinchar como um porco, juro por Deus!", Carl gritou quando ela bateu a porta atrás de si.

Alguns minutos após sua saída, Carl parou de xingar o ator e desligou o fogão. Deitou a cabeça sobre os braços em cima da mesa e cochilou por um instante. O cômodo estava escuro quando despertou. Tinha fome, mas tudo o que conseguiu achar na geladeira foram duas cascas mofadas de pão e um restinho de queijo apimentado ressecado numa vasilha de plástico. Abriu a janela da cozinha e jogou o pão no quintal da frente. Alguns flocos de neve flutuavam através do raio de luz que vinha da varanda da proprietária. Do estábulo no outro lado da rua, escutou alguém gargalhar, e o tinir metálico de um portão fechando. Ele percebeu que não saía fazia mais de uma semana.

Fechou a janela, foi até a sala e deu alguns passos pra um lado e pro outro cantando hinos religiosos antigos e agitando os braços no ar como se conduzisse um coro. "Bringing in the Sheaves" era um de seus favoritos, e ele o cantou várias vezes seguidas. Quando era menino, sua mãe costumava cantá-lo enquanto lavava roupa. Ela usava uma canção específica para cada tarefa, cada sofrimento, cada maldita coisa que aconteceu com eles após a morte do pai. Lavava a roupa dos ricos, e metade do tempo era enganada pelos canalhas desalmados. Às vezes ele faltava na aula para se esconder embaixo da varanda apodrecida na companhia das lesmas e aranhas e os restos mortais do gato do vizinho, e a escutava o dia inteiro. Sua voz jamais se cansava. Ele comia aos poucos o pão com manteiga que ela preparava para o almoço, dando uns goles na água suja de uma lata de sopa enferrujada que deixava nas costelas do gato. Fingia que almoçava bife com legumes ou macarrão com frango, mas, não importava seu esforço, sempre tinha gosto de lama. Desejava mais que tudo ter comprado sopa da última vez que foi ao mercadinho. A lembrança daquela lata velha o deixou com fome novamente.

Cantou por várias horas, sua voz alta estrondando pelos cômodos, seu rosto vermelho e suado com o esforço. Então, pouco antes das nove horas, a proprietária começou a bater furiosamente em seu próprio teto com a ponta de um cabo de vassoura. Ele estava no meio de uma vibrante versão de "Onward Christian Soldiers". Em qualquer outra hora a teria ignorado, mas naquela noite se obrigou a parar; estava com disposição para fazer outras coisas. Porém, se ela não ligasse logo o aquecimento, faria questão de deixá-la acordada até meia-noite. Poderia suportar o frio com facilidade, mas as constantes tremedeiras e as reclamações de Sandy já começavam a irritá-lo.

Voltando à cozinha, pegou uma lanterna da gaveta de talheres e se assegurou de que a porta estava trancada. Então saiu fechando todas as cortinas, terminando no quarto. Ajoelhou e pegou uma caixa de sapatos debaixo da cama. Carregou-a para a sala e apagou todas as luzes e se sentou no sofá na escuridão. Ar frio soprava das janelas cheias de frestas, e ele embrulhou seus ombros com o cobertor de Sandy.

Com a caixa no colo, fechou os olhos e pôs uma das mãos embaixo da tampa de papelão. Havia mais de duzentas fotos ali dentro, mas ele tirou apenas uma. Esfregou vagarosamente o papel liso com o polegar, tentou adivinhar que imagem seria, uma coisinha que fazia para tudo durar mais. Após pensar em uma, abriu os olhos e lançou a luz da lanterna por apenas um segundo. *Clique, clique.* Uma pequena degustação, e ele colocou a foto de lado, fechou os olhos novamente e tirou outra. *Clique, clique.* Costas nuas e buracos ensanguentados e Sandy com as pernas arreganhadas. Às vezes repassava a caixa inteira sem adivinhar nenhuma delas.

Uma vez pensou ter escutado um barulho, uma porta de carro batendo, passos nas escadas dos fundos. Levantou-se e andou na ponta dos pés por todos os cômodos com a pistola, espiando para fora das janelas. Então verificou a porta e voltou ao sofá. O tempo parecia se alternar, mais rápido, mais devagar, mover-se para um e outro lado como um sonho maluco que lhe era recorrente. Num segundo estava em uma plantação de soja lamacenta nos limites de Jasper, Indiana; e o próximo clique da lanterna o levava ao fundo de uma ravina pedregosa ao norte de Sugar City, Colorado. Vozes antigas rastejavam como vermes em sua cabeça, algumas com insultos raivosos, outras implorando por piedade. Por volta de meia-noite, havia viajado por uma grande parte do Meio-Oeste, revivendo os últimos momentos de vinte e quatro desconhecidos. Lembrava-se de tudo. Era como se os ressuscitasse sempre que pegava a caixa, sacudindo-os para que despertassem e deixando que fizessem seu próprio tipo de cantoria. Um último clique e decidiu encerrar a noite.

Após devolver a caixa ao seu esconderijo debaixo da cama, acendeu todas as luzes novamente e limpou o cobertor da melhor maneira que pôde com a toalha de rosto dela. Nas duas horas seguintes, sentou-se diante da mesa limpando a pistola e estudando os mapas rodoviários e esperando que Sandy saísse do trabalho. Ele sempre sentia necessidade de sua companhia após usar a caixa. Ela lhe contara sobre o homem da fábrica de papel, e ele pensou naquilo um pouco, o que faria com o gancho se pegassem um caroneiro assim.

Havia se esquecido de sua fome até ela entrar com dois hambúrgueres frios besuntados de mostarda, três garrafas de cerveja e o jornal da noite. Enquanto comia, Sandy se sentou de frente pra ele e somou com cuidado suas gorjetas, organizando as moedas de cinco, dez e vinte e cinco centavos em pilhas pequenas e arrumadas, e Carl se lembrou do modo como agira mais cedo por causa do estúpido programa de televisão. "Você foi bem esta noite", disse, quando ela por fim terminou de contar.

"Nada mal pra uma quarta, acho", disse ela com um sorriso cansado. "Então, o que você fez hoje?"

Ele encolheu os ombros. "Ah, limpei a geladeira, cantei umas músicas."

"Você não irritou a proprietária de novo, né?"

"Estou brincando", disse. "Tenho mais umas fotos pra mostrar."

"De qual deles agora?"

"Aquele que tinha uma bandana na cabeça. Ficaram muito boas."

"Hoje não", disse Sandy. "Eu não ando dormindo muito." Então ela lhe empurrou metade dos trocados. Ele pegou as moedas com as mãos em concha e despejou numa lata de café que guardava debaixo da pia. Estavam sempre economizando para o próximo calhambeque, o próximo rolo de filme, a próxima viagem. Ao abrir a última cerveja, ele lhe serviu um copo. Em seguida se ajoelhou de frente para ela, tirou seus sapatos e começou a massagear seus pés para relaxá-la do trabalho. "Eu não devia ter falado nada sobre seu maldito médico hoje", disse. "Pode assistir o que você quiser."

"É só um passatempo, querido", explicou Sandy. "Pra esvaziar a mente, sabe?" Ele assentiu com a cabeça, gentilmente passando os dedos nas solas de seus pés. "Bem aí", disse ela, esticando as pernas. Então, depois que ela terminou a cerveja e fumou um último cigarro, ele levantou seu corpo magricela e a carregou até o quarto dando risadinhas pelo corredor. Não a ouvia rindo fazia semanas. Ele a aqueceria aquela noite, era o mínimo que podia fazer. Eram quase quatro da manhã e, de algum modo, com muita sorte e pouco pesar, haviam sobrevivido a outro longo dia de inverno.

26 O MAL NOSSO DE CADA DIA

DONALD
RAY POLLOCK

Poucos dias depois, Carl levou Sandy para o trabalho, dizendo a ela que precisava sair um pouco do apartamento. Nevara vários centímetros na noite anterior, e naquela manhã o sol finalmente conseguiu transpassar a massa espessa e cinzenta de nuvens que pelas últimas semanas pairavam sobre Ohio como uma maldição soturna e implacável. Tudo em Meade, até a chaminé da fábrica de papel, estava radiante e branco. "Quer entrar um minuto?", Sandy perguntou quando ele parou na frente do Tecumseh. "Eu pago uma cerveja pra você."

Carl olhou em volta, para os carros no estacionamento enlameado. Ficou surpreso por estar tão cheio em plena luz dia. Ficara trancado no apartamento por tanto tempo que não se imaginava capaz de tolerar tanta gente em sua primeira saída de verdade ao mundo desde antes do Natal. "Ah, vou deixar pra próxima", respondeu. "Pensei em só dar uma volta por um tempo, tentar chegar em casa antes de escurecer."

"Fique à vontade", disse ela, abrindo a porta do carro. "Só não esquece de me buscar mais tarde."

Assim que ela entrou, Carl foi direto para o apartamento na Watt Street. Ficou ali sentado olhando pela janela da cozinha até o sol se pôr, então saiu e foi até o carro. Colocou a câmera no painel e a pistola embaixo do banco. Estava com meio tanque de gasolina na perua e cinco dólares na carteira, tirados do pote de dinheiro das viagens. Prometeu a si mesmo que não faria nada, apenas dirigir um pouco pela cidade e dissimular. Às vezes, no entanto, desejava jamais ter criado aquelas malditas regras. Diabos, naquele lugar, se ele quisesse, provavelmente poderia matar um caipira todas as noites. "Mas foi exatamente por causa desse tipo de merda que você criou as regras, Carl", disse a si mesmo ao começar a rodar pela rua. "Pra você não foder com tudo."

Ao passar pelo White Cow Diner, na High Street, viu seu cunhado de pé ao lado da viatura no fim do estacionamento conversando com alguém sentado atrás do volante de um Lincoln preto reluzente. Pareciam discutir, pelo modo como Bodecker agitava os braços. Carl diminuiu a velocidade e os observou pelo retrovisor o máximo que pôde. Pensou em algo que Sandy lhe dissera certa noite havia duas semanas, que seu irmão terminaria na prisão se não parasse de andar com sujeitos como Tater Brown e Bobo McDaniels. "Quem diabos são eles?", perguntara. Estava sentado diante da mesa da cozinha desembrulhando um dos cheeseburgers que ela lhe trouxera do trabalho. Alguém havia dado uma mordida na ponta. Ele raspou as cebolas cortadas em cubo com seu canivete.

"Eles mandam em tudo de Circleville até Portsmouth", contou ela. "Pelo menos tudo o que é ilegal."

"Certo", disse Carl. "E como você sabe disso, aliás?" Sempre que chegava em casa ela vinha com uma nova conversa pra boi dormir que algum bêbado lhe contara. Na semana anterior falara com alguém que estivera presente no assassinato de Kennedy. Às vezes Carl se irritava pra caralho com sua credulidade, mas, por outro lado, sabia ser uma das principais razões para que ela tivesse ficado com ele por tanto tempo.

"Bem, porque um cara parou no bar hoje bem na hora que a Juanita saiu e me passou um envelope pra entregar pro Lee." Ela acendeu um cigarro e soprou um pouco de fumaça em direção ao teto manchado. "Estava lotado de dinheiro, e nem eram notas de um dólar. Devia ter uns quatrocentos ou quinhentos dólares lá, talvez mais."

"Minha nossa, você pegou alguma?"

"Você tá de brincadeira, né? Desse tipo de gente não se rouba nada." Ela pegou uma batata frita da engordurada caixinha de papelão na frente de Carl, passou-a num montinho de ketchup. Por toda a noite, pensara em pular no carro e fugir com o envelope.

"Mas, puta que pariu, ele é seu irmão. Não vai fazer nada com você."

"Porra, Carl, do jeito que Lee anda agora, duvido que pensaria duas vezes antes de se livrar de nós. Ou pelo menos de você."

"E o que você fez então? Ainda está com o envelope?"

"Deus me livre. Quando ele entrou, eu só entreguei pra ele e me fiz de besta." Ela olhou para a batata frita em sua mão, que deixou cair no cinzeiro. "Mas mesmo assim ele não me pareceu nada contente", comentou ela.

Ainda pensando em seu cunhado, Carl virou na Vine Street. Todas as vezes em que encontrava Lee, o que, graças a Deus, não acontecia muito, o filhodumaputa lhe perguntava: "E então, onde você está trabalhando, Carl?". Ele faria qualquer coisa para vê-lo numa enrascada da qual não pudesse sair exibindo aquele distintivo de merda. Mais adiante, viu dois garotos, de talvez quinze ou dezesseis anos, caminhando lentamente pela calçada. Parou e desligou o motor, abaixando o vidro e puxando várias lufadas de ar frio. Observou os dois se separarem no fim do quarteirão, um para leste, o outro na direção oeste. Abaixou a janela do passageiro e ligou o carro, dirigiu até a placa de pare e virou à direita.

"Ei", disse Carl, quando parou ao lado do garoto magrelo que vestia uma jaqueta azul-escura com as palavras Meade High School costuradas nas costas com linha branca. "Quer uma carona?"

O garoto parou e olhou para o motorista atrás do volante da perua esculhambada. O rosto suado do homem brilhava com as luzes da rua. Uma barbinha castanha cobria sua papada inchada e o pescoço gordo. Seus olhos eram redondos e cruéis, como os de um roedor. "O que você disse?", perguntou o garoto.

"Estou só dando uma volta", disse Carl. "De repente a gente pode tomar uma cerveja." Ele engoliu em seco e se segurou antes de começar a implorar.

O garoto deu um sorriso irônico. "O senhor tá falando com o cara errado", disse. "Não sou desse tipo." Em seguida recomeçou a caminhar, agora mais rápido.

"Então vai se foder", disse Carl bem baixinho. Ele se acomodou no carro e viu o garoto desaparecer numa casa algumas portas abaixo. Embora um tanto desapontado, sentia acima de tudo alívio. Sabia que não ia conseguir se segurar caso o vagabundo entrasse no carro. Quase podia ver o putinho do avesso deitado na neve. Algum dia, pensou, teria de fazer uma cena de inverno.

Dirigiu de volta ao White Cow Diner, viu que Bodecker já tinha ido embora. Estacionou o carro e entrou, sentou-se diante do balcão e pediu uma xícara de café. Suas mãos ainda tremiam. "Puta que pariu, está frio lá fora", disse para a garçonete, uma moça alta e magrela de nariz vermelho.

"É isso o que chamamos de Ohio", respondeu ela.

"Não estou acostumado", falou Carl.

"Ah, então você não é daqui?"

"Não", disse Carl dando um gole no café e puxando uma das picas de cachorro. "Estou de passagem, vindo da Califórnia." Franziu a testa e olhou para o charuto. Não sabia muito bem por que dissera aquilo, a não ser que talvez quisesse impressionar a garota. A mera menção de ter estado naquele lugar geralmente o deixava louco. Ele e Sandy haviam se mudado para lá apenas algumas semanas após se casarem. Carl achava que se daria bem, fotografando estrelas de cinema e pessoas bonitas, arrumando para Sandy algum trabalho como modelo, mas em vez disso terminaram falidos e faminiotos, até que um dia ele a vendeu para dois homens que queriam fazer um filme de putaria e que conheceu do lado de fora de uma agência de talentos de reputação duvidosa. De primeira ela recusou, mas naquela noite, depois que ele a encheu de vodca e promessas, eles foram no carango detonado para as enevoadas Hollywood Hills, chegando a um barraco pequeno e escuro com jornais colados nas janelas. "Essa pode ser a nossa grande chance", disse Carl enquanto a conduzia até a porta. "Fazer uns contatos."

Além dos dois homens com quem fizera o acordo, havia outros sete ou oito parados ao longo das paredes amarelo-limão da sala vazia, além de uma câmera de filmagem num tripé e uma cama de casal coberta por lençóis amassados. Um homem passou para Carl uma bebida e pediu a Sandy com gentileza que ela tirasse a roupa. Dois deles tiraram fotos enquanto ela se despia. Ninguém disse nada. Então alguém bateu palmas, e a porta do banheiro se abriu. Um anão com uma cabeça raspada que era grande demais para seu corpo conduziu ao quarto um homem alto, aparentemente dopado. O anão usava uma bela calça dobrada vários centímetros acima dos sapatos italianos de bico fino e uma camisa havaiana, mas o grandalhão estava nu em pelo, e um pênis comprido, de veias azuis, tão grosso quanto uma xícara de café, se pendurava entre suas pernas fortes e bronzeadas. Quando ela viu o anão sorridente desenganchar a correia da coleira de cachorro ao redor do pescoço do homem, Sandy rolou pra fora da cama e começou a recolher suas roupas freneticamente. Carl se levantou e disse: "Desculpa, amigos, mas a moça mudou de ideia".

"Tirem esse punheteiro daqui", rosnou o cara que estava atrás da câmera. Antes que Carl soubesse o que estava acontecendo, três homens o empurraram para fora e o conduziram até seu carro. "Agora trata de ficar aqui ou ela vai se machucar de verdade", afirmou um deles. Ele mastigou seu charuto e observou as sombras se movendo pra lá e pra cá atrás das janelas cobertas, tentando se convencer de que tudo daria certo. Afinal, era a indústria cinematográfica, nada de muito grave poderia acontecer. Duas horas depois, a porta da frente foi aberta, e os mesmos três homens carregaram Sandy até o carro, jogando-a no banco de trás. Um deles foi até o lado do motorista e passou vinte dólares para Carl. "Isto não está certo", disse Carl. "O acordo era duzentos."

"Duzentos? Puta que pariu, ela não valia nem dez. Assim que o grandão filhodumaputa meteu na bunda dela, a criatura desmaiou e ficou lá deitada que nem um peixe morto."

Carl se virou e viu Sandy deitada no banco. Começava a despertar um pouco. Eles tinham colocado a blusa dela do avesso. "O caralho", disse ele. "Quero falar com os caras que negociaram comigo."

"Você tá falando do Jerry e do Ted? Porra, eles saíram tem uma hora", disse o homem.

"Eu vou chamar a polícia, é isso o que eu vou fazer", avisou Carl.

"Não vai não", disse o homem, sacudindo a cabeça. Então enfiou o braço pela janela e agarrou o pescoço de Carl e começou a apertar. "Na verdade, se não parar de frescura e dar o fora, vou levar você de volta pra dentro e mandar Frankie arrombar esse seu rabo gordo. Assim ele e Tojo levam mais cem pratas." Quando o homem caminhava de volta para dentro, Carl o escutou dizendo por cima do ombro: "E nem tente trazer ela de novo. Ela não serve pra esse negócio".

Na manhã seguinte, Carl saiu e comprou uma Smith & Wesson calibre 38 com aparência de antiga numa casa de penhores com os vinte dólares que o sujeito do filme pornô havia lhe dado. "Como vou ter certeza de que ela funciona?", perguntou ao penhorista.

"Vem aqui comigo", disse o homem. Levou Carl para um quarto nos fundos e deu dois tiros num barril cheio de serragem e revistas velhas. "Pararam de fabricar este modelo por volta de 1940, mas ainda funciona que é uma beleza."

Ele voltou ao Blue Star Motel, onde Sandy estava mergulhada numa banheira com água quente e sais de Epsom. Mostrando a arma, ele jurou que voltaria lá para atirar nos dois canalhas que haviam armado pra eles; mas em vez disso foi até o fim da rua e ficou sentado num banco de parque pelo resto do dia pensando em se matar. Algo dentro dele se perdera naquele dia. Pela primeira vez, percebeu que sua vida não valia absolutamente nada. A única coisa que sabia fazer era manipular uma câmera, mas quem precisava de outro gordo de cabelo ralo tirando fotos entediantes de bebês chorões de cara vermelha e vadias em vestidos de formatura e casais com sorrisos sinistros celebrando vinte e cinco anos de sofrimento? Quando voltou para o quarto naquela noite, ela já estava dormindo.

    Voltaram para Ohio na tarde seguinte. Ele dirigia, e ela se acomodava sobre os travesseiros que haviam roubado do quarto de hotel. Achou difícil olhá-la nos olhos e mal trocaram duas palavras na estrada, atravessando o deserto e entrando no Colorado. Quando começaram a subir as Montanhas Rochosas, o sangramento enfim parou e ela disse que preferia dirigir a ficar pensando em como fora estuprada pelo escravo dopado do ano enquanto todos os outros homens faziam piadas a seu respeito. Ao sentar-se atrás do volante, ela acendeu um cigarro e ligou o rádio. Só lhes restavam quatro dólares. Duas horas depois, pegaram um homem cheirando a gim pedindo carona para voltar pra casa da mãe em Omaha. Ele contou que acabara de perder tudo, incluindo o carro, num bordel — que não passava de um trailer, na verdade, com três rameiras alternando o trabalho, uma tia e suas duas sobrinhas — no deserto ao norte de Reno. "Boceta", disse o homem. "Sempre foi um problema pra mim."

    "Então é tipo uma doença que controla você?", perguntou Carl.

    "Cara, assim você está parecendo o médico da cabeça que eu tive que ver uma vez." Viajaram em silêncio por alguns minutos, então o homem se inclinou para a frente e pôs os braços casualmente no banco dianteiro. Ofereceu uma bebida de um cantil, mas nenhum dos dois estava em clima de festa. Carl abriu o painel e tirou a câmera. Pensava que também poderia tirar algumas fotos da natureza. Tinha grande chance de jamais rever aquelas montanhas. "É sua esposa?", perguntou o homem, após se recostar rapidamente no banco.

    "É", disse Carl.

    "Vou dizer uma coisa pra você, meu amigo. Não sei qual a situação aqui, mas pago vinte pratas por uma rapidinha com ela. Pra falar a verdade, acho que não aguento até Omaha."

"Chega", disse Sandy. Pisou no freio e ligou o pisca-alerta. "Já estourei minha cota de escrotos que nem você."

Carl olhou a pistola no porta-luvas quase escondida por um mapa rodoviário. "Espera um minuto", ele disse para Sandy em voz baixa. Virou-se e olhou para o homem, boas roupas, cabelo preto, pele morena, bochechas altas. Um laivo de perfume misturado com o cheiro de gim. "Achei que você tinha perdido todo o seu dinheiro."

"Bem, perdi, pelo menos o que eu tinha, mas liguei pra minha mãe quando cheguei em Vegas. Ela não quis me comprar um carro novo, mas me enviou alguns dólares pra eu voltar pra casa. Ela é boa pra esse tipo de coisa."

"Que tal cinquenta?", disse Carl. "Você tem?"

"Carl!", chiou Sandy. Estava prestes a falar pra ele também tirar a porra da bunda dali, quando o viu tirando a arma para fora do painel. Ela voltou os olhos para a estrada e voltou a andar na velocidade normal.

"Rapaz, não sei", disse o homem, coçando o queixo. "Claro, tenho sim, mas com cinquenta pratas eu pago um mulherão, sabe como é? Se importa em acrescentar alguns extras?"

"Claro, o que você quiser", disse Carl, com a boca ficando seca e o coração acelerando. "Só vamos ter que encontrar um lugar tranquilo pra encostar." Ele contraiu a barriga e enfiou a arma nas calças.

Uma semana depois, quando finalmente criou coragem para revelar as fotos que havia tirado aquele dia, Carl percebeu no primeiro vislumbre, com uma certeza de que jamais tivera antes, que o começo da obra de sua vida o encarava de volta naquela forma rasa de fixador fotográfico. Embora o machucasse ver mais uma vez Sandy com seus braços envolvidos no pescoço do putanheiro durante as contrações do primeiro orgasmo que tivera de verdade, sabia que não seria mais capaz de parar. E a humilhação que sentira na Califórnia? Jurou que nunca mais aconteceria novamente. No verão seguinte saíram à caça pela primeira vez.

A garçonete esperou até que Carl acendesse o charuto, depois perguntou: "Então, o que você faz por aí?".

"Sou fotógrafo. Estrelas de cinema, na maior parte."

"Sério? Já tirou alguma foto do Tab Hunter?"

"Não, esse eu não posso dizer que já", disse Carl, "mas tenho certeza que seria ótimo trabalhar com ele."

27 O MAL NOSSO DE CADA DIA

DONALD RAY POLLOCK

Em poucos dias, Carl se tornara um cliente regular do White Cow. Sentia-se bem por estar novamente entre outras pessoas depois de ter passado grande parte do inverno entocado no apartamento. Após a garçonete lhe perguntar quando retornava à Califórnia, respondeu que decidira permanecer por um período, dar uma pausa em toda a baboseira de Hollywood. Uma noite estava sentado diante do balcão quando dois homens aparentemente na casa dos sessenta pararam num El Dorado preto e comprido. Estacionaram a apenas poucos centímetros da porta e entraram que nem dois pavões. Um deles usava uma roupa de caubói adornada com lantejoulas brilhantes. Sua barriga saliente estava apertada contra uma fivela desenhada para parecer um rifle Winchester, e ele curvava as pernas ao andar, como se, pensou Carl, houvesse acabado de descer de um cavalo demasiado largo ou estivesse escondendo um pepino no cu. O outro usava um terno azul-escuro, decorado na frente com vários distintivos e fitas com temas patrióticos, e uma boina de veterano disposta num ângulo afetado. Ambos os rostos estavam ruborizados por causa das bebidas fortes e a arrogância. Carl reconhecia o caubói do jornal, um republicano tagarela da câmara de vereadores que sempre reclamava nos encontros mensais das cenas de sexo explícito e degenerado que aconteciam no parque municipal de Meade. Apesar de Carl ter dirigido até lá à noite uma centena de vezes, a coisa mais luxuriosa que encontrara ali foi um par de adolescentes desajeitados tentando se beijar em frente ao memorial da Segunda Guerra Mundial.

Os dois homens se sentaram a uma mesa e pediram café. Após a garçonete lhes servir, começaram a falar sobre um homem cabeludo que tinham visto andando pela calçada quando saíam da Legião Americana. "Nunca pensei que veria uma coisa dessas por aqui", disse o de terno.

"Espera só", respondeu o caubói. "Se ninguém fizer nada, em um ou dois anos eles vão se proliferar mais que pulga em bunda de macaco." Deu um gole em seu café. "Tenho uma sobrinha que vive em Nova York, e o macho dela parece uma moça, o cabelo desce direto por cima das orelhas. Vivo falando pra ela: traz o sujeito pra cá, que eu quero ver se não dou um jeito nele, mas ela não faz nada. Diz que eu ia pegar pesado."

Abaixaram o tom de voz um pouco, mas Carl ainda podia ouvi-los falando que costumavam enforcar os negros, que alguém deveria voltar com os linchamentos, mesmo que fosse um trabalho pesado dos infernos, mas agora havia esses cabeludos. "Torça alguns dos pescoços sujos deles", disse o caubói. "Quero ver se não acordam, pelo amor de Deus. Pelo menos iam ficar longe destas bandas."

Carl podia sentir o cheiro da loção pós-barba deles atravessando o restaurante. Olhando para o açucareiro no balcão em sua frente, tentou imaginar suas vidas, os passos irrevogáveis que haviam dado para chegar até ali naquela noite fria e escura em Meade, Ohio. A sensação que lhe percorria naquele momento era de pura eletricidade, uma consciência da sua própria brevidade nesta Terra e o que fizera com isso, e aqueles dois velhos patifes e sua relação com tudo aquilo. Era o mesmo tipo de sentimento que experimentava com os modelos. Eles haviam escolhido uma carona ou direção em detrimento de outra e acabaram no carro dele e de Sandy. Era possível explicar isso? Não, não era, mas ele tinha uma certeza da porra de que era capaz de sentir. *O mistério*, era tudo o que Carl poderia dizer. No dia seguinte, sabia que não significaria nada. A sensação passaria até a próxima vez. Ouviu água correndo na pia da cozinha do estabelecimento, e a imagem clara de uma cova encharcada que cavara em certa noite estrelada lhe subiu à superfície da memória — cavara num lugar molhado, e uma lua em quarto crescente, alta no céu, branca como neve recém-caída, movera-se e apareceu sobre a água que se infiltrava no fundo do buraco, e ele jamais havia visto algo tão belo — e tentou se apegar à imagem porque não pensava nela fazia um tempo, mas escutou as vozes dos velhos voltando e perturbando sua paz.

Sua cabeça começou a doer um pouco e ele pediu à jovem garçonete uma das aspirinas que sabia que ela levava na bolsa. Ela gostava de fumá-las, confessara uma noite, esmigalhando os comprimidos e colocando o pó num cigarro. Drogas de cidade pequena, pensara Carl, e teve que se segurar para não rir daquela garota pobre e estúpida. Ela entregou dois comprimidos com uma piscadinha, meu Deus, como se lhe oferecesse uma dose de morfina ou algo assim. Sorriu para ela e pensou novamente em levá-la para uma volta, observar um caroneiro se divertir com ela enquanto tirava umas fotos e garantir que era assim que todas as modelos começavam. Sem dúvidas ela acreditaria. Já lhe contara umas histórias bem sujas, e ela não bancava mais a envergonhada. Então engoliu as aspirinas e girou um pouco na banqueta para escutar melhor os dois homens.

"Os democratas é que vão arruinar este país", disse o caubói. "O que a gente precisa fazer, Bus, é montar nosso próprio exército particular. Mate alguns deles e o resto vai entender."

"Está falando dos democratas ou dos cabeludos, J.R.?"

"Bem, primeiro a gente ia começar com os maricas", disse o caubói. "Lembra daquela vez numa estrada que um filhodumaputa estava com uma galinha presa nele? Bus, eu garanto que esses cabeludos vão ser dez vezes pior."

Carl deu um gole no café e escutou enquanto os dois devaneavam sobre sua milícia particular. Seria sua contribuição final ao país antes da morte. Eles se sacrificariam com alegria se fosse necessário. Era o dever deles como cidadãos. Então Carl escutou um dos homens dizer em voz alta: "Que diabos você está olhando?".

Ambos o encaravam. "Nada", disse Carl. "Só bebendo meu café."

O caubói piscou para o de terno e perguntou: "O que você acha, rapaz? Gosta dos cabeludos?".

"Não sei", disse Carl.

"Porra, J.R., esse provavelmente tem um em casa esperando por ele", brincou o de terno.

"É, esse não leva jeito pro que precisamos", disse o caubói, voltando ao seu café. "Porra, não deve nem ter servido no Exército. Molenga como geleia, esse rapaz." Sacudiu a cabeça. "A merda do país inteiro está ficando assim."

Carl não disse nada, mas imaginou como seria matar dois velhos escrotos que nem aqueles. Por um momento, pensou em segui-los quando saíssem, obrigar um a trepar com o outro só pra começar. Apostava que conseguiria fazer o caubói cagar no chapeuzinho do de terno na hora que a coisa ficasse séria. Os dois miseráveis podiam olhar para Carl Henderson e considerá-lo um nada o quanto quisessem, ele não se importava. Podiam tagarelar dali até o dia do juízo sobre toda a matança que gostariam de fazer, mas nenhum deles tinha coragem. Em quinze minutos seria capaz de fazer ambos implorarem por uma vaga no inferno. Era capaz de pensar em coisas que os faria comer os dedos um do outro por apenas dois minutos de alívio. Tudo o que precisava fazer era se decidir. Deu outro gole no café, olhou pela janela para o Cadillac lá fora, a rua enevoada. Claro, só um garotão gordo, chefe. Molenga como a porra de uma geleia.

O caubói acendeu outro cigarro e tossiu uma meleca marrom que cuspiu no cinzeiro. "Transformar um desses malditos num animal de estimação, é isso o que eu queria fazer", disse ele, limpando a boca no guardanapo que o outro lhe passou.

"Você ia querer que fosse homem ou mulher, J.R.?"

"Porra, é tudo a mesma coisa, não?"

O de terno riu com ironia. "E o que você ia dar pra eles comerem?"

"Você sabe muito bem que droga eu daria, Bus", disse o caubói, e os dois riram.

Carl se virou para o balcão. Nunca havia pensado nisso antes. Um animal de estimação. Manter algo assim não era possível no momento, mas talvez um dia. Veja só, pensou consigo mesmo, existe sempre algo novo pra se desejar, mesmo nesta vida. A não ser pelas semanas em que iam à caça, ele sempre tivera dificuldade em manter o otimismo, mas então acontecia algo que lhe lembrava que nem tudo era uma merda. Claro, pra poderem pensar em transformar um modelo numa espécie de animal de estimação, teriam que se mudar da cidade, arrumar um lugar na roça. Seria necessário um porão, ou no mínimo algum tipo de construção fora da casa, um barracão de ferramentas ou um celeiro. Talvez pudesse um dia treiná-lo para obedecer aos seus comandos, apesar de duvidar que teria paciência, embora estivesse considerando a possibilidade. Só manter Sandy na linha já estava difícil.

28 O MAL NOSSO DE CADA DIA

DONALD RAY POLLOCK

Bodecker entrou no Tecumseh numa tarde quase no fim de fevereiro, pouco depois de Sandy começar o seu turno, e pediu uma coca. Não havia mais ninguém no bar. Ela o serviu sem dizer uma palavra, em seguida voltou para a pia atrás do balcão onde lavava canecas de cerveja sujas e copos para destilados deixados na noite anterior. Ele percebeu os círculos escuros ao redor de seus olhos e as mechas grisalhas no cabelo. Não parecia chegar a pesar quarenta quilos, considerando como a calça estava folgada. Culpava Carl por essa decadência. Bodecker odiava a ideia daquele filhodumaputa vivendo à custa dela daquele jeito. Embora ele e Sandy não pudessem ser considerados próximos fazia anos, ela ainda era sua irmã. Acabara de completar vinte e quatro anos, cinco a menos que ele. Pela aparência, dificilmente chegaria aos quarenta.

Lee foi para um banquinho no fundo do estabelecimento para que pudesse ver a porta. Desde a noite em que tivera que ir ao bar pegar aquela sacola de dinheiro — porra, a maior burrice que Tater Brown lhe fizera até então, e o desgraçado também ouvira isso —, Sandy mal falara com ele. Isso o incomodava, ao menos um pouco, parando pra refletir, que ela pensasse mal dele. Imaginou que ainda estivesse chateada com o escarcéu que armara por ela andar vendendo o corpo nos fundos dessa pocilga. Virou-se para olhá-la. O lugar estava morto, o único ruído era o tilintar dos copos se batendo na água quando ela pegava um para lavar. Foda-se, pensou ele. Começou a falar, mencionou que Carl estava passando muito tempo conversando com uma jovem garçonete do White Cow enquanto ela estava presa ali servindo bebidas pra pagar as contas.

Sandy colocou o copo no escorredor de plástico e enxugou as mãos enquanto pensava em algo para dizer. Carl andava mesmo levando-a muitas vezes para o trabalho nos últimos tempos, mas isso não era da conta de Lee. Afinal, o que ele faria com uma garota? Carl não conseguia mais ter uma ereção, a não ser quando olhava para suas fotografias. "E daí?", disse por fim. "Ele anda se sentindo sozinho."

"É, ele mente um bocado também," disse Bodecker. Havia apenas uma noite, avistara a perua de Sandy estacionada no White Cow. Parou do outro lado da rua e flagrou o cunhado batendo papo com a garçonete magrela. Pareciam se dar bem juntos, e ele tinha ficado curioso. Depois que Carl saiu, ele entrou e se sentou diante do balcão, pediu uma xícara de café. "Esse cara que acabou de sair", disse. "Por acaso você sabe o nome dele?"

"Tá falando do Bill?"

"Bill, hein?", repetiu Bodecker, tentando não sorrir. "Amigo seu?"

"Não sei", disse ela. "Nos damos bem."

Bodecker tirou um caderno e um lápis do bolso da camisa e fingiu anotar algo. "Deixa de enrolação e me diz o que você sabe sobre ele."

"A minha barra está suja?", perguntou ela. Enfiou uma mecha de cabelo na boca e começou a se mexer nervosamente de um lado pro outro.

"Se você falar, não."

Após ouvir a moça repetir algumas das histórias de Carl, Bodecker deu uma olhada no relógio e se levantou. "Por hoje basta", disse, devolvendo o caderno ao bolso. "Parece que não é ele quem estamos procurando." Pensou por um instante, olhou para a garota. Ainda mordiscava o cabelo. "Quantos anos você tem?", perguntou.

"Dezesseis."

"Esse tal de Bill já pediu pra você posar pra alguma foto?"

A garota ruborizou. "Não", disse ela.

"Se ele começar a falar esse tipo de coisa, você me liga, ok?" Caso não fosse Carl que estivesse tentando foder a garota, ele nem sequer se importaria. Mas o filhodumaputa havia acabado com a vida da sua irmã, e Bodecker não conseguia esquecer isso, não importava o quanto dissesse a si mesmo que não era da sua conta. Era uma coisa que o corroía como um câncer. Sua melhor atitude no momento era fazer com que Sandy soubesse daquela garçonetezinha. Mas ainda queria que um dia Carl pagasse de verdade pelo que fizera. Não seria tão difícil, pensou, não muito diferente de castrar um porco.

Deixou o restaurante depois de interrogar a moça e dirigiu até o parque estadual ao lado da prisão e esperou que Tater Brown lhe trouxesse o dinheiro. No rádio, o atendente grasnou algo a respeito de um atropelamento com omissão de socorro na Huntington Pike, e Bodecker estendeu o braço e baixou o volume. Alguns dias antes, fizera outro serviço para Tater, usando seu distintivo para tirar um homem chamado Coonrod de um acampamento de pescaria onde se escondia nos cafundós do Paint Creek. Algemado no banco de trás, pensou que o xerife o levava à cidade pra um interrogatório, até a viatura parar na estrada de cascalho no topo de Reub Hill. Bodecker não disse nada, apenas o puxou pra fora do carro pelos braceletes de metal e o empurrou cerca de cem metros mata adentro. Quando Coonrod parou de gritar por seus direitos e passou a implorar por piedade, Bodecker se posicionou atrás dele e lhe deu um tiro na nuca. Dessa forma, Tater passou a lhe dever cinco mil dólares, mil a mais em relação ao que o xerife lhe cobrara da primeira vez. Aquele sádico espancara uma das melhores putas que trabalhavam no andar de cima do clube de striptease de Tater, tentara extrair seu útero com um desentupidor de pias. Custara ao gângster outros trezentos no hospital para que empurrassem tudo de volta pra dentro dela. O único que acabou lucrando com a situação foi Bodecker.

Sandy suspirou e disse: "Ok, Lee, de que merda você está falando?".

Bodecker inclinou seu copo, começou a mastigar um pouco de gelo. "Bem, de acordo com essa garota, o nome do seu marido é Bill e ele é um grande fotógrafo da Califórnia. Disse pra ela que tinha amizade com um monte de estrelas do cinema."

Sandy se virou para a pia, afundou mais alguns copos na água ensaboada. "Ele provavelmente só estava tirando uma com ela. Às vezes Carl gosta de sacanear as pessoas por diversão, só pra ver como elas reagem."

"Bem, pelo que vi ele está conseguindo uma ótima reação. Tenho que admitir, nunca pensei que aquele gordo de merda tinha isso dentro dele."

Sandy soltou o pano de prato e se virou. "Que porra você está fazendo? Vigiando ele?"

"Ei, eu não estava tentando provocar você", disse Bodecker. "Só achei que ia gostar de saber."

"Você nunca gostou do Carl", disse ela.

"Meu Deus, Sandy, o cara fez você se prostituir pra ele."

Ela revirou os olhos. "Como se você não fizesse nada de errado."

Bodecker pôs os óculos de sol e forçou um sorriso, mostrando a Sandy seus dentes grandes e brancos. "Mas eu sou a lei por aqui, garota. Você vai acabar descobrindo que isso faz toda a diferença." Jogou uma nota de cinco dólares no balcão e saiu pela porta e entrou na viatura. Ficou lá sentado por alguns minutos, olhando através do para-brisa para os trailers decadentes em Paradise Acres, o pátio de casas móveis que ficava ao lado do bar. Então recostou a cabeça no banco. Fazia uma semana e até então ninguém dera queixa do desaparecimento do sacana do desentupidor. Pensou em talvez comprar um carro novo para Florence com parte do dinheiro. Queria muito fechar os olhos por uns minutos, mas cochilar a céu aberto não era uma boa ideia naqueles dias. A coisa estava começando a ficar feia. Ele se perguntou quanto tempo levaria antes que tivesse de matar Tater ou, por outro lado, antes que algum filhodumaputa decidisse matá-lo.

29 O MAL NOSSO DE CADA DIA

DONALD RAY POLLOCK

Numa manhã de domingo, Carl preparou para Sandy algumas panquecas, sua comida favorita. Na noite anterior voltara para casa bêbada e num ânimo melancólico. Sempre que ela se atava mais uma vez a todos esses sentimentos inúteis, não havia nada que ele pudesse dizer ou fazer para melhorar as coisas. Ela simplesmente tinha de lidar com isso sozinha. Duas noites de bebida e choramingo e voltava ao normal. Carl conhecia Sandy melhor que ela mesma. Na noite seguinte, ou talvez na próxima, treparia com um dos seus clientes regulares depois que o bar fechasse, um jovem da zona rural com corte de cabelo militar que tinha uma esposa e três ou quatro crianças catarrentas. Ele diria a Sandy que desejava tê-la conhecido antes de se casar com aquela porca velha, que ela era a coisa mais linda com quem já tinha ficado, e então tudo ficaria bem e tranquilo até a crise seguinte.

Ao lado do prato, ele colocara uma pistola calibre 22. Comprara alguns dias antes por dez dólares na mão de um idoso que conhecera no White Cow. O pobre filhodumaputa estava com medo de acabar metendo uma bala em si mesmo se continuasse com a arma. Sua mulher falecera no outono anterior. Ele a tratava mal, admitia, mesmo quando ela estava no leito de morte; mas no momento se sentia tão solitário que não conseguia suportar. Contou tudo isso a Carl e para a garçonete adolescente enquanto a neve congelada estalava nas janelas de vidro laminado do restaurante e o vento balançava a placa de metal na rua. O velho usava um longo sobretudo que cheirava a fumaça de madeira e Vick VapoRub e, apertada em sua cabeça, uma touca militar azul cheia de fiapos. Enquanto se confessava, ocorreu a Carl que talvez pudesse ser bom para Sandy ter sua própria arma pra quando saíssem à caça, apenas uma prevenção caso algo desse errado. Perguntou-se como não havia pensado nisso antes. Embora fosse sempre cuidadoso, mesmo os melhores às vezes faziam merda. Sentira-se bem por comprar a arma, pensou que talvez estivesse ficando mais sábio.

Você teria de acertar no olho ou meter bala direto na orelha pra conseguir matar alguém com um 22, mas ainda assim era melhor que nada. Fizera isso uma vez com um universitário, meteu uma arma em sua orelha, um babaca do cabelo encaracolado da Universidade Purdue que gargalhou quando Sandy lhe contou que já sonhara em fazer um curso de estética, mas acabou servindo bebidas num bar e tudo aconteceu exatamente do jeito que era pra ser. Carl encontrara um livro no bolso do casaco do rapaz depois que o amarrara, *Poemas de John Keats*. Tentou perguntar ao desgraçado qual era seu poema favorito, mas àquela altura o babaca pretensioso havia cagado nas calças e já estava com dificuldade pra se concentrar. Ele abriu o livro num poema e começou a ler enquanto o jovem implorava aos prantos por sua vida, a voz de Carl ficando cada vez mais alta para sobrepor as súplicas do outro até chegar ao último verso, que ele já havia esquecido, alguma besteira sobre amor e fama que, tinha de admitir, na hora fez seus cabelos do braço se arrepiarem. Então puxou o gatilho e um bocado de massa cinzenta e úmida voou pelo outro lado da cabeça do universitário. Depois que ele caiu, o sangue empoçou nos buracos dos olhos como minúsculos lagos de fogo, o que deu uma puta foto, mas isso foi com um 38, não essa maldita arma de brinquedo calibre 22. Carl tinha certeza de que, se pudesse mostrar ao velhote fedorento a fotografia do rapaz, o imbecil pensaria duas vezes antes de tentar alguma contra si mesmo, ao menos com uma arma. A garçonete achou Carl bastante habilidoso pelo modo como tirou a pistola do homem antes que ele fizesse uma besteira. Naquela noite ele poderia ter trepado com ela no banco de trás da perua se quisesse, a julgar pelo jeito como a garota ficou repetindo como ele era maravilhoso. Houve um tempo, alguns anos antes, em que ele cairia em cima da vagabundinha, mas aquilo simplesmente não tinha mais tanto apelo naqueles dias.

"O que é isso?", perguntou Sandy quando viu a pistola ao lado de seu prato.

"Caso algo um dia saia errado."

Ela sacudiu a cabeça, empurrando a arma para o lado dele na mesa. "É sua função, garantir que isso não aconteça."

"Só estou dizendo que..."

"Olha, se você não tem mais colhões pra isso, é só dizer. Meu Deus, pelo menos me deixa saber antes de nós dois morrermos por sua causa", disse Sandy.

"Eu já disse, não gosto que você fale desse jeito", rebateu ele. Olhou para a pilha de panquecas esfriando. Sandy não tocara nelas. "E você vai comer a merda dessas panquecas também, tá me ouvindo?"

"Vai tomar no seu cu", disse ela. "Eu como o que eu quiser." Levantou-se e saiu da mesa, e ele ficou olhando enquanto ela levava o café para a sala, escutou a televisão sendo ligada. Ele pegou a arma e mirou na parede que dividia a cozinha do sofá em que ela sem dúvida deixara cair sua bunda esquelética. Ficou lá por dois minutos, pensando se conseguiria dar o tiro, depois guardou a arma numa gaveta. Passaram o resto da manhã gelada assistindo em silêncio a uma maratona de filmes do Tarzan no Canal 10, então Carl foi ao Big Bear e comprou um pote de sorvete de baunilha e uma torta de maçã. Ela sempre gostara de doces. Se precisasse, ele os empurraria goela abaixo, pensou enquanto pagava no caixa.

Muitos anos antes, escutara um dos namorados de sua mãe dizer que, nos bons e velhos tempos, um homem podia vender a esposa se ficasse sem grana ou de saco cheio, e arrastá-la até o mercado municipal com uma coleira de cavalo presa com força na porcaria do pescoço. Fazer Sandy engasgar com um pouco de sorvete não seria nada de mais. Às vezes elas não sabiam o que era melhor pra si mesmas. Sua mãe com certeza não. Um homem chamado Lyndon Langford, o mais inteligente na longa fila de babacas com quem ela se meteu durante sua estadia na Terra, um operário da fábrica da GM em Columbus que às vezes lia livros de verdade quando estava tentando ficar longe da birita, dera a Carl suas primeiras lições de fotografia. Lembre-se sempre, uma vez Lyndon lhe dissera, que a maioria das pessoas ama que tirem fotos delas. Vão fazer quase tudo o que você quiser se apontar uma câmera pra elas. Ele jamais se esqueceria da primeira vez que viu o corpo nu de sua mãe, numa das fotos de Lyndon, amarrada na cama com fios de extensão, com a cabeça dentro de uma caixa de papelão com dois buracos cortados para os olhos. Ainda assim, era um homem até decente quando não estava bebendo. Então Carl fodeu com tudo ao comer uma fatia do presunto que Lyndon deixava na geladeira para as noites em que passava lá. Sua mãe tampouco o perdoou por ter feito aquilo, nunca.

30 O MAL NOSSO DE CADA DIA

DONALD RAY POLLOCK

Quando Ohio começou a ficar quente e verde de novo, Carl iniciou a sério um planejamento de sua próxima viagem. Cogitava o Sul dessa vez, dar um tempo do Meio-Oeste. Passava noites estudando seu atlas rodoviário: Geórgia, Tennessee, Virgínia, as Carolinas. Dois mil e quinhentos quilômetros por semana, sempre foi seu plano. Embora normalmente trocassem de carro pela época em que as peônias floresciam, achava as condições da perua boas o bastante para mais uma saída. E Sandy não estava mais levando tanto dinheiro pra casa como quando se prostituía regularmente. Lee dera um jeito de garantir isso.

Deitada tarde da noite numa quinta-feira, Sandy disse: "Andei pensando naquela arma, Carl. Talvez você esteja certo". Apesar de não mencionar, também andava pensando muito na garçonete do White Cow. Havia até mesmo passado lá uma vez, pediu um milk-shake, deu uma conferida na garota. Queria que Lee nunca tivesse lhe contado. O que mais incomodava era como a moça a fazia lembrar de si mesma logo antes de Carl entrar em sua vida: apreensiva e tímida e fazendo de tudo para agradar. Então, poucas noites antes, servindo uma bebida para um homem com quem tinha trepado de graça, não pôde deixar de notar que ele não olhava mais pra ela nem de relance. Ao vê-lo sair alguns minutos depois com uma sirigaita dentuça numa jaqueta de pele falsa, lhe ocorreu que talvez Carl estivesse procurando por uma substituta. Machucava pensar que ele pudesse sacaneá-la assim, mas por que seria diferente de qualquer um dos outros babacas que havia conhecido? Esperava estar errada, mas ter sua própria arma talvez não fosse uma ideia tão ruim.

Carl não disse nada. Estava encarando o teto com uma expressão contrariada, desejando que a proprietária morresse. Ficou surpreso por Sandy mencionar a arma depois de tanto tempo, mas talvez ela tivesse apenas aberto os olhos. Quem diabos não iria querer uma arma, envolvidos naquela merda toda que eles faziam? Ele rolou na cama, tirando sua parte do lençol de cima de suas pernas gordas. Estava fresco pra caralho lá fora às três da manhã, uns quinze graus, e a cachorra velha ainda deixara o termostato ligado. Tinha certeza de que ela fazia isso de propósito. Discutiram novamente um dia antes por causa da cantoria noturna dele. Carl se levantou e abriu a janela, ficou ali deixando que a brisa leve o refrescasse. "Por que você mudou de ideia?", perguntou por fim.

"Ah, nem sei", disse ela. "Como você disse, nunca se sabe o que pode acontecer, certo?"

Ele ficou encarando a escuridão, esfregou sua barbicha. Não queria voltar pra cama. Seu lado estava encharcado de suor. Talvez naquela noite dormisse no chão, perto da janela, pensou. Inclinou-se diante da tela rasgada e inspirou profundamente várias vezes. Diabos, era como se estivesse sufocando. "Puta que pariu, ela está fazendo isso só de pirraça."

"O quê?"

"Deixar o aquecimento ligado", disse.

Sandy ergueu-se com os cotovelos e viu a silhueta escura dele debruçada sobre a janela, como uma besta mítica chocando, prestes a abrir as asas e voar. "Mas você vai me ensinar como atirar com ela, não vai?"

"Claro", disse Carl. "Não é tão difícil." Escutou Sandy acendendo um fósforo atrás dele, dando um trago num cigarro. Voltou-se para a cama. "Vamos com ela pra algum lugar na sua folga, aí você dá uns tiros."

No domingo deixaram o apartamento por volta de meio-dia e foram até o topo do Reub Hill e desceram até o outro lado. Ele virou à esquerda numa estrada lamacenta e parou após chegarem ao depósito de lixo no final. "Como você conhece este lugar?", perguntou Sandy. Antes de Carl aparecer, ela passara várias noites ali sendo comida por garotos dos quais nem se lembrava mais. Sempre acreditava que se abrisse as pernas, seria tratada como uma namorada, talvez levada pra dançar no Winter Garden ou no Armory, mas isso nunca chegou a acontecer. Assim que gozavam, não queriam mais nada com ela. Alguns até tomavam sua gorjeta e a faziam voltar pra casa andando. Ela olhou pela janela e viu, jogadas na sarjeta, uma camisinha usada esticada no gargalo de uma garrafa de Boone's Farm. Os garotos costumavam chamar o lugar de Passagem do Trem; pela aparência das coisas, ela deduziu que ainda o faziam. Agora que pensava nisso, lembrou que ela jamais saíra para dançar na vida.

"Dia desses eu estava dando uma volta e vi", disse. "Me lembrou daquele lugar em Iowa."

"Está falando daquele com o espantalho?"

"Sim", confirmou Carl. "Velha Califórnia, aí vou eu, aquele punheteiro." Passou o braço por cima dela e abriu o porta-luvas, pegou a arma calibre 22 e uma caixa de balas. "Vem, vamos ver o que você consegue fazer."

Carregou a arma e dispôs algumas latas enferrujadas em cima de um colchão úmido e manchado. Então voltou para a frente do carro e deu seis tiros a uma distância de uns dez metros. Acertou quatro latas. Depois de mostrar mais uma vez como carregá-la, lhe passou a arma. "A desgraçada está desviando um pentelho pra esquerda", avisou, "mas tudo bem. Não tenta mirar muito apontando, como você faz com o dedo. Só respira fundo e aperta o gatilho enquanto deixa o ar sair."

Sandy segurou a pistola com as duas mãos e entreviu o cano. Fechou os olhos e puxou o gatilho. "Não fecha os olhos", disse Carl. Ela deu os cinco tiros seguintes o mais rápido possível. Fez vários buracos no colchão. "Bem, está chegando mais perto", comentou ele. Passou-lhe a caixa de balas. "Agora você carrega." Ele pegou um charuto e acendeu. Quando ela atingiu a primeira lata, gritou como uma garotinha que achou o ovo de Páscoa premiado. Errou o disparo seguinte, então acertou outro. "Nada mau", disse ele. "Deixa eu ver."

Ele tinha acabado de recarregar a arma quando escutaram o barulho de uma caminhonete descendo a estrada com tudo em sua direção. O veículo parou bruscamente a alguns metros e dele saiu um homem de meia-idade de rosto anguloso. Usava calça social azul e uma camisa branca, sapatos pretos polidos. Provavelmente estivera preso por toda a manhã na igreja, sentado num banco com a esposa gorducha, pensou Carl. Preparava-se para comer frango frito agora, tirar um cochilo se a bruaca velha fechasse a matraca por alguns minutos. Então voltaria ao batente na manhã seguinte. Dava quase pra admirar uma pessoa que conseguisse se prender a algo assim. "Quem deu permissão pra você atirar por aqui?", questionou o homem. O tom ríspido de sua voz indicava que ele não estava nada feliz.

"Ninguém." Carl olhou em volta e deu de ombros. "Porra, amigo, é só um lixão."

"É meu terreno, isso sim", disse o homem.

"A gente só estava treinando tiro ao alvo, só isso", disse Carl. "Pra ensinar a minha esposa a se defender."

O homem sacudiu a cabeça. "Não permito que atirem nas minhas terras. Que merda, garoto, eu tenho gado por aqui. Além disso, você não sabe que hoje é o Dia do Senhor?"

Carl soltou um suspiro e observou os campos marrons que rodeavam o lixão. Não havia sequer uma vaca à vista. O céu era uma marquise baixa de um cinza interminável e imóvel. Mesmo tão longe da cidade, podia sentir no ar o cheiro acre da fábrica de papel. "Ok, entendi a indireta." Viu o fazendeiro voltar ao carro, sacudindo a cabeça grisalha. "Ei, senhor", Carl chamou de repente.

O fazendeiro parou e girou. "O que foi?"

"Estava pensando", disse Carl, dando alguns passos em sua direção. "Você me deixaria tirar uma foto sua?"

"Carl", disse Sandy, mas ele sacudiu a mão para que ela ficasse quieta.

"Pra que diabos você quer isso?", disse o homem.

"Bem, eu sou fotógrafo", começou Carl. "Acho que você daria uma boa foto. Diacho, talvez eu pudesse vender ela pra uma revista ou coisa parecida. Sempre estou de olhos abertos pra imagens interessantes como você."

O homem olhou para Carl e depois Sandy, de pé ao lado da perua. Ela estava acendendo um cigarro. Ele não gostava de mulheres que fumavam. A maioria das que havia conhecido eram lixo, mas deduziu que um homem que vivia de tirar fotos não seria mesmo capaz de arrumar nada decente. Difícil dizer onde ele conseguira aquela. Alguns anos antes, encontrara uma mulher chamada Mildred McDonald em seu celeiro de porcos, seminua fumando um mata-ratos. Ela lhe dissera que estava esperando um homem, com toda a tranquilidade, então tentou fazê-lo se deitar com ela ali na imundície. Espiando a arma na mão de Carl, percebeu que o dedo ainda estava no gatilho. "É melhor você seguir seu caminho e sumir daqui", disse o homem e em seguida caminhou a passos rápidos até o carro.

"O que você vai fazer?", disse Carl. "Ligar pra polícia?" Deu uma olhada para Sandy e piscou.

O homem abriu a porta e enfiou o braço na cabine. "Diabos, garoto, eu não preciso de nenhum xerife de merda pra cuidar de você."

Ao ouvir isso, Carl começou a rir, mas então olhou direito e viu o fazendeiro atrás da porta do carro com um rifle apontado para ele através da janela aberta. Tinha um sorriso largo no rosto envelhecido. "Você está falando do meu cunhado", afirmou Carl, num tom mais sério.

"Quem? Lee Bodecker?" O homem virou a cabeça e cuspiu. "Eu não sairia por aí me gabando disso se fosse você."

Carl ficou no meio da estrada encarando o fazendeiro. Escutou o rangido de uma porta atrás dele quando Sandy entrou no carro e a bateu com força. Por um instante cogitou simplesmente levantar a pistola e mandar ver contra o sacana, começar um tiroteio. Sua mão começou a tremer um pouco, e ele respirou fundo para tentar se acalmar. Então pensou no futuro. Sempre havia a próxima caçada. Apenas mais algumas semanas e estaria na estrada com Sandy de novo. Desde que ouvira os republicanos conversando no White Cow, pensava em matar um daqueles cabeludos. De acordo com as notícias que andava vendo na televisão ultimamente, o país estava à beira do caos; e ele queria estar por lá pra ver isso. Nada lhe daria mais prazer que ver toda aquela latrina pegando fogo um dia. E Sandy andava comendo melhor ultimamente, começando a ganhar umas carnes de novo. Estava perdendo a beleza com rapidez — no fim não haviam consertado os dentes dela —, mas ainda lhe restava uns dois anos bons. Não tinha motivo para jogar tudo fora apenas porque um fazendeiro cuzão estava excitado. Assim que tomou sua decisão, o tique em sua mão parou. Ele se virou e foi andando até a perua.

"E nunca mais quero ver você aqui de novo, tá entendendo?", Carl ouviu o homem gritar enquanto ia para o banco da frente e passava a pistola para Sandy. Olhou em volta mais uma vez enquanto dava a partida, mas não viu vacas por perto porra nenhuma.

31 O MAL NOSSO DE CADA DIA

DONALD RAY POLLOCK

Às vezes, se a polícia endurecesse ou a fome aumentasse demais, eles iam para o interior, longe da grande extensão de água que Theodore amava, para que Roy pudesse procurar trabalho. Enquanto Roy colhia frutas por alguns dias ou semanas, Theodore ficava sentado numa solitária alameda de árvores ou debaixo de uns arbustos que lhe proporcionava sombra enquanto esperava o retorno dele todas as tardinhas. Seu corpo agora não era nada mais que uma concha. Sua pele estava cinzenta como ardósia e seus olhos, bem fracos. Ele desmaiava do nada, reclamava de dores agudas que adormeciam seus braços e de um aperto no peito que às vezes o fazia vomitar os embutidos do desjejum e a meia garrafa de vinho quente que Roy lhe deixava todas as manhãs para lhe fazer companhia. Ainda assim, todas as noites tentava ficar melhor por um tempo, tentava tocar um pouco de música, embora seus dedos não funcionassem mais tão bem. Roy dava voltas pela fogueira com um garrafão tentando cantar algumas palavras, algo do coração, enquanto Theodore escutava e dedilhava o violão. Ensaiavam seu grande retorno por um tempo, então Roy desabava sobre sua coberta, acabado por causa do dia de trabalho no pomar. Começava a roncar em uns dois minutos. Quando dava sorte, sonhava com Lenora. Sua garotinha. Seu anjo. Andava pensando nela cada vez mais nos últimos tempos, porém o mais perto que conseguia chegar dela era dormindo.

Assim que o fogo se apagava, os mosquitos voltavam a atacar, a enlouquecer Theodore. Não chegavam a incomodar Roy, e o aleijado desejava ter um sangue assim. Certa noite acordou com eles zumbindo em seus ouvidos, ainda sentado em sua cadeira de rodas, o violão no chão à sua frente. Roy estava encolhido como um cão do outro lado das cinzas. Acampavam no mesmo lugar fazia duas semanas. Pequenos montes das fezes e do vômito de Theodore se espalhavam pela grama morta. "Nossa, talvez esteja na hora da gente começar a pensar em mudar daqui", Roy dissera naquela tardinha após voltar do mercadinho na estrada. Abanava sua mão na frente do rosto. "Anda ficando muito fedorento por estas bandas." Isso acontecera algumas horas antes, no calor do dia. Mas agora uma brisa fria, cheirando levemente à água salgada que estava a uns sessenta quilômetros de distância, resvalava nas folhas das árvores acima de Theodore. Ele se curvou e pegou o garrafão de vinho aos seus pés. Deu um gole e fechou a tampa da garrafa e olhou para as estrelas dispostas no céu escuro como os minúsculos fragmentos de um espelho estilhaçado. Elas o faziam se lembrar da purpurina que Panqueca passava em suas pálpebras. Certa noite, em Chattahoochee, ele e Roy entraram sorrateiramente no parque só por alguns minutos, cerca de um ano após o incidente com o menininho. Não, dissera o vendedor de cachorro-quente, Panqueca não estava mais com eles. Estávamos instalados na saída de uma cidadezinha que era um antro de caipiras no Arkansas, e uma noite ele simplesmente desapareceu. Diabos, no outro dia a gente já tinha atravessado metade do estado e ninguém notou a falta dele. O chefe disse que um dia ele apareceria, mas nunca aconteceu. Vocês sabem como o seu Bradford é, só pensa em negócios. Ele disse que Panqueca estava começando a perder a graça mesmo.

Theodore estava muito cansado, muito enjoado daquilo tudo. "Mas a gente teve bons momentos, não foi, Roy?", disse em voz alta, porém o homem no chão não se moveu. Ele deu outro gole e colocou a garrafa no colo. "Bons momentos", repetiu em voz baixa. As estrelas ficaram embaçadas e sumiram de vista. Ele sonhou com Panqueca em sua roupa de palhaço e igrejas sem nada dentro iluminadas por lanternas fumacentas e ruidosos bares de música country com o piso coberto de serragem, então um oceano gentil lavava seus pés. Podia senti-la, a água gelada. Ele sorriu e se lançou para a frente e começou a flutuar em direção ao mar, o mais longe que já tinha ido. Não sentia medo; Deus o chamava para casa, e logo suas pernas voltariam a funcionar. Mas de manhã acordou no chão duro, decepcionado por ainda estar vivo. Esticou o braço e tateou as calças. Mais uma vez se mijara. Roy já havia saído para o pomar. Ele ficou deitado com a lateral do rosto pressionada contra a terra. Avistou a poucos centímetros um monte de merda coberto de moscas e tentou voltar a dormir, voltar à água.

32 O MAL NOSSO DE CADA DIA

DONALD RAY POLLOCK

Emma e Arvin estavam parados em frente à seção de carnes do mercado em Lewisburg. Era fim de mês, e a velha não tinha muito dinheiro, mas o novo pastor chegava no sábado. A congregação estava organizando uma ceia comunitária na igreja para ele e sua mulher. "Você acha que fígado de frango pode ser bom?", perguntou ela depois de fazer mais contas de cabeça. Os miúdos eram mais baratos.

"Por que não seria?", disse Arvin. Ele teria concordado com qualquer coisa àquela altura; até focinho de porco estaria bom pra ele. Emma estava analisando as bandejas de carne sangrenta fazia vinte minutos.

"Não sei", ponderou ela. "Todo mundo diz que gosta do jeito que eu preparo, mas..."

"Certo", disse Arvin, "então é só fazer um bife grande pra cada um."

"Pfff", fez ela. "Você sabe que eu não tenho condições de pagar por isso."

"Então vai ser fígado de frango mesmo", respondeu ele, gesticulando para chamar o açougueiro de avental branco. "Vó, para de se preocupar com isso. É só um pastor. Acho que ele já comeu coisa muito pior."

Naquela noite de sábado, Emma cobriu sua panela de fígado de frango ensopado com um pano limpo e Arvin a colocou com cuidado no assoalho do banco traseiro do carro. Sua avó e Lenora estavam mais que nervosas; tinham praticado as apresentações o dia inteiro. "Prazer em conhecer", repetiam sempre que uma passava pela outra na pequena casa. Ele e Earskell, sentados na varanda da frente, riam por entre os dentes, mas depois de um tempo começou a ficar cansativo. "Meu Deus, garoto, não aguento mais", disse o velho por fim. Levantou-se da cadeira de balanço e foi para a mata no fundo da casa. Arvin precisou de vários dias para tirar aquelas três palavras da cabeça, aquela merda toda de "prazer em conhecer".

Quando chegaram, às seis em ponto, o estacionamento de cascalho ao redor da igreja já estava cheio de carros. Arvin carregou a panela de fígado e a colocou na mesa junto com as outras carnes. O novo pastor, alto e corpulento, estava no meio do salão apertando mãos e dizendo "prazer em conhecer" sem parar. Seu nome era Preston Teagardin. Seu cabelo loiro um tanto longo estava lambido para trás com óleo perfumado, e ostentava uma pedra preciosa grande e oval brilhando numa mão peluda e uma fina aliança de ouro na outra. Usava uma vistosa calça azul-bebê muito apertada e botas na altura do tornozelo, além de uma camisa branca amarrotada que, embora fosse apenas o primeiro dia de abril e ainda estivesse frio, já estava encharcada de suor. Arvin imaginou que ele tivesse por volta de trinta anos, mas a esposa parecia ser bem mais jovem, talvez ainda em sua adolescência. Era uma garota esguia como junco, de longos cabelos avermelhados partidos ao meio e uma cara pálida e sardenta. Ficava ao lado do marido, mascando chiclete e puxando a saia de bolinhas cor de lavanda e branca, que subia por sua bunda firme e redonda. O pastor sempre a apresentava como "minha doce e honrada esposa de Hohenwald, Tennessee".

O pastor Teagardin esfregou o suor de sua testa lisa e larga com um lenço bordado e mencionou uma igreja que tinha frequentado por um tempo em Nashville, onde havia um ar-condicionado de verdade. Era bem evidente que estava decepcionado com a estrutura mantida pelo tio. Senhor, não havia um mísero ventilador. Durante o verão aquela choupana velha devia se tornar uma câmara de tortura. Sua disposição já enfraquecia, e ele começava a parecer tão sonolento e entediado quanto sua esposa, mas então Arvin percebeu que se animou consideravelmente quando a sra. Alma Reaster atravessou a porta com suas filhas adolescentes, Beth Ann e Pamela Sue, de catorze e dezesseis anos. Era como se um par de anjos flutuasse pelo recinto e pousasse nos ombros do pastor. Por mais que tentasse, ele não conseguia tirar os olhos dos corpos firmes e bronzeados em vestidos cor de creme combinando. Subitamente inspirado, Teagardin começou a falar para todos em volta sobre formar um grupo de jovens, algo que obtivera muito sucesso em diversas igrejas de Memphis. Faria seu melhor, jurou, para manter os jovens envolvidos. "Eles são a força vital de qualquer igreja", disse. Continuava a encarar as garotas dos Reaster quando sua esposa se aproximou e disse algo em seu ouvido que deve tê-lo deixado bastante alarmado, alguns da congregação pensaram, pelo modo como ele pressionou seus lábios vermelhos e beliscou a parte interna do braço dela. Era difícil para Arvin acreditar que aquele gordo cheirador de boceta fosse parente de Albert Sykes.

Arvin escapuliu para fumar do lado fora pouco antes de Emma e Lenora se aventurarem a se apresentar para o homem. Ficou se perguntando como elas reagiriam quando o pastor as cumprimentasse com um "prazer em conhecer". Ficou debaixo de uma pereira com dois fazendeiros que vestiam macacões jeans e camisas cujos botões apertavam seus pescoços, observando mais pessoas entrarem com pressa enquanto os ouvia falar do preço dos bezerros. Por fim, alguém apareceu na porta e gritou: "O pastor está pronto pra comer".

As pessoas insistiram para que Teagardin e sua esposa se servissem primeiro, então o jovem rechonchudo pegou dois pratos e deu início aos procedimentos ao redor das mesas, cheirando a comida delicadamente e descobrindo o que era cada coisa enfiando o dedo nisso e naquilo só pra sentir o gosto, fazendo uma exibição para as duas garotas dos Reaster, que davam risinhos e sussurravam entre si. De repente parou e passou seus pratos ainda vazios para a esposa. A marca do beliscão em seu braço já começava a ficar roxa. Olhou para o teto com a mão levantada, em seguida apontou para a panela de Emma. "Amigos", começou em voz alta, "não há dúvida de que todos aqui nesta igreja esta noite somos pessoas humildes e todos vocês estão sendo gentis demais comigo e minha jovem e doce esposa, e agradeço a vocês do fundo do coração pelas calorosas boas-vindas. Agora, não há um de nós que tenha todo o dinheiro e os carros de luxo e as joias e as roupas chiques que desejaria, mas, amigos, a pobre e velha alma que trouxe o fígado de frango naquela panela toda amassada, bem, digamos simplesmente que me inspirei a pregar sobre isso por um minuto antes de nos sentarmos para comer. Recordem-se, caso possam, do que Jesus disse aos pobres em Nazaré tantos séculos atrás. Claro, alguns de nós estão em situação melhor que os outros, e vejo bastante carne branca e carne vermelha servidas nesta mesa, e suspeito que as pessoas que trouxeram esses pratos comem muito bem na maioria das vezes. Mas os pobres devem trazer o que podem, e às vezes não podem muito; então esses miúdos são um sinal para mim, eles me dizem que eu devo, como novo pastor desta igreja, me sacrificar para que todos vocês tenham um pouco de carne boa hoje. E isso é o que farei, meus amigos, vou comer estes miúdos, para que vocês comam uma parte do melhor. Não se preocupem, é assim que eu sou. Sigo o exemplo do bom Senhor Jesus sempre que ele me dá uma chance, e nesta noite ele me deu outra oportunidade de seguir seus passos. Amém." Então o pastor Teagardin disse algo em voz baixa para sua esposa ruiva, e ela foi direto até as sobremesas, tropeçando um pouco em seu saltos finos, e encheu os pratos com torta de creme e bolo de cenoura e os biscoitos açucarados da sra. Thompson, enquanto ele carregava a panela de fígado para seu lugar na ponta de uma das longas mesas de madeira compensada dispostas lá na frente.

"Amém", repetiu a congregação. Alguns pareciam confusos, enquanto outros, os que haviam levado as carnes boas, sorriam alegremente. Uns encararam Emma, que ficara perto do fim da fila com Lenora. Quando notou os olhos sobre si, ela começou a desfalecer e a garota a segurou pelo cotovelo. Arvin saiu com pressa de onde estava diante da porta aberta e a ajudou a sair. Ele a colocou sentada na grama embaixo de uma árvore, e Lenora lhe levou um copo com água. A velha deu um gole e começou a chorar. Arvin deu um tapinha em seu ombro. "Então", disse, "não se preocupe com aquele almofadinha idiota. Ele provavelmente não tem dois centavos pra esfregar um no outro. Quer que eu fale com ele?"

Ela secou os olhos com a borda do vestido de sair. "Nunca passei tanta vergonha na vida", disse. "Estava pra me esconder embaixo da mesa."

"Quer que eu leve você pra casa?"

Ela fungou um pouco mais, então suspirou. "Não sei o que fazer." Olhou para a porta da igreja. "Com certeza não era esse o pastor que eu estava esperando."

"Que diabos, vó, esse idiota não é pastor coisa nenhuma", disse Arvin. "Ele é tão ruim quanto aqueles no rádio que pedem dinheiro."

"Arvin, você não deveria falar assim", repreendeu Lenora. "O pastor Teagardin não estaria aqui se o Senhor não tivesse enviado ele."

"Ah, tá." Ele começou a ajudar a avó a se levantar. "Viu como ele estava devorando o fígado?", brincou, tentando fazê-la sorrir. "Diacho, faz um tempão que aquele rapaz não come nada tão bom assim. É por isso que quis tudo pra ele."

33 O MAL NOSSO DE CADA DIA

DONALD RAY POLLOCK

Preston Teagardin estava deitado no sofá lendo seu velho livro de psicologia da faculdade na casa alugada pela congregação para ele e sua esposa. Era um cubículo quadrado com quatro janelas sujas e um banheiro externo cercado por salgueiros-chorões no fim de uma trilha de terra. O fogão a gás mal vedado estava cheio de camundongos mumificados, e a mobília de segunda mão que providenciaram cheirava a cachorro ou gato ou alguma outra criatura imunda. Por Deus, pelo modo como aquele povo ali vivia, ele não ficaria surpreso se fosse um porco. Mesmo estando em Coal Creek havia apenas duas semanas, já detestava o lugar. Continuava a tentar ver a tarefa naquele posto na roça como alguma espécie de teste espiritual vindo diretamente do Senhor, porém era mais uma ação de sua mãe que qualquer outra coisa. Ah, sim, ela fodeu com ele magistralmente, socou com tudo no seu cu, a velha megera. Nem um centavo de mesada mais até que o filho mostrasse do que era feito, disse ela depois de finalmente descobrir — na semana em que se preparava para assistir à cerimônia de graduação — que ele havia abandonado a Faculdade Bíblica Poder Celestial no fim do primeiro semestre. E então, apenas um dia depois, sua irmã lhe telefonara e dissera que Albert estava doente. Que sincronia perfeita. Ela ofereceu o filho como voluntário sem nem sequer lhe perguntar nada.

O curso de psicologia que fizera com o dr. Phillips foi a única coisa boa proveniente de sua experiência acadêmica. Além do mais, o que uma porcaria de uma graduação num lugar como a Poder Celestial significa num mundo de universidades como as de Ohio e Harvard? Daria no mesmo ter comprado um diploma numa dessas faculdades por correspondência das propagandas das contracapas de histórias em quadrinhos. Seu desejo era ir a uma universidade normal para ingressar no curso de direito, mas não, não com o dinheiro dela. Sua mãe queria que ele fosse um humilde pastor, como o seu cunhado Albert. Estava achando que o tinha mimado demais, segundo disse. Ela falava todo tipo de merda, um monte de loucuras, mas o que queria de verdade, Preston compreendeu, era mantê-lo dependente dela, debaixo de sua asa, para que sempre precisasse ser bajulada pelo filho. Ele sempre fora bom em entender as pessoas, seus pequenos prazeres e desejos, em especial as adolescentes.

Cynthia foi um dos seus primeiros grandes sucessos. Tinha apenas quinze anos quando ele ajudou um dos seus professores na Poder Celestial a mergulhá-la no Flat Fish Creek durante uma cerimônia de batismo. Na mesma tarde comeu seu delicioso rabo renascido debaixo de umas roseiras do campus da faculdade, e um ano depois a desposara para que pudesse fazer o serviço sem ter que se preocupar com os pais dela. Nos últimos três anteriores havia lhe ensinado tudo o que pensou ser possível um homem fazer com uma mulher. Perdera as contas de quantas horas isso havia lhe tomado, mas agora ela estava bem treinada como uma cadela. Bastava estalar os dedos e a boca dela começava a salivar pelo que ele gostava de se referir como seu "cajado".

Olhou para ela em roupas de baixo, encolhida na cadeira de varanda ensebada que viera com as doações, com os pelos sedosos da boceta bem apertados contra o fino material amarelo. Ela lia com dificuldade um artigo sobre os Dave Clark Five numa revista *Hit Parader*, tentando pronunciar as palavras. Algum dia, pensou, se continuasse com ela, teria de ensiná-la a ler. Descobrira fazia pouco tempo que conseguia fazer a coisa durar o dobro do tempo se alguma de suas jovens conquistas lesse o Bom Livro enquanto metia nelas por trás. Preston adorava ouvi-las arfar nas passagens sagradas, começar a gaguejar e arquear as costas e lutar para não se perder no texto — porque ele ficaria muito descontente se lessem errado — pouco antes de seu cajado explodir. Mas Cynthia? Porra, uma secundarista lesada do fim do mundo mais remoto do Appalachia poderia ler melhor. Sempre que sua mãe mencionava que seu filho, Preston Teagardin, com quatro anos de latim nas costas, acabara se casando com uma iletrada de Hohenwald, ela quase tinha outro colapso.

Então a questão estava aberta a debate, ficar com Cynthia. Às vezes olhava para ela e, por um ou dois segundos, não era sequer capaz de lembrar seu nome. Alargada e insensibilizada por causa de tantas experiências, sua boceta fresquinha e apertada se tornara uma lembrança distante, assim como a excitação que conseguia despertar nele. Seu maior problema com Cynthia, no entanto, era que ela não tinha mais fé em Jesus. Preston podia tolerar quase tudo, menos isso. Precisava de uma mulher que acreditasse estar fazendo algo errado ao se deitar com ele, que estivesse em perigo iminente de ir para o inferno. Como poderia sentir tesão por alguém que não entendia a batalha desesperada e furiosa entre o bem e o mal, a pureza e a luxúria? Sempre que comia uma jovem, Preston sentia culpa, como se estivesse se afogando nela, pelo menos por uns longos minutos. Para ele, essa emoção provava que ainda tinha chance de ir para o paraíso, por mais corrupto e cruel que fosse, caso se arrependesse de seus modos deturpados e lúbricos antes de respirar pela última vez. No fim das contas, era tudo questão de sincronia, o que, claro, tornava todas as coisas mais interessantes. Cynthia, por outro lado, não parecia se importar com nada disso. Agora trepar com ela era como enfiar seu cajado numa rosquinha gordurosa e sem alma.

Mas aquela tal Laferty, pensou Preston, virando outra página de seu livro de psicologia e esfregando o pau semiereto por sobre o pijama, Senhor, aquela menina era uma crédula. Andara observando o comportamento dela com atenção na igreja nos dois domingos anteriores. Não agradava tanto aos olhos, verdade, mas ele já tivera piores em Nashville quando foi voluntário por um mês no asilo de pobres. Espichando o corpo, pegou uma bolacha de água e sal de um pacote na mesinha, enfiou na boca. Deixou-a ficar na língua como uma hóstia e derreter, se transformar numa bola úmida e sem gosto. Sim, a srta. Lenora Laferty serviria por ora, ao menos até que pusesse suas mãos numa das garotas dos Reaster. Colocaria um sorriso naquela cara triste e franzida dela assim que tirasse seu vestido desbotado. De acordo com as fofocas da igreja, o pai dela já havia pregado na região, mas então — ao menos segundo lhe contaram — assassinara a mãe da menina e desaparecera. Deixara a pobre Lenora ainda bebê com a velha que havia ficado tão arrasada por causa de seu comentário sobre o fígado de frango. Essa garota, previu, seria fácil.

Engoliu a bolacha, e uma pequena fagulha de felicidade de repente atravessou seu corpo, percorrendo do topo de sua cabeça loira até suas pernas e dedos do pé. Graças a Deus, graças a Deus, sua mãe decidira havia tantos anos que ele seria um pastor. Tinha à disposição toda a carne fresca de que um homem podia dar conta se soubesse dar as cartadas certas. A bruaca velha fazia cachos em seu cabelo todas as manhãs e lhe ensinava a boa higiene e o obrigava a praticar expressões faciais diante do espelho. Estudava a Bíblia com ele todas as noites e o levava de carro para diversas igrejas e sempre o vestia com roupas de sair. Preston jamais havia jogado beisebol, mas era capaz de chorar quando quisesse; jamais se envolvera numa troca de socos, mas sabia recitar dormindo o livro do Apocalipse. Então, sim, puta que pariu, ele realizaria o pedido dela, ajudar o miserável de seu cunhado por um tempo, viver naquele moquifo de merda, e até fingir gostar disso. Mostraria a ela sua "fibra", por Deus. E, quando Albert se recuperasse, pediria dinheiro pra ela. Provavelmente teria de enganá-la, contar alguma mentira, mas sentiria ao menos um espasmo de culpa, então tudo bem. Tudo para chegar à Costa Oeste. Era sua nova obsessão. Andava escutando coisas nos noticiários nos últimos tempos. Havia algo acontecendo lá que ele precisava testemunhar. Amor livre e garotas fugidas de casa vivendo nas ruas com flores presas em seus cabelos emaranhados. Colheitas fáceis para um homem com suas habilidades.

Preston marcou a página com a preciosa embalagem de tabaco de seu tio e fechou o livro. Five Brothers? Meu Deus, que tipo de pessoa depositaria sua fé em algo assim? Quase riu da cara de Albert quando o velho lhe dissera que aquilo tinha poder de cura. Olhou para Cynthia, quase cochilando, com um fio de baba descendo pelo queixo. Estalou os dedos, e os olhos dela abriram. Ela franziu o rosto e tentou fechar os olhos novamente, mas era impossível. Fez o que pôde para resistir, então se levantou da cadeira e ajoelhou ao lado do sofá. Preston abaixou as calças do pijama, abriu um pouco as pernas gordas e peludas. Quando ela começou a chupar, ele recitou uma pequena oração para si mesmo: Senhor, me dê somente seis meses na Califórnia, depois eu volto pra casa e sigo a retidão, me aquieto com um grupo de pessoas boas, juro pelo túmulo da minha mãe. Forçou a cabeça de Cynthia um pouco mais para baixo, escutou a garota começando a engasgar e querer vomitar. Então os músculos de seu pescoço relaxaram e ela parou de resistir. Continuou segurando até que o rosto dela ficasse vermelho e depois roxo com a falta de ar. Ele gostava daquele jeito, gostava mesmo. Vê-la mandando ver.

34 O MAL NOSSO DE CADA DIA

DONALD RAY POLLOCK

Certo dia no caminho da escola para casa, Lenora parou na Igreja do Sagrado Espírito Santo de Coal Creek. A porta da frente estava toda aberta e o detonado carro esportivo inglês do pastor Teagardin — um presente de sua mãe quando ele entrou na Poder Celestial — estava parado na sombra, como um dia antes e no dia anterior. Era uma tarde quente de meados de maio. Conseguira despistar Arvin, observando de dentro do prédio da escola até que ele se cansasse de esperar e partisse sem ela. Lenora entrou na igreja e esperou seus olhos se adaptarem à pouca iluminação. O novo pastor estava sentado num dos bancos na metade do corredor. Parecia rezar. Ela esperou até escutá-lo dizer "amém" e então começou a avançar lentamente.

Teagardin sentiu sua presença atrás dele. Esperava pacientemente por Lenora fazia três semanas. Ia para a igreja quase todos os dias e abria a porta quase na hora da saída da escola. Na maioria das vezes a viu passar naquele Bel Air de merda do meio-irmão ou fosse lá o que ele era, mas umas duas vezes a avistara voltando para casa sozinha. Escutou os passos suaves no piso rústico de madeira. Podia sentir seu hálito de Juicy Fruit enquanto ela se aproximava; tinha o olfato de um cão de caça quando se tratava de jovens mulheres e seus diferentes odores. "Quem é?", perguntou, levantando a cabeça.

"É Lenora Laferty, pastor Teagardin."

Ele fez o sinal da cruz e se virou com um sorriso. "Olha só, que surpresa", disse. Então a observou com mais atenção. "Moça, parece que você estava chorando."

"Não é nada", disse ela, sacudindo a cabeça. "Só uns meninos na escola. Eles gostam de me provocar."

Ele olhou além dela por um instante, buscando uma reposta adequada. "Acho que estão apenas com inveja", falou. "A inveja tende a trazer à tona o pior das pessoas, especialmente nos jovens."

"Duvido que seja isso", retrucou ela.

"Quantos anos você tem, Lenora?"

"Quase dezessete."

"Eu me lembro de quando tinha sua idade", disse. "Lá estava eu, tocado pelo Senhor, e os outros rindo de mim dia e noite. Era muito ruim, os pensamentos horríveis que passavam pela minha cabeça."

Ela assentiu e se sentou no banco do outro lado. "O que você fez?", perguntou.

Ele ignorou a pergunta, aparentava estar mergulhado num pensamento. "Sim, foi uma época difícil", disse por fim com um longo suspiro. "Graças a Deus já passou." Então sorriu mais uma vez. "Tem algum lugar onde você precisa estar nas próximas duas horas?"

"Não, na verdade não", disse ela.

Teagardin se levantou, segurou sua mão. "Bem, então acho que é hora de eu e você fazermos um passeio."

†

Vinte minutos depois, estavam estacionados numa estrada de terra reclusa na qual ele estava de olho desde sua chegada em Coal Creek. Muito tempo antes o caminho conduzia a alguns campos de trigo a cerca de um quilômetro da estrada principal, mas o terreno estava agora coberto por sorgo-de-alepo e por um denso matagal. Suas marcas de pneu eram as únicas que ele tinha visto ali nas últimas duas semanas. Julgou ser um ponto seguro para levar alguém. Quando desligou o carro, fez uma reza curta e vazia, então pôs a mão quente e carnuda sobre o joelho de Lenora e lhe falou exatamente o que ela queria ouvir. Ora, todas queriam ouvir basicamente a mesma coisa, até aquelas tocadas por Jesus. Queria que ela resistisse mais um pouquinho, mas foi fácil, exatamente como previra. Ainda assim, toda vez que fazia aquilo, enquanto tirava as roupas da menina, podia escutar cada pássaro, cada inseto, cada animal que se mexia no mato numa distância que parecia se estender a quilômetros. Era sempre assim na primeira vez com alguma garota nova.

Ao terminar, Preston se esticou e pegou a calcinha cinza e desbotada jogada no piso do carro. Limpou o sangue que estava nele e a passou para ela. Bateu numa mosca zumbindo perto de sua virilha, então levantou a calça marrom e abotoou a camisa branca enquanto a via lutando para entrar no vestido longo. "Você não vai contar pra ninguém, né?", perguntou. Já desejava estar em casa lendo seu livro de psicologia, talvez até tentar aparar a grama com o cortador que Albert os enviara após Cynthia pisar numa cobra preta enrolada em frente ao banheiro externo. Infelizmente, jamais fora um daqueles homens adeptos ao trabalho braçal. Só de pensar em dar voltas e voltas pelo quintal cheio de pedras empurrando aquela geringonça já o deixava um pouco doente.

"Não", disse ela. "Nunca faria isso. Prometo."

"Que bom. Algumas pessoas podem não entender. E eu acho sinceramente que o relacionamento de uma pessoa com seu pastor deve ser algo particular."

"Você acredita mesmo naquilo que me falou?", perguntou ela com timidez.

Ele fez um esforço para se lembrar de qual frase feita usara com ela. "Sim, claro que sim." Sua garganta estava seca. Talvez iria até Lewisburg tomar uma cerveja gelada para celebrar outro cabaço arrancado. "Quando terminarmos", disse ele, "esses meninos da sua escola não vão conseguir tirar os olhos de você. Algumas garotas só precisam de um empurrão, nada mais. Mas posso ver que você é daquelas que ficam cada vez mais bonitas com o tempo. Deveria agradecer ao Senhor por isso. Sim, você vai ter uns anos agradáveis pela frente, srta. Lenora Laferty."

35 O MAL NOSSO DE CADA DIA

DONALD RAY POLLOCK

No fim de maio, Arvin se formou na Coal Creek High School com nove outros colegas veteranos. Na primeira segunda foi trabalhar com uma equipe de construção que estava passando uma nova camada de asfalto sobre o trecho de Greenbrier County na Rota 60. Um vizinho do outro lado da montanha chamado Clifford Baker foi quem lhe arranjara o trabalho. Ele e o pai de Arvin costumavam aprontar todas antes da guerra, e Baker deduziu que o menino precisava de uma trégua, como qualquer um. O trabalho pagava bem, quase os salários do sindicato, e apesar de ter sido designado como operário, supostamente o pior trabalho na equipe, Earskell treinara Arvin num trecho do jardim atrás da casa para que ganhasse mais força. No dia em que recebeu o primeiro pagamento, comprou para Earskell duas garrafas de uísque do bom na mão de Slot Machine, fez o pedido de uma máquina de lavar do catálogo da Sears para Emma, e providenciou para Lenora ir à igreja um vestido novo na Mayfair's, a loja mais cara em três condados.

Enquanto a garota tentava encontrar algo que coubesse nela, Emma disse: "Senhor, eu não tinha percebido antes, mas você está ficando mais cheinha". Lenora se virou para o espelho e sorriu. Sempre fora lisa de cima a baixo, sem quadris nem peito. No último inverno alguém havia colado em seu armário uma foto da revista *Life* com uma multidão de vítimas de um campo de concentração e escrito "Lenora Laferty" com tinta, colocando uma seta que apontava para o terceiro corpo à esquerda. Se não fosse por Arvin, ela nem se importaria em arrancar aquilo dali. Mas enfim começava a parecer uma mulher, exatamente como o pastor Teagardin prometera. Ela o encontrava três, quatro, às vezes até cinco tardes por semana. Sentia-se mal sempre que faziam aquilo, mas não conseguia dizer não. Era a primeira vez que percebia como o pecado podia ser poderoso. Não por acaso era tão difícil para as pessoas entrarem no paraíso. Sempre que se viam, Preston queria tentar algo novo. Um dia antes, levara um batom de sua esposa. "Sei que parece bobo, ainda mais com o que estamos fazendo", disse ela, toda tímida, "mas acho que uma mulher não deve pintar a cara. Você não está bravo, está?"

"Ora, que diacho. Não, querida, tudo certo", garantiu ele. "Nossa, admiro sua fé. Queria que minha esposa amasse Jesus como você." Então deu um sorriso malicioso e levantou seu vestido, enganchou o polegar na parte de cima de sua calcinha e a puxou para baixo. "Além do mais, eu estava pensando em pintar outra coisa mesmo."

†

Certa noite, enquanto lavava os pratos do jantar, Emma viu pela janela Lenora saindo da mata do outro lado da estrada de casa. Haviam esperado por ela durante alguns minutos, mas acabaram desistindo e comeram. "Essa menina está passando muito tempo na mata ultimamente", comentou a velha. Arvin estava recostado na cadeira terminando de beber seu café e vendo Earskell tentando enrolar um fumo. Ele estava curvado sobre a mesa, um olhar de intensa concentração em seu rosto enrugado. Arvin observou seus dedos tremendo, suspeitava que seu tio-avô começava a decair um pouco.

"Conhecendo ela", disse Arvin, "provavelmente anda conversando com as borboletas."

Emma viu a garota subir, toda sem jeito, a ladeira em frente à varanda. Ao que parecia, tinha vindo correndo, pelo modo como seu rosto estava vermelho. A velha notara muitas mudanças na garota nas últimas semanas. Um dia estava feliz e no outro, completamente desesperada. Muitas meninas ficavam meio loucas quando o sangue começava a fluir, refletiu Emma, mas Lenora já havia passado por isso dois anos antes. Por outro lado, ainda a via estudando a Bíblia; e parecia amar ir à igreja mais que nunca, ainda que o pastor Teagardin não chegasse aos pés de Albert Sykes quando a questão era dar um bom sermão. Às vezes Emma duvidava que o homem realmente se importasse de verdade em pregar o Evangelho, pelo modo como sempre se perdia em sua cadeia de pensamentos, como se tivesse outras coisas em mente. Mais uma vez, percebeu, estava ficando toda agitada por causa daquele fígado de frango. Deveria rezar por isso de novo antes de ir pra cama aquela noite. Virou-se e olhou para Arvin: "Será que ela arrumou um namorado, hein?".

"Quem? Lenora?", questionou ele, revirando os olhos como se aquilo fosse uma das coisas mais ridículas que já tinha escutado. "Acho que você não precisa se preocupar com isso, vó." Espiou em volta e percebeu que Earskell tinha feito uma bagunça com o fumo e estava lá sentado com a boca aberta, encarando seu produto na mesa. Alcançando o pacote de tabaco e o papel, o garoto começou a enrolar um novo.

"Aparência não é tudo", declarou Emma com rispidez.

"Não é o que estou dizendo", disse ele, envergonhado por ter feito piada com a garota. Já havia gente demais agindo assim. Finalmente abria os olhos para o fato de que não estaria mais na escola para mantê-los longe dela. Teria uma pedreira para enfrentar no outono seguinte. "Eu acho que ela não se interessa por nenhum dos rapazes que estão por aí, só isso."

A tela da porta da frente se abriu e fechou com um rangido, então escutaram Lenora murmurando uma canção. Emma ouviu atentamente, e reconheceu "Poor Pilgrim of Sorrow". Satisfeita com isso, ela mergulhou as mãos na água morna, começou a esfregar uma frigideira. Arvin voltou sua atenção para o cigarro. Lambeu o papel e o enrolou mais uma vez, o passando em seguida a Earskell. O velho sorriu e apalpou o bolso de sua camisa em busca de um fósforo. Procurou bastante até encontrar um.

36 O MAL NOSSO DE CADA DIA

DONALD RAY POLLOCK

Em meados de agosto, Lenora sabia que estava em apuros. A menstruação atrasara dois meses e o vestido que Arvin lhe comprara mal cabia nela. Teagardin havia acabado com a relação duas semanas antes. Dissera que tinha medo de sua esposa descobrir caso continuassem se encontrando, talvez até a congregação. "E nenhum de nós quer que isso aconteça, certo?", falou. Ela passou pela igreja por vários dias até encontrá-lo. A porta aberta estava escorada, e o carrinho esporte, estacionado debaixo da sombra da árvore. Estava sentado no escuro, mais próximo à frente, e sua cabeça curvou quando ela entrou, exatamente como da primeira vez em que o procurou, três meses antes, porém dessa vez ele não sorriu ao se virar e ver quem era. "Você não devia estar aqui", disse Teagardin, embora não estivesse lá muito surpreso. Algumas delas simplesmente não conseguiam ir embora de uma vez.

Era impossível não notar os peitos da menina pressionados contra a parte de cima do vestido. Vira isso algumas vezes, o modo como seus corpos jovens começavam a ganhar umas carnes depois que começavam a fazer aquilo regularmente. Espiou o relógio e viu que tinha alguns minutos livres. Talvez devesse concedê-la uma boa trepada de despedida, pensou, então Lenora disse de uma vez, com sua voz vacilante e histérica, que estava carregando um filho dele. O pastor ficou de pé num pulo, então correu até a porta e a fechou. Olhou para as mãos grossas, porém macias como as de uma mulher. Pensou, no tempo em que precisou para respirar fundo, se conseguiria estrangulá-la com elas, mas sabia muito bem que não tinha colhões para aquele tipo de coisa. Além do mais, caso porventura fosse capturado, a prisão, ainda mais alguma cela repugnante na Virgínia Ocidental, seria muito dura para uma pessoa delicada como ele. Deveria haver algum outro jeito. Só que precisava pensar rápido. Refletiu sobre a situação dela, uma pobre órfã prenha com metade da cabeça tomada de preocupações. Todos esses pensamentos passaram por sua mente enquanto ele se demorava trancando a porta. Então foi até a frente da igreja, onde ela estava sentada num dos bancos, com lágrimas descendo pelo seu rosto, toda trêmula. Ele decidiu começar a falar, o que fazia de melhor. Contou que ouvira falar de casos como o dela, em que a pessoa estava tão iludida e cansada por causa de algo que fizera, algum pecado terrível que cometera, que começava a imaginar coisas. Nossa, lera sobre pessoas, gente comum, muitas mal eram capazes de escrever o próprio nome, que haviam se convencido de que eram o presidente ou o papa ou até mesmo alguma estrela de cinema famosa. Esses tipos, alertou Teagardin numa voz triste, em geral acabavam num hospício, estuprados por ajudantes de enfermeiros e forçados a comer os próprios dejetos.

Lenora havia parado de choramingar àquela altura. Esfregou os olhos com a manga do vestido. "Eu não sei do que você está falando", disse. "Estou grávida de um filho seu."

Ele juntou as mãos, soltou um suspiro. "Isso faz parte, segundo diz o livro, não entender. Mas pense nisso. Como é que eu poderia ser o pai? Jamais toquei em você, nem uma vez sequer. Olha só você. Tenho uma esposa em casa que é cem vezes mais bonita, e ela faz qualquer coisa que eu pedir, qualquer coisa mesmo."

Ela levantou a cabeça com uma expressão embasbacada. "Então você diz que não se lembra de nada das coisas que fizemos no seu carro?"

"Estou dizendo que você deve estar louca pra vir à casa do Senhor falando uma merda dessas. Acha que alguém vai acreditar em você, e não em mim? Sou um pastor." Meu Deus, pensou ele, em pé, olhando para aquela bruxa com o nariz vermelho cheio de catarro, por que não havia apenas se segurado e esperado até que uma das garotas dos Reaster caísse na dele? Pamela se mostrara a melhor iguaria que provava desde seus primeiros dias com Cynthia.

"Mas você é o pai", disse Lenora com uma voz suave e letárgica. "Nunca tive mais ninguém."

Teagardin olhou para o relógio novamente. Precisava se livrar daquela meretriz logo, ou sua tarde inteira seria arruinada. "Meu conselho pra você, menina", disse, com a voz ficando baixa e cheia de ódio, "é pensar numa maneira de se livrar disso, quer dizer, se é que você está mesmo prenha como diz. Não passaria de um bastardinho filho de uma puta se você decidisse ficar com ele. Na pior das hipóteses, pensa na pobre velha que criou você, com quem vem à igreja todo domingo. Ela vai morrer com essa vergonha toda. Agora vai embora antes que você cause mais problemas."

Lenora não disse mais uma palavra. Observou a cruz de madeira pendurada na parede atrás do altar, então se levantou. Teagardin destrancou a porta e a manteve aberta, com uma carranca gravada em sua face, e ela passou com a cabeça baixa. Escutou a porta se fechando rapidamente atrás de si. Apesar de se sentir tonta, conseguiu caminhar cerca de cem metros antes de desabar debaixo de uma árvore a poucos centímetros da beira da estrada de cascalho. Ainda podia ver a igreja que frequentara a vida inteira. Sentira a presença de Deus ali muitas vezes, mas nenhuma, agora lhe ocorria, desde que o pastor novo chegara. Poucos minutos depois, viu Pamela Reaster aparecer na outra ponta da estrada e entrar, com um olhar de felicidade estampado em seu rostinho bonito.

Naquela noite, depois do jantar, Arvin deu uma carona para Emma até a igreja para o culto de quinta à noite. Lenora alegou estar doente, disse que sua cabeça estava estourando. Não tinha tocado na comida. "É, com certeza você não parece bem", comentou Emma, sentindo a bochecha da garota para ver se era febre. "Fica em casa hoje. Vou pedir uma reza pra você." Lenora esperou no quarto até escutar Arvin ligar o carro, então se assegurou de que Earskell ainda dormia na cadeira de balanço da varanda. Foi até o defumadouro e abriu a porta. Ficou parada e esperou até que seus olhos se acostumassem à escuridão. Encontrou uma corda longa enrolada e amarrada com um nó simples na ponta num canto atrás de algumas armadilhas para piabas. Em seguida moveu um balde de banha de porco vazio para o centro do pequeno barraco. Depois de subir, passou a ponta da corda sete ou oito vezes ao redor de uma das cumeeiras. Em seguida desceu do balde e fechou a porta. O lugar ficou escuro.

Ela voltou a subir no balde, pôs o laço ao redor do pescoço e apertou. Um fio de suor desceu por seu rosto, e Lenora se pegou pensando se não deveria fazer isso na luz do sol, no ar quente de verão, talvez até esperar uns dois dias. Quem sabe Preston mudasse de ideia. Era o que faria, pensou. Ele não podia ter falado sério. Só estava chateado, nada mais. Começou a folgar o laço quando o balde deu um sacolejo. Então seu pé escorregou e o balde rolou para longe, deixando-a suspensa no ar. Descera apenas alguns centímetros, não o suficiente pra quebrar o pescoço. Quase podia tocar os dedos no chão, faltavam pouco mais de dois centímetros. Chutando o ar, agarrou a corda com firmeza, tentou o máximo que pôde alcançar a cumeeira, mas não tinha força suficiente. Tentou gritar, mas os sons sufocados não passavam da porta do barraco. Conforme a corda espremia pouco a pouco sua traqueia, ela ficava mais descontrolada, arranhando o pescoço com as unhas. Seu rosto ficou roxo. Sentia vagamente a urina que descia por suas pernas. Os vasos sanguíneos de seus olhos começaram a se romper, e tudo ficava cada vez mais escuro. Não, pensou ela, não. Eu posso ter este bebê, Deus. Posso simplesmente sair deste lugar, fugir como meu pai fez. Posso simplesmente desaparecer.

37 O MAL NOSSO DE CADA DIA

DONALD RAY POLLOCK

Cerca de uma semana depois do funeral, Tick Thompson, o novo xerife do condado de Greenbrier, estava esperando diante do carro de Arvin quando o jovem saiu do trabalho. "Preciso falar com você, Arvin", avisou o homem da lei. "É sobre Lenora." Ele foi um dos homens que ajudaram a carregar o corpo dela para fora do defumadouro depois que Earskell viu a porta destrancada e a encontrou. Já tinha sido chamado por causa de alguns suicídios nos anos anteriores, porém quase sempre eram homens estourando os miolos por causa de alguma mulher ou algum negócio malogrado, jamais uma garota jovem se enforcando. Quando perguntara, logo após a ambulância partir naquela noite, tanto Emma como o garoto disseram que, na verdade, ela andava mais feliz nos últimos tempos. Algo ali não se encaixava. Ele não tivera uma noite de sono decente a semana inteira.

Arvin largou a marmita de almoço no banco da frente do Bel Air. "O que tem ela?"

"Achei melhor contar pra você, e não pra sua vó. Pelo que ouvi, ela não está lidando muito bem com as coisas."

"Me contar o quê?"

O xerife tirou o chapéu e o segurou. Esperou até que os outros homens que estavam trabalhando na estrada passassem e entrassem em seus veículos, e deu uma tossidinha. "Ora, diabos, nem sei como dizer isso, Arvin, então vou falar logo de uma vez. Você sabia que Lenora estava com um bebê na barriga?"

Arvin o encarou por um longo minuto, um olhar aturdido em seu rosto. "Que papo-furado", disse por fim. "Algum filhodumaputa está mentindo."

"Sei como você deve estar se sentindo, sei mesmo, mas acabei de vir do gabinete do legista. O seu Dudley pode ser um bêbado, mas não é mentiroso. Pelo que ele pôde ver, ela já estava de uns três meses."

O rapaz deu as costas para o xerife e pegou um pano sujo no bolso de trás, que passou no rosto. "Meu Deus", disse, tentando fazer o lábio superior parar de tremer.

"Você acha que a sua vó sabia?"

Sacudindo a cabeça, Arvin inspirou fundo e exalou o ar lentamente, então disse: "Xerife, minha vó morreria se escutasse isso".

"Mas então Lenora tinha um namorado ou andava encontrando alguém?", perguntou o xerife.

Arvin pensou na noite, apenas algumas semanas antes, em que Emma lhe perguntara a mesma coisa. "Não que eu saiba. Diabos, ela era a pessoa mais religiosa que eu já vi."

Tick colocou o chapéu de volta na cabeça. "Olha, é assim que eu entendo a coisa", disse. "Ninguém precisa saber disso a não ser você, eu e Dudley, e garanto que ele não vai abrir a boca. Então vamos deixar isso entre nós por enquanto. O que você acha?"

Esfregando os olhos mais uma vez, Arvin concordou com a cabeça. "Seria ótimo", disse. "Já é ruim demais todo mundo saber o que ela fez com a própria vida. Diabos, não conseguimos nem fazer o novo pastor..." Seu rosto assumiu uma expressão sinistra de repente, e ele olhou para a Muddy Creek Mountain ao longe.

"O que foi, filho?"

"Ah, nada", disse Arvin, voltando o olhar para o xerife. "A gente não conseguiu que ele discursasse no funeral, só isso."

"Bem, acho que algumas pessoas têm opiniões fortes sobre questões como essa."

"É, acho que sim."

"Então você não tem ideia de quem poderia andar se encontrando com ela?"

"Lenora quase sempre ficava sozinha", respondeu o rapaz. "Além do mais, o que você poderia fazer nesse caso?"

Tick deu de ombros. "Não muito, acho. Talvez fosse melhor não ter dito nada."

"Desculpa. Não quis desrespeitar ninguém", disse Arvin. "E fico feliz por você ter me contado. Pelo menos agora eu sei por que ela fez isso." Enfiou o pano de volta no bolso e apertou a mão de Tick. "E obrigado também por pensar na minha vó."

Observou o xerife partir, em seguida entrou em seu carro e dirigiu os vinte e cinco quilômetros de volta a Coal Creek. Ligou o rádio no volume máximo e foi até o barraco do alambiqueiro em Hungry Holler e comprou duas garrafas pequenas de uísque. Ao chegar em casa, entrou e conferiu como Emma estava. Pelo que sabia, ela não saía da cama fazia uma semana. Começava a cheirar mal. Pegou um copo d'água no balde no balcão da cozinha e a fez bebericar um pouco. "Olha, vó", falou, "espero que você saia desta cama amanhã de manhã e faça café pra mim e pro Earskell, tá?"

"Deixa eu ficar deitada aqui", disse ela. Virou-se para o lado, fechou os olhos.

"Mais um dia, só isso", disse ele. "Estou falando sério." Foi para a cozinha e fritou algumas batatas, preparou sanduíches de mortadela para ele e Earskell. Após comerem, Arvin lavou a frigideira e os pratos e foi ver Emma mais uma vez. Então levou as duas garrafas para a varanda e deu uma ao velho. Sentou-se numa cadeira e por fim teve a chance de refletir sobre o que o xerife lhe dissera. Três meses. Certamente não era nenhum garoto das redondezas que havia engravidado Lenora. Arvin conhecia todos e sabia o que eles achavam dela. O único lugar a que ela gostava de ir era a igreja. Pensou na chegada do novo pastor. Era abril, fazia exatamente quatro meses. Lembrou que Teagardin ficara todo empolgado quando as duas garotas dos Reaster entraram na noite da ceia comunitária. Além dele, ninguém pareceu notar, exceto a jovem esposa. Lenora havia até largado os gorros não muito depois da chegada de Teagardin. Arvin pensara que ela finalmente se cansara de ser motivo de zombaria na escola, mas talvez seu motivo fosse outro.

Balançou o maço, tirou dois cigarros e os acendeu, passando um para Earskell. Na véspera do funeral, Teagardin falou a alguns dos membros da igreja que não se sentia confortável em pregar sobre um suicídio. Em vez disso, pediu ao pobre do tio doente que dissesse algumas palavras em seu lugar. Dois homens carregaram Albert até lá numa cadeira de madeira. Foi o dia mais quente do ano, e a igreja estava uma fornalha, mas o reverendo deu conta do recado. Após a cerimônia, Arvin saiu dirigindo pelas vias secundárias, como de costume quando as coisas não faziam sentido. Passou pela casa de Teagardin, viu o pastor andando para o banheiro externo usando um par de pantufas e um chapéu rosa de aba larga que uma mulher usaria. A esposa tomava banho de sol de biquíni, esticada num cobertor no quintal descuidado cheio de ervas daninhas.

"Porra, está quente", disse Earskell.

"É", respondeu Arvin após uns dois minutos. "Acho que a gente devia dormir aqui hoje."

"Não sei como Emma aguenta ficar naquele quarto. Está um forno lá."

"Ela vai levantar amanhã de manhã, preparar o café pra gente."

"Sério?"

"Pois é", disse Arvin, "sério."

E foi isso o que ela fez, preparando biscoitos e ovos e molho de linguiça, e estava de pé uma hora antes de eles saírem de seus cobertores na varanda. Arvin notou que ela lavara o rosto, trocara de vestido e amarrara um pano limpo sobre o cabelo grisalho e fino. Não conversou muito, mas quando se sentou e começou a se servir, ele sabia que podia parar de se preocupar com ela. No dia seguinte, quando o capataz da obra saiu da picape e apontou para o relógio indicando que era hora de ir embora, Arvin saiu correndo para o carro e dirigiu até a casa de Teagardin novamente. Estacionou a meio quilômetro estrada abaixo e caminhou de volta, cortando pela mata. Encostado no tronco de uma alfarrobeira, vigiou a casa do pastor até o sol se pôr. Ainda não sabia o que estava querendo encontrar, mas tinha uma ideia sobre onde estava.

38 O MAL NOSSO DE CADA DIA

DONALD RAY POLLOCK

Três dias depois, na hora de sair, Arvin falou para o chefe que não voltaria. "Ah, o que foi, garoto?", perguntou o contramestre. "Que merda, você é o melhor trabalhador daqui." Cuspiu um fio grosso de sumo de tabaco sobre a roda frontal de sua picape. "Fica mais duas semanas? Até lá terminamos tudo."

"Não é por causa do serviço, Tom.", disse Arvin. "É que eu tenho que resolver um negócio urgente."

Dirigiu até Lewisburg e comprou duas caixas de balas nove milímetros e passou em casa para ver Emma. Ela estava de quatro esfregando o piso de linóleo da cozinha. Foi até seu quarto e pegou a Luger alemã no fundo da gaveta da cômoda. Era a primeira vez que a tocava desde que Earskell lhe pedira para ficar longe da arma, fazia cerca de um ano. Após dizer para sua avó que voltaria logo, foi até Stony Creek. Limpou a arma sem pressa, então carregou o tambor com oito projéteis e enfileirou algumas latas e garrafas. Recarregou quatro vezes em uma hora. Quando a guardou no porta-luvas, sentia que a pistola fazia parte de sua mão novamente. Errara apenas três vezes.

No caminho de volta pra casa, parou no cemitério. Haviam enterrado Lenora ao lado da mãe. O homem responsável pelos monumentos ainda não tinha colocado a lápide. Ficou olhando para a terra seca e marrom que marcava o lugar, lembrando-se da última vez que havia ido lá com ela para visitar o túmulo de Helen. Podia se recordar vagamente que Lenora tentara, com seu jeitão esquisito, flertar com ele naquela tarde, falando de órfãos e amantes unidos pelo destino, e que ficara zangado com ela. Se houvesse prestado um pouco mais de atenção, pensou, se ao menos as pessoas não caçoassem tanto dela, talvez as coisas não tivessem terminado assim.

Na manhã seguinte, deixou a casa no horário habitual, fingindo que ia trabalhar. Embora por dentro tivesse certeza de que era Teagardin, precisava confirmar. Começou vigiando cada movimento do pastor. Em uma semana vira por três vezes o desgraçado comendo Pamela Reaster na estrada de uma velha fazenda na saída da Ragged Ridge Road. Ela atravessava o campo saindo da casa de seus pais para encontrá-lo ali dia sim, dia não, ao meio-dia em ponto. Teagardin ficava se examinando no espelho de seu carro esportivo até que ela chegasse. Depois da terceira vez que os viu lá, Arvin passou uma tarde amontoando gravetos e mato para fazer um esconderijo a poucos metros de onde o pastor estacionava, sob a sombra de um grande carvalho. Teagardin tinha o costume de mandar a garota embora assim que terminasse com ela. Gostava de passar um tempo sozinho debaixo da árvore, aliviar a bexiga e ouvir música pop no rádio do carro. Algumas vezes, Arvin o escutava falando consigo mesmo, mas não conseguia discernir as palavras. Após vinte ou trinta minutos, Teagardin ligava o carro, manobrava no fim da estrada e ia para casa.

Na semana seguinte o pastor acrescentou a irmã mais nova de Pamela à sua lista, mas os encontros com Beth Ann aconteciam dentro da igreja. Àquela altura, Arvin não tinha dúvidas e, quando acordou na manhã de domingo com o som dos sinos da igreja ecoando pelo vale, decidiu que era a hora. Receava perder a coragem se esperasse demais. Sabia que Teagardin sempre se encontrava com a mais velha nas segundas. Pelo menos o tarado filhodumaputa mantinha hábitos regulares.

Arvin contou o dinheiro que conseguira juntar com o trabalho de pavimentação. Havia trezentos e quinze dólares na lata de café embaixo de sua cama. Dirigiu até o barraco de Slot Machine depois do jantar de domingo e comprou uma garrafa de uísque, que passou a noite bebendo com Earskell na varanda. "Você é muito bom comigo, menino", disse o velho. Arvin engoliu em seco várias vezes para conseguir segurar o choro. Pensou no dia seguinte. Seria a última vez que dividiriam um trago.

Era uma bela noite, a mais gelada em vários meses. Ele entrou e levou Emma para fora, e ela se sentou com os dois por um tempo com sua Bíblia e um copo de chá gelado. Não ia à Igreja do Sagrado Espírito Santo de Coal Creek desde a noite da morte de Lenora. "Acho que o outono vai chegar mais cedo este ano", comentou ela, marcando o lugar no livro com seu dedo ossudo e estudando as folhas do outro lado da estrada, que já começavam a ficar com cor de ferrugem. "Vamos ter que começar a pensar em arrumar lenha antes que seja tarde, não é, Arvin?"

Ele olhou para a avó. Ainda contemplava as árvores no pé da montanha. "É", disse ele. "Quando a gente vê, já esfriou." Sentia ódio de si mesmo por enganá-la, fingindo que tudo daria certo. Queria muito poder se despedir dos dois, mas ficariam muito melhor se não soubessem de nada, caso a polícia fosse atrás dele. Naquela noite, após se deitarem, colocou algumas roupas na mochila que costumava levar para a escola e a colocou no porta-malas do carro. Encostou no corrimão da varanda e escutou o vago rumor de um trem de carvão indo em direção ao norte pela cadeia de montanhas ao lado. Ao voltar para dentro, para dentro, enfiou cem dólares na caixa de metal em que Emma guardava suas agulhas e linhas. Não dormiu nada aquela noite, e pela manhã seu desjejum foi apenas café.

Ficou sentado no esconderijo por duas horas até a garota dos Reaster atravessar o campo, às presas, talvez quinze minutos adiantada. Parecia preocupada, olhando repetidamente para o relógio de pulso. Quando Teagardin apareceu, diminuindo a velocidade do carro na estrada esburacada, não pulou pra dentro como sempre fizera antes. Em vez disso, ficou afastada uns centímetros e esperou que ele desligasse o motor. "Ora, entra, querida", Arvin escutou o pastor dizer. "Estou com tesão."

"Não vou ficar", disse ela. "Estamos com problemas."

"O que você quer dizer?"

"Era pra você ter ficado longe da minha irmã", disse a garota.

"Ah, porra, Pamela, aquilo não significou nada."

"Não, você não entendeu", disse. "Ela contou pra minha mãe."

"Quando?"

"Faz quase uma hora. Não achei que ia conseguir sair."

"Aquela putinha", xingou Teagardin. "Mal toquei nela."

"Não foi o que ela contou", disse Pamela. Olhava nervosamente para a estrada.

"O que ela disse exatamente?"

"Pode acreditar, Preston, ela contou tudo. Ficou com medo porque não para de sangrar." A garota apontou o dedo para ele. "Torça pra você não ter feito nada que impeça a menina de ter filhos."

"Merda", disse Teagardin. Saiu do carro e andou de um lado pro outro por vários minutos, com as mãos entrelaçadas atrás das costas como um general em sua tenda planejando um contra-ataque. Tirou um lenço de seda do bolso da calça e deu uma batidinha na boca. "O que você acha que sua mãe vai fazer?", perguntou por fim.

"Bem, conhecendo ela, depois que levar Beth Ann pro hospital, a primeira coisa que ela vai fazer é ligar pra porra do xerife. E, só para você saber, ele é primo da minha mãe."

Teagardin pôs as mãos sobre os ombros da garota e olhou dentro de seus olhos. "Mas você não disse nada sobre nós, certo?"

"Acha que eu sou louca? Prefiro morrer antes."

Teagardin parou de lhe dar atenção e se apoiou no carro. Olhou para o campo diante deles. Perguntou-se por que ninguém trabalhava mais ali. Imaginou uma velha casa de dois andares em ruínas, algumas peças enferrujadas de maquinário antigo sobre o capim, talvez um poço de água fresca e limpa cavado à mão, coberto por tábuas apodrecidas. Por um momento, se imaginou dando um jeito no lugar, se acostumando a uma vida simples, pregando aos domingos e trabalhando na fazenda com as mãos calejadas nos dias de semana, lendo bons livros na varanda à noite após uma ótima ceia, com algumas criancinhas bonitas brincando na sombra do quintal. Ouviu a garota dizer que estava indo embora e, quando finalmente se virou para olhar, ela já tinha ido. Então considerou a possibilidade de que talvez Pamela estivesse mentindo pra ele, tentando assustá-lo por ter se deitado com sua irmã. Não ficaria surpreso com isso, mas se fosse verdade, só lhe restavam, na melhor das hipóteses, umas duas horas para fazer as malas e sumir do condado de Greenbrier. Estava prestes a ligar o carro quando escutou uma voz dizer: "Você é um pastor bem fajuto, né?".

Teagardin olhou para cima e viu o garoto dos Russell em pé diante da porta do carro, apontando algum tipo de pistola. Jamais possuíra uma arma, e a única coisa que sabia a respeito era que geralmente causavam problemas. O rapaz parecia maior assim de perto. Nenhum grama de gordura no corpo, percebeu, cabelo escuro, olhos verdes. Imaginou o que Cynthia acharia dele. Apesar de saber que era ridículo, com todas as bocetas novas que estava pegando, sentiu no momento um espasmo de ciúme. Era triste perceber que jamais teria a aparência daquele garoto. "Que diabos você está fazendo?", perguntou o pastor.

"Andei vendo você comer a garota dos Reaster que acabou de sair. Se tentar ligar o carro, eu estouro sua mão."

Teagardin tirou a mão da chave de ignição. "Você não sabe do que está falando, garoto. Eu não toquei nela. Só o que fizemos foi conversar."

"Talvez não hoje, mas você traçou ela por um tempo."

"O quê? Você anda me espionando?" Talvez o rapaz fosse um daqueles voyeurs, pensou, recordando-se do termo de sua coleção de revistas de nudismo.

"Porra, eu sei tudo o que você fez nas últimas duas semanas."

Teagardin olhou através do para-brisa para o grande carvalho no fim da estrada. Avaliou se aquilo podia ser verdade. Contou em sua cabeça quantas vezes estivera ali com Pamela nas duas semanas anteriores. Ao menos seis. Era muito ruim, mas ao mesmo tempo se sentia aliviado. Pelo menos o garoto não o vira fodendo a irmã dele. Não podia imaginar o que o caipira seria capaz de fazer. "Não é o que parece", disse.

"É o que, então?", perguntou Arvin, puxou a trava de segurança da arma.

Teagardin começou a explicar que a putinha não saía do pé dele, então lembrou que precisava moderar seu vocabulário. Considerou a possibilidade de que aquele vagabundo talvez estivesse interessado em Pamela. Talvez tudo fosse por causa disso. Ciúmes. Tentou se lembrar do que Shakespeare escrevera a respeito, mas a palavras lhe escapavam. "Me diz uma coisa: você não é o neto da sra. Russell?", perguntou o pastor. Deu uma olhada no relógio do painel. Já podia estar na metade do caminho de casa. Regatos de suor gorduroso começaram a descer por seu rosto rosado e barbeado.

"Isso mesmo", disse Arvin. "E Lenora Laferty era minha irmã."

Teagardin virou a cabeça lentamente, com os olhos focados na fivela do garoto. Arvin praticamente podia ver as engrenagens girando em sua cabeça, o viu engolindo em seco várias vezes. "Que pena, o que a pobre menina fez", disse o pastor. "Rezo pela alma dela todas as noites."

"Você reza pela alma do bebê também?"

"Acho que você entendeu tudo errado, meu amigo. Eu não tive nada a ver com isso."

"Com isso o quê?"

O homem se contorceu no apertado banco do carro, de olho na Luger de fabricação alemã. "Ela veio atrás mim, queria se confessar, me disse que estava com um bebê na barriga. Prometi pra ela que não contaria a ninguém."

Arvin deu um passo para trás e disse: "Aposto que sim, seu gordo filhodumaputa". Então deu três tiros. Dois estouraram os pneus do lado do motorista e o último atingiu a porta de trás.

"Para!", gritou Teagardin. "Puta que pariu, para!" Levantou as mãos.

"Acabou a mentira", disse Arvin, se adiantando e encostando a pistola na têmpora do pastor. "Eu sei que foi você que deixou ela daquele jeito."

Teagardin afastou a cabeça da arma. "Ok", confessou. Respirou fundo. "Eu juro, ia cuidar de tudo, ia mesmo, mas então... então, quando eu vi, ela tinha feito aquilo. Era maluca."

"Não", disse Arvin, "ela só era sozinha no mundo." Apertou o cano da arma na nuca de Teagardin. "Mas não se preocupa, eu não vou fazer você sofrer que nem ela."

"Ora, espera um pouco, porra. Meu Deus, cara, você não mataria um pastor, mataria?"

"Você não é pastor coisa nenhuma, seu merda imprestável", disse Arvin.

Teagardin começou a chorar, lágrimas de verdade escorrendo por seu rosto pela primeira vez desde que era um garotinho de calças curtas. "Deixa eu rezar antes", choramingou. Fez o gesto de juntar as mãos.

"Eu já fiz isso pra você", disse Arvin. "Fiz um daqueles pedidos especiais desses que os escrotos que nem você vivem falando, pedi que Ele mandasse você direto pro inferno."

"Não", disse Teagardin, exatamente antes de a arma ser disparada. Um fragmento da bala saiu por cima de seu nariz e caiu com um tinido no painel. Seu grande corpo desabou para a frente e sua cara bateu no volante. O pé esquerdo chutou o freio duas vezes. Arvin esperou até que ele parasse de se mexer, então estendeu o braço pra dentro do carro, pegou o fragmento pegajoso do projétil do painel e jogou no mato. Acabou se arrependendo de ter dado aqueles outros tiros, mas não havia tempo para procurar os resquícios. Às pressas, desmontou o esconderijo que havia construído e pegou a lata que usava pra jogar suas bitucas de cigarro. Voltou ao seu carro em cinco minutos. Lançou a lata de bitucas numa vala. Ao colocar a Luger debaixo do painel, pensou de repente na jovem esposa de Teagardin. Naquela hora devia estar sentada em sua casinha esperando que ele voltasse, assim como Emma faria por ele à noite. Encostou no banco e fechou os olhos por um momento, tentou pensar em outras coisas. Deu a partida no motor e dirigiu até o fim da Ragged Ridge, virou à esquerda em direção à Rota 60. Previra que se não fizesse nenhuma parada, chegaria a Meade, Ohio, no meio da noite. Não tinha planejado mais que isso.

Quatro horas depois, a cerca de oitenta quilômetros de Charleston, ainda na Virgínia Ocidental, o Bel Air começou a fazer um barulho abafado na parte de baixo. Conseguiu sair da rodovia e entrar num posto de gasolina antes que a transmissão pifasse de vez. Ficou de quatro e viu o que restava do fluido pingando da caixa. "Puta que pariu", disse. Ao começar a levantar, um homem magro num folgado macacão de mecânico azul apareceu e perguntou se ele precisava de ajuda. "Não, a não ser que você tenha uma transmissão pra colocar nesse negócio", disse Arvin.

"Deu problema, hein?"

"Pifou", revelou Arvin.

"Pra onde você vai?"

"Michigan."

"Fica à vontade pra usar o telefone se quiser ligar pra alguém", ofereceu o homem.

"Não tenho ninguém pra ligar." Assim que terminou de dizer isso, Arvin percebeu como sua observação era de fato verdadeira. Pensou por um minuto a respeito. Embora odiasse a ideia de se livrar do Bel Air, precisava seguir em frente. Teria de fazer um sacrifício. Virou-se para o homem e tentou sorrir. "Você me paga quanto pelo carro?", perguntou.

O sujeito deu uma olhada no veículo e sacudiu a cabeça. "Não tenho o que fazer com ele."

"O motor está bom. Troquei os pontos de ignição e as velas faz só dois dias."

O homem começou a verificar o Chevy, chutou as rodas, procurou remendos de massa. "Não sei", disse, esfregando a barbicha grisalha no queixo.

"Que tal cinquenta pratas?", perguntou Arvin.

"Não é uma roubada, né?"

"Está no meu nome."

"Pago trinta."

"É sua melhor oferta?"

"Filho, tenho cinco crianças em casa", disse o homem.

"Ok, é seu", disse Arvin. "Deixa só eu pegar minhas coisas." Observou o homem voltar para dentro do estabelecimento. Tirou sua mochila do porta-malas e entrou no carro uma última vez. No dia em que o comprara, ele e Earskell gastaram um tanque de gasolina inteiro rodando, foram direto até Beckley e voltaram. Teve uma sensação repentina de que perderia muito mais antes de tudo aquilo acabar. Pegou a Luger debaixo do painel e a prendeu na cintura. Então pegou o documento do carro e uma caixa de balas no porta-luvas. Quando entrou, o homem colocou trinta dólares no balcão. Arvin assinou o documento e pôs a data, depois enfiou o dinheiro na carteira. Comprou uma barra de Zagnut e uma garrafa de RC Cola. Era a primeira vez que bebia ou comia desde o café preto que tomou de manhã na cozinha da avó. Olhou pela janela para o fluxo interminável de carros passando na rodovia enquanto mastigava a barra de chocolate. "Você já viajou de carona?", perguntou ao homem.

39 O MAL NOSSO DE CADA DIA

DONALD RAY POLLOCK

Roy terminou a colheita de laranjas daquele dia por volta das cinco horas e recebeu seu pagamento, que era de treze dólares. Foi até o mercadinho na interseção das rodovias e comprou duzentos gramas de picles e duzentos gramas de queijo e um pão de centeio e dois maços de Chesterfield e três garrafas de vinho do Porto branco. Era bom ser pago todos os dias. Sentia-se um rico ao caminhar para o lugar onde ele e Theodore estavam acampando. O chefe era o melhor que já tivera, e Roy estava trabalhando todos os dias fazia três semanas. O homem lhe dissera que talvez houvesse apenas mais quatro ou cinco dias de trabalho. Theodore ficaria contente em ouvir aquilo. Desejava muito voltar para a praia. Haviam juntado quase cem dólares no mês anterior, a maior quantia que tiveram em muito, muito tempo. Seu plano era comprar umas roupas decentes e recomeçar a pregar. Roy achou que talvez conseguissem comprar dois ternos na Goodwill por dez ou doze pratas. Theodore não conseguia mais tocar violão como antigamente, mas dava pra eles se virarem.

Roy cruzou com uma vala de esgoto e foi em direção ao acampamento atravessando uma pequena alameda de magnólias atrofiadas. Encontrou Theodore adormecido no chão perto da cadeira de rodas, com o violão ao seu lado. Balançou a cabeça dele e pegou uma das garrafas de vinho e um dos maços. Sentou-se num cepo e deu uma golada antes de acender um cigarro. Já tinha matado metade da garrafa até finalmente perceber que o rosto do aleijado estava cheio de formigas. Indo até ele com pressa, Roy o virou de barriga para cima. "Theodore? Ei, vamos, meu amigo, acorda." Roy implorou, sacudindo-o e estapeando os insetos. "Theodore?"

Ao tentar levantar o homem, sabia que ele estava morto, mas mesmo assim pelejou por quinze minutos para sentá-lo na cadeira de rodas. Começou a empurrá-lo pelo solo arenoso em direção à estrada, mas só deu alguns passos antes de parar. As autoridades lhe fariam um monte de perguntas, pensou, assim que viu um carro chique passando ao longe. Olhou ao redor do acampamento. Talvez fosse melhor simplesmente ficar ali. Theodore amava o mar, mas apreciava a sombra também. E aquela fileira de árvores era um lar para ele tanto quanto qualquer outro que tiveram desde seus dias no parque de Bradford.

Roy sentou-se no chão ao lado da cadeira de rodas. Haviam feito muitas coisas ruins ao longo dos anos, e ele passou várias horas rezando pela alma do aleijado. Esperava que alguém fizesse o mesmo por ele quando chegasse sua vez. Por volta do anoitecer, enfim se levantou e preparou um sanduíche. Comeu uma parte e jogou o resto no mato. Na metade de outro cigarro, lhe ocorreu que não precisava mais fugir. Podia voltar pra casa agora, se entregar. Podiam fazer o que quisessem, desde que ele tivesse a chance de ver Lenora mais uma vez. Theodore nunca fora capaz de compreender isso, como Roy podia sentir saudades de alguém que nem conhecia de verdade. Na verdade, mal podia se recordar de como era o rosto de sua filha, mas mesmo assim especulava mil vezes sobre o que teria acontecido na vida dela. Ao terminar o cigarro, já estava ensaiando as palavras que lhe diria.

Naquela noite se embebedou com seu velho amigo uma última vez. Acendeu uma fogueira e conversou com Theodore como se ele ainda estivesse vivo, repetiu as mesmas histórias de sempre, sobre Panqueca, e a Mulher Flamingo, e o Comedor de Espinhas, e todas as outras almas perdidas que encontraram na estrada. Muitas vezes se viu esperando que Theodore risse ou acrescentasse algo que ele havia esquecido. Após algumas horas, não havia mais nada pra contar, e Roy passou pelo momento mais solitário de sua vida. "Uma distância dos infernos de Coal Creek até aqui, não é, garoto?", foi a última coisa que disse antes de se deitar sobre o cobertor.

Despertou pouco antes do amanhecer. Molhou um pano com a água de um garrafão que sempre deixavam amarrado nas costas da cadeira de rodas. Esfregou a sujeira grudada no rosto de Theodore e penteou seu cabelo, fechou seus olhos com o polegar. Havia um restinho de vinho na última garrafa, e ele a colocou no colo do aleijado, pôs em sua cabeça o chapéu de palha esfarrapado. Então Roy embrulhou seus poucos pertences num cobertor e ficou parado com a mão sobre o ombro do morto. Fechou os olhos e disse mais algumas palavras. Percebeu que jamais pregaria novamente, mas não tinha problema. Nunca fora muito bom naquilo mesmo. A maioria das pessoas só queria ouvir o aleijado tocar. "Queria que você viesse comigo, Theodore", disse Roy. Quando conseguiu arrumar uma carona, já tinha andado três quilômetros pela estrada.

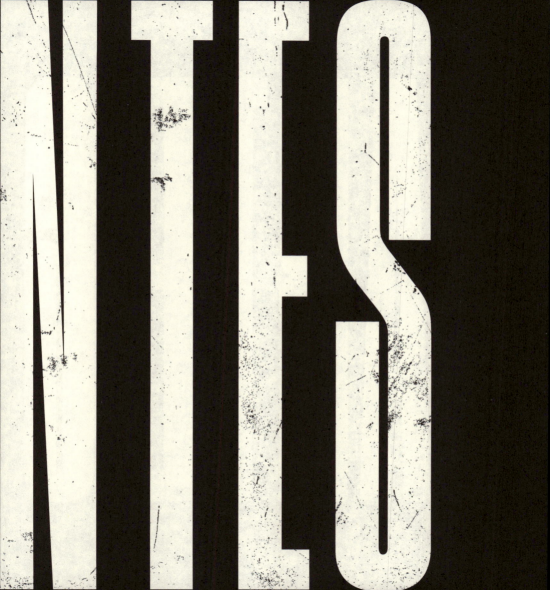

40 O MAL NOSSO DE CADA DIA

DONALD RAY POLLOCK

Graças a Deus, julho estava quase terminando. Carl mal podia esperar pra cair na estrada novamente. Carregou os dois potes com as gorjetas de Sandy para o banco e as trocou por cédulas, então passou os dias anteriores às férias comprando suprimentos — dois novos conjuntos de roupas e uma roupa íntima de babado da JC Penney pra Sandy, um galão de óleo para motor, velas de ignição de reserva, uma serra que encontrou em promoção e comprou por capricho, quinze metros de corda, uma coleção de mapas rodoviários dos estados sulistas da Associação Automobilística Americana, duas caixas de mentolado Salem, e uma dúzia de picas de cachorro. Após terminar as compras e levar o carro a um mecânico para trocar as pastilhas de freio, só restavam cento e trinta e quatro dólares, mas com isso dava pra ir longe. Diabos, pensou, enquanto se sentava na mesa da cozinha e contava mais uma vez, poderiam viver como reis por uma semana com tanta grana. Recordou-se do verão de dois anos antes, quando saíram de Meade com quarenta dólares. Era carne enlatada e batatas fritas velhas e gasolina roubada na chupeta e dormir no carro escaldante a viagem inteira, mas conseguiram ficar fora por dezesseis dias com o dinheiro que surrupiavam dos modelos. Em comparação, estavam muito bem daquela vez.

Ainda assim, algo o incomodava. Andara examinando suas fotos certa noite, tentando se empolgar para a caçada, quando chegou numa de Sandy abraçada com o jovem militar do verão anterior. Ele estava vagamente ciente de que ela não era mais a mesma desde que ele matara aquele lá, como se tivesse perdido algo precioso aquela noite. Mas na foto que ele segurava havia um olhar de nojo e decepção no rosto dela que jamais havia notado antes. Enquanto a observava ali sentado, surgia o desejo de jamais ter lhe comprado aquela arma. Também tinha o lance com a garçonete do White Cow. Sandy começou a perguntar aonde ele ia nas noites em que estava trabalhando e, apesar de jamais ter feito uma acusação direta, ele começava a desconfiar de que ela podia ter ouvido algo. A garçonete tampouco andava amigável como antes. Provavelmente era só paranoia, mas lidar com os modelos já era difícil o suficiente sem ter de se preocupar se a isca também se viraria contra ele. No dia seguinte, fez uma visita à loja de equipamentos no Central Center. Naquela noite, depois que ela foi pra cama, ele descarregou sua pistola — ela passara a levá-la em sua bolsa — e trocou os projéteis de ponta côncava por balas de festim. De qualquer forma, quanto mais pensava no assunto, menos podia conceber uma situação em que ela precisasse atirar.

Uma das últimas coisas que fez durante as preparações para a viagem foi revelar uma nova cópia de sua fotografia favorita. Dobrou-a e colocou na carteira. Sandy não sabia, mas ele sempre levava uma cópia quando saíam pra viajar. Era uma foto dela ninando a cabeça de um modelo em seu colo, aquele em que trabalharam em sua primeira caçada no verão seguinte ao que mataram o viciado em sexo no Colorado. Não era uma de suas melhores, mas era boa para alguém que ainda estava aprendendo. Lembrava-lhe uma daquelas pinturas de Maria com o bebê Jesus, o modo como Sandy observava o modelo com um olhar doce e inocente no rosto, um que ele seria capaz de captar ocasionalmente nos dois primeiros anos, mas que depois sumiria para sempre. E o jovem? Pelo que lembrava, haviam passado cinco dias sem um único caroneiro. Estavam sem dinheiro e discutindo entre si, Sandy querendo voltar para casa e ele querendo continuar. Então chegaram a um entroncamento em alguma via dupla esburacada nos arredores de Chicago e lá estava ele com o polegar levantado, como um presente caído do céu. Era bem engraçadinho o garoto, cheio de piadas idiotas, e se Carl examinasse a foto com atenção ainda podia ver a mediocridade em seu rosto. E, sempre que olhava para aquela imagem, também se lembrava de que jamais encontraria outra garota que fosse tão boa de trabalhar junto quanto Sandy.

41 O MAL NOSSO DE CADA DIA

DONALD RAY POLLOCK

Era uma manhã quente de domingo, primeiro de agosto, e a camisa de Carl já estava encharcada de suor. Sentou-se na cozinha e observou a mobília ensebada e a camada de gordura rançosa na parede atrás do fogão. Conferiu o relógio, viu que era meio-dia. Deveriam estar na estrada fazia quatro horas, mas Sandy chegara fedendo a bebida na noite anterior, tropeçando na porta com um olhar feio em sua cara vermelha e repetindo que aquela seria sua última viagem. Levara a manhã inteira para se recuperar. Quando saíram para entrar no carro, ela parou e remexeu dentro da bolsa em busca dos óculos escuros. "Meu Deus", disse. "Ainda estou enjoada."

"Temos que abastecer antes de sair da cidade", disse ele, ignorando-a. Enquanto esperava que ela melhorasse, decidiu que não a deixaria arruinar a viagem. Se fosse necessário, seria duro com Sandy até estarem longe do condado de Ross e do intrometido de merda do irmão dela.

"Porra, você teve a semana inteira pra fazer isso", disse ela.

"Estou avisando, menina, toma cuidado."

No Texaco da Main Street, Carl saiu e começou a encher o tanque. Quando a sirene alta e aguda cortou o ar, quase pulou na frente de um Mustang que deixava as bombas. Virando-se, viu Bodecker na viatura atrás da perua. O xerife desligou a sirene e saiu do carro morrendo de rir. "Puta que pariu, Carl", disse, "espero que você não tenha borrado as calças." Deu uma olhada ao passar pelo carro, viu as coisas empilhadas no fundo. "Vão viajar?"

Sandy abriu a porta e saiu. "Saindo de férias", revelou.

"Pra onde?", perguntou Bodecker.

"Virginia Beach", disse Carl. Sentiu algo molhado e olhou para baixo, tinha encharcado um dos sapatos com gasolina.

"Achei que vocês tinham ido pra lá ano passado", comentou Bodecker. Desconfiava que sua irmã havia começado a se prostituir novamente. Em caso afirmativo, era evidente que andava tomando mais cuidado. Não ouvira nenhuma reclamação sobre ela desde a ligação da mulher no verão anterior.

Carl deu uma olhada para Sandy e disse: "É, gostamos de lá".

"Ando pensando em tirar uma folguinha", disse Bodecker. "Então é um bom lugar pra passear, hein?"

"É legal", disse Sandy.

"Do que você gosta lá?"

Ela olhou para Carl em busca de ajuda, mas ele já estava curvado sobre o tanque novamente, tentando enchê-lo até o fim. Sua calça estava um pouco caída, e ele esperava que Lee não percebesse o rego de sua bunda branca aparecendo. "É legal, só isso."

Bodecker tirou um palito de dentes do bolso da camisa. "Vão ficar lá por quanto tempo?", perguntou.

Sandy cruzou os braços e olhou pra ele de cara feia. "Que merda de interrogatório é esse?" Sua cabeça começava a latejar novamente. Não deveria ter misturado cerveja com vodca.

"Nada, mana", disse. "É só curiosidade."

Ela o encarou por um minuto. Tentou imaginar como ficaria a cara presunçosa se ela lhe contasse a verdade. "Umas duas semanas", disse.

Pararam pra observar Carl fechando a tampa do tanque. Quando ele entrou no estabelecimento para pagar, Bodecker tirou o palito da boca e bufou: "Férias".

"Deixa isso pra lá, Lee. O que a gente faz não é da sua conta."

42 O MAL NOSSO DE CADA DIA

DONALD RAY POLLOCK

Jamie Johansen foi o primeiro daquele tipo que eles haviam pegado, o cabelo na altura dos ombros, um par de aros finos de ouro pendurados nos lóbulos das orelhas. Foi o que a mulher lhe disse assim que ele entrou naquele carro imundo, como se aquilo fosse a coisa mais excitante que já havia acontecido com ela. Jamie fugira de sua casa em Massachusetts no ano anterior, a última vez que fora a um cabeleireiro. Não se considerava um hippie — os poucos que conhecera na rua agiam como retardados —, mas fazer o quê? Ela que pensasse o que quisesse. Nos seis meses anteriores vinha morando com uma família de travestis numa casa decadente infestada de gatos na Filadélfia. Finalmente se mandara após duas das irmãs mais velhas decidirem que Jamie precisava compartilhar mais do dinheiro que ganhava no restaurante da rodoviária na Clark Street. Fodam-se essas megeras, pensou Jamie. Eram só um monte de perdedoras com maquiagem ruim e perucas baratas. Iria a Miami procurar alguma bicha velha e rica que ficaria emocionada só por brincar com seu cabelo comprido e bonito e por exibi-lo na praia. Viu fora do carro uma placa que mencionava Lexington. Não conseguia nem se lembrar de como tinha ido parar no Kentucky. Quem vai pra porra do Kentucky?

E aqueles dois que acabavam de pegá-lo, outro casal de perdedores. A mulher parecia se achar sexy ou algo assim, pela maneira como ficava sorrindo para ele no retrovisor e lambendo os lábios, mas só de olhar pra ela sentia calafrios. Havia um fedor de peixe vindo de algum lugar no carro, e ele deduziu que só poderia ser dela. Dava pra que o gordo estava louco pra chupar sua pica, pelo modo como toda hora se virava do banco da frente e fazia perguntas idiotas para que pudesse olhar para sua virilha mais uma vez. Mal andaram oito ou nove quilômetros quando Jamie decidiu que, caso tivesse uma chance, roubaria aquele carro. Mesmo aquela lata velha seria melhor que pegar carona. O homem que o pegara na noite anterior, com um chapéu preto reto e dedos brancos compridos, o deixara com um medo da porra, falando de gangues de caipiras raivosos e tribos de mendigos famintos e a as coisas horríveis que faziam com andarilhos jovens e inocentes que capturavam na estrada. Após relatar algumas das histórias que ouvira — rapazes enterrados vivos, socados em buracos apertados de cabeça pra baixo como paus de cerca, outros transformados num sopão viscoso temperado com cebolinha e maças catadas do chão —, o homem ofereceu uma boa grana e uma noite num hotel confortável em troca de um tipo de festinha especial, que por algum motivo envolvia um saco de bolas de algodão e um funil, mas pela primeira vez desde que saíra de casa, Jamie recusara um bom dinheiro, porque foi capaz de visualizar com nitidez a camareira o encontrando na manhã seguinte dentro da banheira, oco como uma abóbora de Dia das Bruxas. Esses dois eram tipo a mamãe e o papai Kettle em comparação com aquele maluco.

Ainda assim, se surpreendeu quando a mulher saiu da pista e o homem lhe perguntou na lata se estaria interessado em comer sua esposa enquanto ele tirava umas fotos. Foi um acontecimento imprevisto, mas manteve a frieza. Jamie não gostava muito de mulheres, especialmente as feias; mas, se conseguisse convencer o gordo a também tirar as roupas, roubar o carro seria moleza. Jamais tivera seu próprio veículo antes. Disse ao homem que, claro, estava interessado, isto é, se eles estivessem dispostos a pagar. Desviou o olhar do homem para o para-brisa cheio de insetos mortos. Agora estavam numa estrada de cascalho. A mulher diminuiu bastante a velocidade e sem dúvida procurava um lugar para estacionar.

"Achei que gente como você acreditava naquela porra de amor livre", disse o homem. "Foi o que Walter Cronkite disse no jornal ontem de noite."

"Mesmo assim a gente ainda tem que se virar, né?", disse Jamie.

"Acho justo. Que tal vinte pratas?" A mulher parou o carro e desligou o motor. Estavam parados na extremidade de uma plantação de soja.

"Diacho, por vinte dólares eu vou com os dois", disse Jamie com um sorriso.

"Os dois?" O gordo se virou e o encarou com olhos frios e cinzentos. "Pelo jeito você me acha bonito." A mulher deu uma risadinha.

Jamie deu de ombros. Duvidava que ainda estariam rindo quando ele fugisse no carro. "Já tive piores", disse.

"Ah, disso eu duvido", comentou o homem, abrindo a porta do carro.

43 O MAL NOSSO DE CADA DIA

DONALD RAY POLLOCK

"Você só trouxe uma camisa?", Sandy perguntou. Estavam na estrada fazia seis dias e haviam trabalhado com dois modelos, o moleque cabeludo e um homem com uma gaita que pensava que iria para Nashville se tornar um astro da música country, pelo menos até alguns minutos antes de eles o escutarem cometer uma atrocidade com "Ring of Fire", do Johnny Cash, que por acaso era a canção favorita de Carl naquele verão.

"Isso", disse Carl.

"Ok, vamos ter que lavar roupa", disse ela.

"Por quê?"

"Porque você está fedendo."

Foram até uma Laundromat numa cidadezinha na Carolina do Sul duas horas depois. Sandy fez com que ele tirasse a camisa. Ela carregava uma sacola de mercado com roupas sujas e as colocou na máquina. Ele sentou num banco na frente da lavanderia, vendo um ou outro carro passar ocasionalmente e mascando seu charuto, com as tetas flácidas quase caindo sobre a pança branquela. Sandy saiu e se acomodou na outra ponta do banco, escondida atrás dos óculos escuros. Sua blusa estava colada nas costas com o suor. Recostou a cabeça na parede e fechou os olhos.

"O que fizemos foi a melhor coisa que poderia ter acontecido com ele", disse Carl.

Meu Deus, pensou Sandy, ele ainda está falando do desgraçado da gaita. Vinha tagarelando sobre ele a manhã inteira. "Já entendi", disse ela.

"Só estou dizendo que, pra começo de conversa, ele era uma bosta cantando. E tinha o que, uns três dentes na boca, porra? Você já viu algum desses astros da música country? Essa gente tem arrumadinhos que custam uma fortuna pra deixar daquele jeito. Não, o pessoal teria rido dele até que resolvesse sair da cidade, então o cara iria voltar pra casa e emprenhar alguma vaca feiosa de merda e ficaria amarrado a um bando de pirralhos barulhentos, e seria o fim."

"O fim do quê?", perguntou Sandy.

"O fim do sonho dele, dessa coisa. Pode ser que ele não tenha entendido ontem à noite, mas eu fiz um grande favor praquele garoto. Ele morreu com o sonho ainda vivo na cabeça."

"Meu Deus, Carl, que merda deu em você?" Ela ouviu a máquina parar e levantou, estendendo a mão. "Me dá vinte e cinco centavos pra secadora."

Ele lhe passou um trocado, em seguida abaixou, desamarrou os sapatos e os tirou. Não estava usando meias. Agora só estava de calça. Sacou o canivete e começou a limpar as unhas do pé. Dois garotinhos, talvez de nove ou dez anos, dobraram a esquina com tudo em suas bicicletas no momento em que ele raspou uma bolota de meleca cinzenta no banco. Os dois acenaram e sorriram quando ele olhou. Apenas por um instante eles o fizeram desejar, enquanto se afastavam botando força nas pernas e rindo por não se preocuparem com nada no mundo, que fosse outra pessoa.

44 O MAL NOSSO DE CADA DIA

DONALD RAY POLLOCK

No décimo segundo dia, um deles fugiu. Aquilo jamais havia acontecido antes. Era um ex-presidiário chamado Danny Murdock, o quarto modelo que pegaram naquela viagem. Tinha no antebraço direito uma tatuagem de duas serpentes escamosas enroscadas ao redor de um túmulo, e Carl pensava em fazer algo especial com aquilo depois de abatê-lo. Rodaram com ele a tarde toda, bebendo cerveja e compartilhando um pacote gigante de torresmo, relaxando o cara. Encontraram um lugar para estacionar perto de um lago comprido e estreito, mais ou menos um quilômetro e meio dentro do Sumter National Forest. Assim que Sandy desligou o motor, Danny abriu a porta e saiu do carro. Ele se espreguiçou e bocejou, então começou a ir lentamente em direção à água, tirando as roupas enquanto andava. "O que você está fazendo?", gritou Carl.

Danny jogou a camisa no chão e voltou-se para ele. "Ei, não tenho problema nenhum em passar a pica na sua mulher, mas me deixa ficar limpo antes", disse ele, puxando a cueca para baixo. "Só que já vou avisando, meu irmão, depois que ficar comigo ela não vai mais querer saber de você."

"Nossa, esse fala muito, né?", disse Sandy, enquanto dava a volta pela frente da perua. Ela se recostou nos para-lamas e observou o homem pular na água.

Carl guardou a câmera no moletom e sorriu. "Não por muito tempo." Dividiram outra cerveja e o viram nadar, braços batendo e pés chutando, indo até o meio do lago e boiando de barriga para cima.

"Tenho que admitir que isso parece divertido", disse Sandy. Tirou as sandálias e esticou o cobertor na grama.

"Merda, vai saber o que tem aí nesse buraco", disse Carl. Abriu outra cerveja, tentou aproveitar aquele tempinho fora da porcaria do carro. Porém logo sua paciência com o nadador acabou. Já fazia mais de uma hora que ele estava lá brincando. Foi até a beira da água e começou a gritar e gesticular para que Danny voltasse, e a cada vez que o outro mergulhava e emergia gritando e espalhando água como um adolescente, Carl ficava um pouquinho mais irritado. Quando Danny enfim saiu do lago, aos risos, com a pica balançando quase nos joelhos e o sol da tardinha reluzindo em sua pele molhada, Carl puxou a arma do bolso e perguntou: "Já está limpo o suficiente?".

"Que porra é essa?", disse o homem.

Carl brandiu a arma. "Puta que pariu, vai praquela coberta como a gente combinou. Que merda, estamos perdendo a luz do dia aqui." Olhou para Sandy e acenou. Ela levou a mão pra trás da cabeça e começou a desamarrar o rabo de cavalo.

"Vai tomar no seu cu", Carl ouviu o homem gritar.

Quando se deu conta do que estava acontecendo, Danny Murdock já disparava em direção à mata do outro lado da estrada. Carl deu dois tiros sem mirar e foi atrás dele. Escorregando e tropeçando, adentrou fundo na mata, até ficar com medo de jamais conseguir voltar para o carro. Parou e escutou, mas não conseguiu ouvir nada exceto o som de sua própria respiração rouca. Era muito gordo e lerdo para perseguir alguém, ainda mais aquele canalha de pernas compridas que se vangloriara a tarde inteira por ter fugido a pé de três esquadrões policiais no centro de Spartanburg uma semana antes. O crepúsculo já se aproximava, e de repente ele se deu conta de que o homem poderia ter andado em círculo pra voltar ao lugar em que Sandy esperava no carro. Mas, mesmo com balas de festim na arma, ele teria ouvido um tiro, isto é, a não ser que o escroto a pegasse de surpresa. Filhodumaputa traiçoeiro de merda. Odiou ter de voltar ao carro de mãos vazias. Sandy encheria seu saco por muito tempo. Hesitou um segundo, então apontou a pistola para cima e fez dois disparos.

Ela estava de pé diante da porta do motorista aberta segurando a arma calibre 22 quando ele apareceu, saindo todo desajeitado da mata fechada na beira da estrada, avermelhado e resfolegante. "Precisamos sair daqui", gritou ele. Agarrou o cobertor que haviam esticado no chão atrás do carro e se apressou em pegar as roupas e sapatos do homem, que estavam na grama. Jogou no banco de trás e se acomodou no assento do passageiro.

"Nossa, Carl, o que aconteceu?", ela perguntou, ligando o carro.

"Não se preocupa, acertei o miserável", disse ele. "Meti duas balas naquela cabeça idiota."

Sandy deu uma olhada nele. "Você alcançou o sacana?"

Ele sentia a dúvida na voz dela. "Fica quieta um minuto", disse. "Tenho que pensar." Pegou um mapa e o analisou por cerca de um minuto, traçando-o com o dedo. "Pelo visto parece que estamos a quinze quilômetros da fronteira. É só dar a volta e virar à esquerda por onde a gente entrou, que devemos chegar na pista."

"Não acredito em você", disse ela.

"O quê?"

"Aquele cara fugiu que nem uma gazela. Não tem como você ter alcançado ele."

Carl inspirou fundo duas vezes. "Ele estava escondido debaixo de um tronco. Eu quase pisei nele."

"Então qual a pressa?", disse ela. "Vamos voltar lá e tirar umas fotos."

Carl pôs a 38 no painel e levantou a camisa para limpar o suor da cara. Seu coração ainda estava batendo como uma marreta. "Sandy, só coloca a porcaria do carro pra andar, ok?"

"Ele fugiu, não foi?"

Ele olhou para a mata escurecendo pela janela do passageiro. "Foi, o desgraçado fugiu."

Ela arrancou com o carro. "Não minta mais pra mim, Carl", disse. "Outra coisa, por falar nisso: se eu ouvir falar que você continua de conversa com aquela putinha do White Cow, vai se arrepender amargamente." Então ela enfiou o pé no acelerador, e vinte minutos depois eles cruzaram a fronteira da Geórgia.

45 O MAL NOSSO DE CADA DIA

DONALD RAY POLLOCK

Mais tarde naquela noite, Sandy estacionou na beira de uma parada de caminhoneiros poucos quilômetros ao sul de Atlanta. Ela comeu um pedaço de carne seca industrializada e se arrastou até o banco de trás pra dormir. Por volta das três da manhã começou a chover. Carl estava sentado na frente, escutando a chuva bater no teto do carro e pensando no ex-presidiário. Há uma lição a ser tirada disso, pensou. Bastou virar as costas pro covarde de merda por um segundo, e foi o bastante pra foder com tudo. Pegou as roupas do homem debaixo do assento e começou a vasculhá-las. Encontrou uma faca retrátil quebrada e um endereço em Greenwood, Carolina do Sul, escrito dentro de uma cartela de fósforos, e onze dólares na carteira. Embaixo do endereço estavam as palavras CABEÇA BOA. Colocou o dinheiro no bolso e embolou as outras coisas, em seguida atravessou o estacionamento e as despejou num barril de lixo.

A chuva ainda caía quando ela despertou na manhã seguinte. Tomando o café da manhã com Sandy na parada, ele se perguntou se algum dos motoristas ao seu redor já havia matado um caroneiro. Seria um trabalho excelente praquele tipo de coisa, se a pessoa tivesse a propensão. Quando entraram na terceira xícara de café, a chuva cessou, e o sol apareceu no céu como um grande furúnculo inflamado. Ao pagarem a conta, nuvenzinhas de vapor já subiam do estacionamento asfaltado. "Sobre ontem", disse Carl, enquanto voltavam para o carro, "eu não devia ter feito aquilo."

"Como eu disse", falou Sandy, "não minta mais pra mim. Se formos pegos, meu cu vai estar na reta tanto quanto o seu."

Carl pensou mais uma vez nas balas de festim que havia colocado na arma dela, mas deduziu que seria melhor não dizer nada sobre aquilo. Em breve voltariam para casa, e ele as trocaria sem que Sandy soubesse de nada. "Provavelmente ninguém vai pegar a gente", disse.

"Pois é, mas você também pensou que ninguém nunca escaparia."

"Relaxa", disse ele, "isso não vai mais acontecer."

Deram uma volta por Atlanta e pararam para abastecer num lugar chamado Roswell. Tinham apenas vinte e quatro dólares e uns trocados para voltarem pra casa. Logo que Carl começou a voltar pra perua após pagar o caixa, um homem anguloso num terno preto desgastado aproximou-se com timidez. "Você por acaso não está indo pro norte, está?", perguntou. Carl se inclinou para a frente e pegou seu charuto do cinzeiro antes de se virar pra vê-lo. O terno era muito grande para ele. A barra da calça estava dobrada várias vezes pra que não arrastasse no chão. Ainda podia ver uma etiqueta de preço presa à manga do paletó. O homem carregava um frágil saco de dormir; e, apesar de facilmente aparentar ter mais de sessenta, Carl deduziu que o viajante era ao menos alguns anos mais jovem que isso. Por algum motivo, lembrava um pastor, um daqueles de verdade com os quais quase não se encontrava mais: não aqueles pilantras gananciosos de fala mansa que estão aí só pra arrancar o dinheiro das pessoas e levar a porra de uma vida de luxo à custa de Deus, mas um homem que realmente acreditava nos ensinamentos de Jesus. Pensando bem, talvez estivesse indo longe demais; o sujeito provavelmente era apenas outro vagabundo.

"Talvez", disse Carl. Olhou para Sandy em busca de um sinal de que topava, mas ela só deu de ombros e colocou os óculos escuros. "Você está indo pra onde?"

"Coal Creek, Virgínia Ocidental."

Carl pensou no que havia escapado na noite anterior. Aquele filhodumaputa de pica grande deixaria um gosto amargo em sua boca por um longo tempo. "Ah, diabos, por que não?", falou para o homem. "Sobe aí atrás."

Assim que pegaram a estrada, o homem disse: "Meu senhor, eu agradeço demais por isso. Meus pobres pés estão quase em carne viva".

"Tendo problema pra pegar carona, é?"

"Andei mais a pé que de carro, pode ter certeza."

"Pois é", disse Carl, "Não entendo quem se recusa a andar com desconhecidos no carro. É uma coisa bondosa, ajudar o próximo."

"Você pelo visto é cristão", disse o homem.

Sandy engoliu um riso, mas Carl a ignorou. "De certa forma, acho", falou ao homem. "Mas, tenho que admitir, não sigo mais como antigamente."

O homem assentiu com a cabeça e olhou pra fora da janela. "É difícil seguir a vida sempre do lado certo", disse. "Parece que o Diabo não descansa nunca."

"Qual é o seu nome, querido?", perguntou Sandy. Carl olhou para ela e sorriu, então estendeu o braço e tocou sua perna. Pelo modo como vacilara com ela na noite anterior, receava que Sandy pudesse se comportar que nem uma megera de primeira classe pelo resto da viagem.

"Roy", disse o homem, "Roy Laferty."

"E o que tem à sua espera na Virgínia Ocidental, Roy?", disse ela.

"Estou voltando pra ver minha filha."

"Que bom", disse Sandy. "Quando foi que você viu ela pela última vez?"

Roy pensou por um minuto. Senhor, nunca se sentira tão cansado. "Faz quase dezessete anos." Andar de carro o estava deixando sonolento. Detestava ser mal-educado, porém, por mais que tentasse, não conseguia manter os olhos abertos.

"O que você andou fazendo tanto tempo fora de casa?", disse Carl. Após esperar por volta de um minuto pela resposta do homem, virou-se e olhou para o banco de trás. "Porra, ele capotou", falou para Sandy.

"Deixa ele quieto por agora", disse ela. "E, quanto a trepar com ele, pode desistir. Está fedendo mais que você."

"Tudo bem, tudo bem", disse Carl, tirando o mapa rodoviário da Geórgia do porta-luvas. Trinta minutos depois, apontou para uma saída, e mandou Sandy seguir por ali. Rodaram uns cinco quilômetros numa estrada de terra, e por fim encontraram um lugar pra estacionar cheio do lixo que sobrou de uma farra e um piano arrebentado. "Aqui deve servir", ele disse, saindo do carro. Abriu a porta do caroneiro e balançou seu ombro. "Aqui, amigo", disse, "vem cá, quero mostrar uma coisa pra você."

Alguns minutos depois, Roy estava numa fileira de pinheiros altos. O chão sob as árvores estava repleto de agulhas secas e marrons. Não se recordava exatamente por quanto tempo viajara, talvez três dias. Não tivera muita sorte com as caronas e havia caminhado até seus pés se encherem de bolhas em carne viva. Embora se achasse incapaz de dar mais um passo, tampouco queria parar de caminhar. Ficou se perguntando se os animais já haviam pegado Theodore. Então viu que a mulher tirava as roupas, o que o deixou confuso. Olhou para o carro em que pegara a carona e viu o gordo lhe apontando uma pistola. Havia uma câmera preta pendurada em seu pescoço por uma alça, um charuto apagado preso em seus lábios grossos. Talvez estivesse sonhando, pensou Roy, mas, inferno, parecia real demais. Podia sentir o cheiro da seiva escoando das árvores no calor. Viu a mulher se abaixar numa manta vermelha quadriculada, como aquelas que as pessoas usam em piqueniques, e então o homem lhe disse algo que o despertou. "O quê?", perguntou Roy.

"Eu disse que estou dando uma coisa boa pra você aqui", repetiu Carl. "Ela gosta de garanhões velhos e compridos que nem você."

"O que está acontecendo aqui, meu senhor?", disse Roy.

Carl deu um longo suspiro. "Meu Deus, cara, presta atenção. Como eu disse, você vai comer minha mulher e eu vou tirar umas fotos, é isso."

"Sua mulher?", disse Roy. "Nunca vi uma coisa dessas. E eu aqui pensando que você era um sujeito de bem."

"Só cala sua boca e tira essa porcaria de terno de assistente social", disse Carl.

Olhando para Sandy, Roy estendeu as mãos. "Moça", ele falou, "me desculpa, mas prometi a mim mesmo quando Theodore morreu que ia viver como se deve a partir dali e quero continuar assim."

"Ah, o que é isso, querido", disse Sandy. "Vamos só tirar umas fotos e aquele grande idiota vai deixar a gente em paz."

"Mulher, olha pra mim. Eu já comi o pão que o diabo amassou. Porra, nem sei o nome de metade dos lugares por onde passei. Quer mesmo estas mãos tocando você?"

"Seu filhodumaputa, você vai fazer o que eu estou mandando", disse Carl.

Roy sacudiu a cabeça. "Não, senhor. A última mulher com quem estive era um pássaro, e as coisas vão continuar assim. Theodore tinha medo, então eu não continuei com ela, mas Priscilla era um flamingo de verdade."

Carl riu e jogou o charuto no chão. Meu Deus, que confusão. "Tudo bem, parece que temos um frutinha aqui."

Sandy se levantou e começou a catar suas roupas. "Vamos dar o fora", disse ela.

Assim que Roy se virou e a viu andar até o carro na beira da estrada, sentiu o cano da arma pressionado contra a lateral de sua cabeça. "Nem pense em correr", disse Carl.

"Não precisa se preocupar com isso", disse Roy. "Já passei da idade de correr." Ergueu os olhos e procurou uma fresta de céu azul visível através dos ramos densos e verdes dos pinheiros. Uma fina nuvem branca passava lentamente. Assim será a morte, disse a si mesmo. Simplesmente flutuar no ar. Nada mau. Sorriu um pouco. "Acho que você não vai me deixar voltar pro carro, não é?"

"Isso mesmo", disse Carl. Começou a apertar o gatilho.

"Só uma coisa", disse Roy, com bastante urgência na voz.

"O que foi?"

"O nome dela é Lenora."

"De que merda você está falando?"

"Minha garotinha", disse Roy.

46 O MAL NOSSO DE CADA DIA

DONALD RAY POLLOCK

Era difícil acreditar, mas o maluco do terno sujo tinha quase cem dólares no bolso. Comeram churrasco e salada de repolho numa birosca no bairro de pessoas de cor em Knoxville, e naquela noite se hospedaram num Holiday Inn em Johnson City, Tennessee. Como de costume, Sandy demorou um bocado na manhã seguinte. Na hora em que anunciou estar pronta, Carl estava putíssimo. Exceto pelas fotos do garoto em Kentucky, quase todas as outras tiradas naquela viagem eram lixo. Nada dera certo. Ficara refletindo sobre isso por toda a noite numa cadeira diante da janela do terceiro andar, observando o estacionamento e rolando entre os dedos uma pica de cachorro até que se despedaçasse. Continuou a pensar em sinais, talvez algo que tivesse deixado passar. Mas nada lhe ocorreu, exceto pela constante atitude irritadiça de Sandy e o ex-presidiário que fugira. Jurou jamais caçar no Sul novamente.

Entraram na parte sul da Virgínia Ocidental por volta do meio-dia. "Olha, ainda temos o resto do dia", disse ele. "Se tiver jeito, quero usar mais um rolo de filme antes de chegar em casa, alguma coisa boa." Estacionaram numa parada de descanso para que ele pudesse checar o óleo do carro.

"Vai em frente", disse Sandy. "Tem imagem de todo tipo por aí." Apontou para a janela. "Olha, um pássaro azul acabou de pousar naquela árvore."

"Engraçadinha", disse ele. "Você sabe do que estou falando."

Ela engatou a marcha. "Eu não me importo com o que você vai fazer, Carl, mas quero dormir na minha cama hoje."

"É justo", disse ele.

Nas quatro ou cinco horas seguintes não cruzaram com um único caroneiro. Quanto mais perto chegavam de Ohio, mais agitado Carl ficava. Continuava a dizer para Sandy ir mais devagar, a fez parar pra esticar as pernas e beber café duas vezes, apenas para manter a esperança viva um pouco mais. Quando atravessaram Charleston e foram em direção a Point Pleasant, ele estava tomado por decepção e dúvida. Talvez o ex-presidiário realmente fosse um sinal. Caso fosse, pensou Carl, isso só podia significar uma coisa: deveriam desistir enquanto estavam no lucro. Era nisso que pensava, ao se aproximarem da longa fila de engarrafamento para subir até a ponte prateada de metal que os levaria a Ohio. Então viu o garoto bonito de cabelos escuros na calçada, carregando uma mochila a sete ou oito carros de distância. Inclinou-se para a frente, respirou a fumaça dos escapamentos e o fedor do rio. O trânsito andou alguns centímetros e parou novamente. Alguém atrás deles buzinou. O garoto se virou e olhou em direção ao fim da fila, com os olhos semicerrados por causa do sol.

"Está vendo aquilo?", disse Carl.

"Mas e as merdas das suas regras? Porra, estamos entrando em Ohio."

Carl manteve os olhos no garoto, rezou para ninguém lhe oferecer uma carona antes que eles estivessem perto o bastante para o pegarem. "Vamos só ver pra onde ele está indo. Diabos, não custa nada, né?"

Sandy tirou os óculos escuros, observando o garoto com mais atenção. Conhecia Carl o suficiente pra saber que ele não conseguiria apenas dar uma carona, mas, pelo que podia ver, aquele talvez fosse mais bonito que qualquer outro com quem já haviam cruzado antes. E certamente naquela viagem não houvera nenhum anjo. "É, acho que não", disse ela.

"Mas eu queria que você conversasse um pouco, ok? Abre aquele seu sorriso, faz ele querer você. Odeio ter que dizer isso, mas nesta viagem você fez corpo mole. Não consigo fazer isso sozinho."

"Certo, Carl", disse ela. "O que você quiser. Diabos, eu vou me oferecer pra chupar o pau dele assim que ele sentar a bunda no banco de trás. Vai dar certo."

"Nossa, que boca suja, essa sua."

"Pode até ser", disse ela. "Mas eu só quero que isso acabe logo."

47 O MAL NOSSO DE CADA DIA

DONALD RAY POLLOCK

Pela lentidão do trânsito, parecia ter acontecido um acidente adiante. Arvin acabara de decidir que atravessaria a ponte a pé quando um carro parou e um homem gordo lhe perguntou se ele precisava de uma carona. Após vender o Bel Air, caminhou até a pista e pegou uma carona até Charleston com um vendedor de fertilizantes — camisa branca amassada, gravata com manchas de molho, o fedor do álcool da noite anterior emanando de seus grandes poros — a caminho de uma convenção sobre sementes e alimentos em Indianápolis. O vendedor o deixara na Rota 35 em Nitro; e alguns minutos depois conseguiu outra carona com uma família de cor numa caminhonete que o levou aos limites de Point Pleasant. Sentou-se na carroceria com dúzias de cestas de tomates e feijões verdes. O negro apontou o caminho para a ponte e Arvin começou a andar. Podia sentir o cheiro do rio Ohio várias quadras antes de ver sua superfície gordurosa e azul-acinzentada. O relógio em um banco marcava 17h47. Mal conseguia acreditar que uma pessoa poderia viajar com tanta rapidez usando apenas o polegar.

Quando entrou na perua preta, a mulher ao volante olhou para ele e sorriu. Quase parecia feliz em vê-lo. Seus nomes eram Carl e Sandy, disse o gordo. "Para onde você está indo?", perguntou Carl.

"Meade, Ohio", disse Arvin. "Já ouviu falar?"

"Nós...", Sandy começou a dizer.

"Claro", interrompeu Carl. "Se não me engano, é uma cidade produtora de papel." Tirou o charuto da boca e olhou para a mulher. "Na verdade, vamos passar por lá, não é, amor?" Só podia ser um sinal, pensou Carl, pegar um rapaz bonito como aquele que estava indo para Meade exatamente ali, em meio aos ratos do rio.

"É", disse ela. O trânsito parecia ter voltado a andar. O que os havia segurado foi um acidente ocorrido no lado de Ohio, dois carros amassados e estilhaços, com vidros espalhados pelo pavimento. Uma ambulância ligou a sirene e cortou a frente deles, quase batendo. Um policial assoprou um apito, levantou a mão para Sandy parar.

"Meu Deus, toma cuidado", disse Carl, mudando de posição no banco.

"Você quer dirigir?", retrucou Sandy, pisando no freio com força. Ficaram lá por alguns minutos enquanto um homem num macacão de mecânico varria o vidro com pressa. Sandy ajustou o retrovisor, olhou novamente para o rapaz. Estava bem contente por ter tomado banho naquela manhã. Ainda estaria boa e limpa para ele. Quando enfiou a mão na bolsa para pegar um maço de cigarros novo, roçou a pistola. Enquanto assistia ao homem terminando a limpeza, devaneou em matar Carl e fugir com o jovem. Provavelmente era apenas seis ou sete anos mais novo que ela. Sandy podia fazer algo assim dar certo. Talvez até ter um ou dois filhos. Fechou a bolsa e começou a desembalar o maço de Salem. Jamais faria isso, claro, mas ainda assim era uma coisa boa de pensar.

"Qual é o seu nome, querido?", perguntou ao jovem, depois que o policial acenou para eles passarem.

Arvin se permitiu um suspiro de alívio. Tinha certeza de que a mulher seria parada. Olhou para ela novamente. Era um varapau, e parecia suja. O rosto estava atolado de maquiagem e os dentes tinham manchas amarelo-escuras de muitos anos de cigarros e desleixo. Um cheiro forte de suor e sujeira vinha do banco da frente, e ele deduziu que ambos precisavam muito de um banho. "Billy Burns", Arvin respondeu. Era o nome do vendedor de fertilizantes.

"Que belo nome", disse ela. "De onde você vem?"

"Tennessee."

"E o que você vai fazer em Meade?", perguntou Carl.

"Ah, só uma visita."

"Tem família lá?"

"Não", disse Arvin. "Mas morei lá faz muito tempo."

"Provavelmente não mudou muita coisa", disse Carl. "A maioria das cidades pequenas nunca muda."

"Onde vocês dois moram?", perguntou Arvin.

"Em Fort Wayne. A gente estava de férias na Flórida. Gostamos de conhecer pessoas diferentes, não é, amor?"

"Com certeza", disse Sandy.

Assim que passaram pela placa que indicava a divisa do condado de Ross, Carl olhou para o relógio. Provavelmente deveriam ter parado antes de rodarem tanto, mas ele conhecia um lugar seguro nas redondezas para onde poderia levar o garoto. Havia passado por lá numa de suas voltas no último inverno. Meade estava a apenas quinze quilômetros, e já havia passado das seis horas. Isso significava que só lhes restavam cerca de noventa minutos de luz decente. Jamais quebrara uma das regras principais antes, mas já estava decidido. Naquela noite mataria um homem em Ohio. Porra, se desse certo ele poderia até se desfazer daquela regra. Talvez aquele jovem estivesse lá para isso, talvez não. Não havia tempo suficiente para pensar no assunto. Ele se mexeu no banco e disse: "Billy, minha bexiga não funciona mais como antes. Vamos parar pra eu dar uma esvaziada, ok?".

"Sim, claro. Só estou aqui aproveitando a carona."

"Tem uma estrada ali à direita", Carl disse a Sandy.

"A que distância?", perguntou Sandy.

"Talvez um quilômetro e meio."

Arvin se abaixou e desviou o olhar da cabeça de Carl para o para-brisa. Não viu nenhuma placa indicativa de estrada e achou estranho o homem saber que havia uma logo à frente se não fosse da região. Talvez tivesse um mapa, o rapaz disse a si mesmo. Voltou a se acomodar no banco e observou a paisagem em movimento. Exceto pelas montanhas menores e mais arredondadas, parecia bastante com a Virgínia Ocidental. Ele se perguntou se alguém já havia encontrado o corpo de Teagardin.

Sandy saiu da Rota 35 e entrou em uma estrada de terra e cascalho. Passou por uma grande fazenda que ficava no meio do nada. Após cerca de um quilômetro, diminuiu e perguntou a Carl: "Aqui?".

"Não, segue em frente."

Arvin endireitou as costas e olhou ao redor. Não tinham passado por nenhuma outra casa desde a fazenda. A Luger apertava sua virilha, então ele a ajeitou um pouco.

"Aqui parece um bom lugar", disse Carl por fim, apontando para os vagos resquícios de uma estradinha que levava a uma casa abandonada. Era óbvio que o lugar estava vazio fazia anos. As poucas janelas haviam sido arrancadas, e a varanda estava afundada numa das extremidades. A porta da frente estava toda aberta, pendurada por uma dobradiça. Do outro lado da estrada havia um milharal, os talos ressecados e amarelados por causa do clima quente e seco. Assim que Sandy desligou o motor, Carl abriu o porta-luvas. Pegou uma câmera que parecia sofisticada, levantando-a para que Arvin visse. "Aposto que você jamais diria que eu era um fotógrafo, não é?", falou.

Arvin deu de ombros. "Provavelmente não." Podia ouvir o zumbido dos insetos fora do carro no mato seco. Milhares deles.

"Mas, olha, não sou um daqueles imbecis que tiram fotos como as que você vê nos jornais, sou, Sandy?"

"Não", disse ela, olhando para Arvin mais uma vez, "não é. Ele é bom mesmo."

"Você já ouviu falar de Michelangelo ou Leonardo...? Ah, que inferno, esqueci o nome dele. Sabe de quem eu estou falando?"

"É, acho que sim", disse Arvin. Pensou na vez que Lenora lhe mostrara uma pintura chamada *Mona Lisa* num livro. Ela lhe perguntara se a achava ao menos um pouco parecida com a mulher pálida na imagem, e ele ficou contente em poder dizer que a achava mais bonita.

"Bem, gosto de pensar que algum dia as pessoas vão olhar para as minhas fotografias e achar que são tão boas quanto as coisas que esses caras criaram. As fotos que eu tiro, Billy, são como arte, como você vê num museu. Você já foi num museu?"

"Não", disse Arvin. "Não mesmo."

"Bem, quem sabe um dia você vai. Que tal, então?"

"Que tal o quê?", perguntou Arvin.

"Por que você não vem aqui e me deixa tirar umas fotos suas com Sandy?"

"Não, senhor, melhor não. Tive um dia cansativo e tenho que seguir viagem logo. Só quero chegar em Meade."

"Ah, o que é isso, filho? Não vai levar mais que alguns minutos. Mas e aí? E se ela ficasse pelada pra você?"

Arvin segurou na maçaneta da porta. "Deixa pra lá", disse. "Vou voltar a pé pra estrada. Vocês ficam aqui e tiram as fotos que quiserem."

"Espera aí, porra", disse Carl. "Eu não queria que você ficasse assim chateado. Mas, puta que pariu, perguntar não ofende, né?" Ele colocou a câmera no banco e suspirou. "Tudo bem, deixa só eu dar minha mijada que a gente sai daqui."

Carl levou seu corpo pesado pra fora do carro, deu a volta até atrás do veículo. Sandy tirou um cigarro do maço. Arvin olhou para ela e notou que suas mãos tremiam enquanto tentou acender um fósforo várias vezes. Um pressentimento, um que ele não podia bem nomear, de repente se contorceu em sua barriga como uma facada. Ele já estava puxando a Luger da cintura do macacão quando ouviu Carl dizer: "Sai do carro, garoto". O gordo estava a um metro e meio da porta traseira lhe apontando uma pistola de cano longo.

"Se for dinheiro o que você quer", disse Arvin, "eu tenho um pouco." Ele destravou a arma. "Pode levar."

"Resolveu ser bonzinho agora, é?", disse Carl. Cuspiu na grama. "Vamos fazer assim, seu punheteiro metido a besta, pode ficar com seu dinheiro por enquanto. Eu e Sandy vamos dar uma conferida nele depois que a gente tirar a porcaria das minhas fotos."

"É melhor você ir lá e fazer o que ele está mandando, Billy", avisou Sandy. "Ele fica muito agitado quando as coisas não acontecem do jeito dele." Quando ela o encarou e sorriu com todos aqueles dentes podres, Arvin assentiu consigo mesmo e abriu a porta. Antes que a mente de Carl registrasse o que o jovem tinha na mão, o primeiro projétil disparado penetrou sua barriga. A força do impacto da bala fez seu corpo girar. Ele cambaleou para trás três ou quatro passos, se aguentou em pé. Tentou levantar sua arma e mirar no rapaz, mas então outro tiro o atingiu no peito. Ele desabou de costas no mato com um estrondo pesado. Embora ainda sentisse a 38 na mão, seus dedos não funcionavam. Em algum lugar distante podia escutar a voz de Sandy. Soava como se ela estivesse repetindo seu nome várias vezes: Carl, Carl, Carl. Queria responder, pensou que se descansasse um minutinho ainda poderia dar um jeito na situação. Algo frio começou a rastejar sobre ele. Sentiu seu corpo começar a afundar num buraco que parecia se abrir no chão, e isso o assustava, aquela sensação que tirava seu fôlego. Cerrando os dentes, lutou para vir à tona antes que afundasse demais. Sentiu que estava voltando para cima. Sim, por Deus, ainda podia resolver o problema, e depois eles parariam. Viu aqueles dois garotinhos em suas bicicletas passando e acenando para ele. Chega de fotos, queria dizer para Sandy, mas estava sem fôlego. Então algo com enormes asas negras pousou sobre ele, empurrando-o para baixo novamente, e embora agarrasse a grama e a terra freneticamente com a mão esquerda para não despencar, dessa vez não conseguiu evitar.

Quando a mulher começou a gritar o nome do homem, Arvin se virou e a viu no banco da frente vasculhando sua bolsa atrás de algo. "Não faz isso", alertou, sacudindo a cabeça. Ele se afastou do carro e apontou a Luger para ela. "Estou pedindo." Linhas negras de rímel desciam por seu rosto. Ela gritou o nome do homem mais uma vez e então parou. Inspirando várias vezes, encarou as solas dos sapatos de Carl enquanto se acalmava. Um deles, percebeu, tinha um buraco do tamanho de uma moeda de cinquenta centavos. Ele não tinha mencionado isso durante toda a viagem. "Por favor, senhora", disse Arvin, quando a viu sorrir.

"Foda-se", disse ela calmamente, logo antes de pegar uma pistola no banco e atirar. Embora tivesse mirado diretamente no meio do corpo do rapaz, ele simplesmente não reagiu. Com gestos frenéticos, ela puxou o cão da arma com os polegares, mas antes que conseguisse dar o segundo tiro Arvin a atingiu no pescoço. A calibre 22 caiu no chão quando o projétil a jogou contra a porta do motorista. Apertando a garganta com as mãos, ela tentou conter o fluxo vermelho que brotava do ferimento. Começou a engasgar e tossiu um jato de sangue no banco. Seus olhos focaram o rosto dele. Se arregalaram por alguns segundos e depois se fecharam lentamente. Arvin a ouviu resfolegando um pouco e então soltando um último e penetrante suspiro. Não acreditava que a mulher havia errado os tiros. Jesus Cristo, ela estava bem perto.

Sentou-se na ponta do banco de trás e vomitou um pouco na grama entre seus pés. Um desespero paralisante começou a dominá-lo, e ele tentou se livrar da sensação. Foi para a estrada de terra e deu voltas em círculo. Colocou a Luger na calça e se ajoelhou ao lado do homem. Procurou embaixo dele, tirou uma carteira do bolso de trás e deu uma olhada rápida. Não viu nenhuma carteira de motorista, mas achou uma fotografia atrás de uma nota. De repente, sentiu-se enjoado de novo. Era uma foto da mulher ninando um homem morto em seus braços como se fosse um bebê. Ela usava apenas uma calcinha e um sutiã pretos. Havia o que parecia um buraco de bala sobre o olho direito do homem. Ela o olhava com um indício de pena no rosto.

Arvin pôs a fotografia no bolso de sua camisa e largou a carteira no peito do gordo. Então abriu o porta-luvas, não encontrando nada além de mapas rodoviários e rolos de filme. Tentou identificar o barulho de algum carro se aproximando mais uma vez, esfregou o suor dos olhos. "Pensa, porra, pensa", falou para si mesmo. Mas a única coisa da qual tinha certeza era que devia sair dali logo. Pegou sua mochila e começou a andar na direção oeste entre as fileiras ressecadas de milho. Andara vinte metros plantação adentro quando parou e se virou. Voltou correndo para o carro e pegou dois dos cilindros de filme do porta-luvas, que meteu nos bolsos das calças. Então tirou uma camisa da bolsa e esfregou tudo o que pudesse ter tocado. Os insetos continuavam a zumbir.

48 O MAL NOSSO DE CADA DIA

DONALD RAY POLLOCK

Ele decidiu ficar longe das estradas e só depois da meia-noite Arvin enfim entrou a pé em Meade. Na região central da cidade, ao lado da Main Street, encontrou um hotelzinho de tijolos à mostra chamado Scioto Inn que ainda estava com o letreiro de TEMOS VAGAS aceso. Jamais havia ficado num hotel antes. O atendente, um rapaz não muito mais velho que ele, assistia exausto a um filme antigo, *Caçando múmias no Egito*, numa pequena televisão preto e branco num canto. O quarto custava cinco dólares a noite. "Trocamos as toalhas a cada dois dias", disse o atendente.

Em seu quarto, Arvin se despiu e ficou no chuveiro por muito tempo tentando se limpar. Nervoso e exausto, deitou sobre a colcha e deu um gole numa garrafa pequena de uísque. Estava bem contente por ter se lembrado de pegá-la. Percebeu na parede a presença de uma pequena imagem de Jesus crucificado. Quando se levantou para dar uma mijada, virou a imagem. Ela lhe lembrava demais aquela da cozinha de sua avó. Por volta das três da madrugada, estava bêbado o bastante para dormir.

Acordou por volta de dez na manhã seguinte após sonhar com a mulher. No sonho ela atirou nele com a pistola exatamente como fizera na tardinha do dia anterior, porém desta vez o acertou direto na testa, e era ele quem morria no lugar dela. Os outros detalhes eram vagos, mas ao que parecia ela tirou uma foto sua. Quase desejou que aquilo tivesse acontecido quando foi para a janela e espiou pela cortina, em parte esperando que o estacionamento estivesse abarrotado de viaturas policiais. Observou o trânsito que passava na Bridge Street enquanto fumava um cigarro, então tomou outro banho. Após se vestir, foi para a recepção e perguntou se podia ficar mais um dia no quarto. O garoto da noite anterior ainda estava em seu expediente. Sonolento, mascava com displicência um chiclete rosa. "Pelo visto, seu turno é bem longo", disse Arvin.

O jovem bocejou e assentiu com a cabeça, anotou outra noite no registro. "Eu nem sei mais", disse. "Meu velho é o dono daqui, então eu meio que sou o escravo dele quando não estou na faculdade." Entregou o troco para uma nota de vinte. "Mas é melhor que ter que ir pro Vietnã."

"É, acho que sim", disse Arvin. Colocou as notas soltas na carteira. "Aqui antes tinha um lugar pra comer chamado Wooden Spoon. Ainda existe?"

"Claro." O rapaz foi até a porta e apontou para a rua. "É só ir até o sinal e vira à esquerda. Você vai ver lá do outro lado da rodoviária. Eles fazem um chili bom."

Ficou do lado de fora do Wooden Spoon por alguns minutos, olhando para a rodoviária do outro lado e tentando imaginar seu pai saindo de um ônibus Greyhound e vendo sua mãe pela primeira vez mais de vinte anos antes. Após entrar, pediu presunto, ovos e torradas. Apesar de não ter comido nada desde o chocolate da tarde anterior, descobriu que não estava com muita fome. Em certo momento a garçonete velha e enrugada apareceu e pegou seu prato sem dizer uma palavra. Mal olhou para ele, mas quando se levantou ele lhe deixou um dólar de gorjeta mesmo assim.

Assim que saiu, três viaturas passaram com tudo em direção ao leste com as luzes piscando e as sirenes ligadas. Seu coração pareceu parar por um instante e então acelerou. Ele encostou na parede lateral do prédio de tijolos e tentou acender um cigarro, mas suas mãos tremiam demais para riscar o fósforo, exatamente como a mulher na tarde anterior. O som das sirenes desapareceu à distância, e ele se acalmou o bastante para acendê-lo. Um ônibus parou no beco atrás da rodoviária bem na hora. Viu mais ou menos uma dúzia de pessoas descerem. Duas usavam fardas militares. O motorista, um homem de papo grande e rosto amargo, de camisa cinza e gravata preta, recostou-se no banco e puxou a boina, cobrindo os olhos.

Arvin voltou para o quarto e passou o resto do dia andando de um lado pro outro no carpete verde e puído. Era apenas uma questão de tempo até que a polícia descobrisse que havia sido ele quem matara Preston Teagardin. Fugir de Coal Creek assim de repente, percebeu, foi a coisa mais idiota que poderia ter feito. Não tinha como ser mais óbvio? Quanto mais se movimentava pelo quarto, mais claro ficava que, quando atirou no pastor, acabou colocando em movimento algo que o perseguiria pelo resto de sua vida. Sabia em seu íntimo que deveria tentar sair de Ohio imediatamente, mas não suportava a ideia de partir sem ver a sua antiga casa e o tronco de rezas mais uma vez. Não importava o que mais pudesse acontecer, disse para si mesmo, tinha que tentar acertar aqueles assuntos em relação ao pai que ainda devoravam seu coração. De qualquer forma, até que fizesse isso, jamais ficaria livre.

Perguntou a si mesmo se algum dia se sentiria limpo novamente. Não havia televisão no quarto, só um rádio. A única estação que conseguia sintonizar sem chiado tocava música country e western. Deixou o rádio no volume baixo enquanto tentava dormir. Volta e meia, alguém tossia no quarto ao lado, e o som lhe fazia pensar na mulher engasgando com o próprio sangue. Ainda pensava nela quando a manhã chegou.

49 O MAL NOSSO DE CADA DIA

DONALD RAY POLLOCK

"Sinto muito, Lee", disse Howser quando Bodecker se aproximou. "É uma puta situação de merda." Ele estava diante da perua de Carl e Sandy. Era quase meio-dia de terça. Bodecker acabava de chegar. Um fazendeiro havia encontrado os corpos fazia aproximadamente uma hora e parou um caminhão da Wonder Bread que passava na pista. Havia quatro viaturas enfileiradas na estrada, e homens em uniformes cinza ao redor se abanando com seus chapéus, esperando por ordens. Howser era o vice-xerife de Bodecker, o único homem com quem podia contar na região para algo além de pequenos assaltos e multas por excesso de velocidade. Até onde o xerife sabia, os outros não eram capazes de proteger a porta de uma escolinha de um cômodo.

Entreviu o corpo de Carl, então olhou para sua irmã. O policial já havia lhe contado que ela estava morta. "Deus", disse, com a voz quase falhando. "Meu Deus."

"Pois é", disse Howser.

Bodecker tomou fôlego várias vezes para se estabilizar e enfiou os óculos escuros no bolso. "Me deixa uns minutos aqui sozinho com ela."

"Claro", disse o policial. Ele foi até onde os outros homens estavam de pé, lhes disse algo em voz baixa.

Agachando-se ao lado da porta aberta do passageiro, Bodecker examinou Sandy em detalhes, as linhas de seu rosto, os dentes ruins, as cicatrizes apagadas em suas pernas. Sempre fora um tanto perdida, mas ainda era sua irmã. Pegou seu lenço e enxugou os olhos. Estava usando um short curtinho e uma blusa apertada. Ainda se vestia como uma puta, pensou ele. Subiu no banco da frente, aproximou-a de si, deu uma olhada por cima de seu ombro. A bala havia atravessado o pescoço e saído pela parte superior das costas, bem à esquerda da coluna, uns cinco centímetros abaixo do ferimento de entrada. Estava encravada no revestimento da porta do passageiro. Usou seu canivete para arrancar o projétil. Parecia uma nove milímetros. Viu uma pistola calibre 22 perto do pedal do freio. "Essa porta de trás estava aberta quando você chegou aqui?", gritou para Howser.

O policial deixou os homens na estrada e deu uma corridinha até a perua. "Não tocamos em nada, Lee."

"Onde está o fazendeiro que encontrou eles?"

"Disse que tinha que ir ver uma novilha doente. Mas eu fiz um interrogatório sério com ele antes. Não sabe de nada."

"Você já tirou fotos?"

"Sim, tinha acabado de fazer isso na hora que você chegou."

Passou a bala para Howser e, se inclinando no banco da frente mais uma vez, pegou a calibre 22 com seu lenço. Cheirou o cano, então soltou o tambor, viu que havia sido disparada uma vez. Empurrando o extrator, cinco balas caíram em sua mão. As pontas eram furadas. "Que diabos, são balas de festim."

"Festim? Por que diabos alguém faria isso, Lee?"

"Não sei, mas com certeza foi um grande erro." Pôs a arma no assento ao lado da bolsa e da câmera. Então saiu do carro e andou até onde Carl estava. O morto ainda segurava a 38 com a mão direita, um pouco de grama e terra na outra. Parecia ter escavado o chão. Várias moscas caminhavam sobre seus ferimentos e havia uma outra no lábio inferior. Bodecker checou a arma. "E esse escroto, ele não deu um tiro."

"Nenhum dos dois buracos nele foram dessa arma", disse Howser.

"Mas nem era preciso muita coisa pra derrubar Carl", comentou Bodecker. Virou a cabeça e cuspiu. "Ele era o maior inútil de todos." Pegou a carteira jogada sobre o corpo e contou cinquenta e quatro dólares. Coçou a cabeça. "Bem, pelo visto roubo não foi, né?"

"Alguma chance de Tater Brown ter algo a ver com isso?"

Bodecker ruborizou. "Por que diabos você está perguntando uma coisa dessas?"

O policial deu de ombros. "Não sei. Só estou falando. Quer dizer, quem mais faz esse tipo de merda por aqui?"

Levantando, Bodecker sacudiu a cabeça. "Não, isto aqui está muito na cara pra ter sido aquele punheteiro de merda. Se fosse obra dele, a gente não teria achado assim tão fácil. Ele ia garantir de que os vermes ficariam sozinhos com eles por uns dias."

"É, acho que sim", disse o policial.

"E o legista?", perguntou Bodecker.

"Deve estar vindo pra cá."

Bodecker apontou com o queixo para os outros policiais. "Manda eles darem uma olhada no milharal pra ver se encontram algo, depois você fica de olho esperando o legista." Enxugou o suor do pescoço com o lenço. Esperou até que Howser se afastasse, então se sentou no banco do passageiro da perua. Havia uma câmera ao lado da bolsa de Sandy. O porta-luvas estava aberto. Debaixo de alguns mapas embolados havia vários rolos de filme, uma caixa de balas calibre 38. Olhando em volta para ter certeza de que Howser ainda estava falando com os policiais, Bodecker enfiou um rolo de filme no bolso e vasculhou a bolsa. Encontrou um recibo de um Holiday Inn em Johnson City, Tennessee, de duas noites antes. Lembrou-se de quando os encontrara no posto de gasolina. Fazia dezesseis dias, calculou. Quase conseguiram voltar para casa.

Mais tarde descobriu o que parecia ser vômito seco na grama, com formigas andando por cima. Sentou-se no banco de trás e colocou os pés no chão, em ambos os lados da sujeira. Olhou para seu cunhado deitado na grama. Quem ficou enjoado estava sentado ali naquele banco quando o mataram, Bodecker disse para si mesmo. Então Carl está em pé lá fora com uma arma e Sandy está no banco da frente, com outra pessoa no banco de trás. Analisou o vômito por mais alguns segundos. Carl nem teve a chance de disparar antes de receber os três tiros. E em algum momento, provavelmente depois que acabou o tiroteio, quem quer que fosse ficou muito abalado. Pensou na primeira vez que matara um homem para Tater. Ele mesmo quase passara mal naquela noite. Havia chances, portanto, pensou, de que a pessoa que fez aquilo não fosse acostumada a matar, mas o sacana definitivamente sabia como usar uma arma.

Bodecker observou os policiais saltarem a vala e começarem a caminhar lentamente pelo milharal, com as costas das camisas escurecidas com o suor. Escutou um carro se aproximando, virou-se e viu Howser começar a andar até a estrada para encontrar o legista. "Puta que pariu, garota, que diabos você estava fazendo aqui?", disse ele para Sandy. Estendendo o braço por cima do banco, rapidamente removeu duas chaves penduradas na argola de metal junto com a chave na ignição, colocando-as no bolso de sua camisa. Escutou Howser e o legista atrás de si. O médico parou quando se aproximou o bastante para ver Sandy no banco da frente. "Deus do céu", disse.

"Acho que Deus não tem nada a ver com isso, Benny", respondeu Bodecker. Olhou para o policial. "Traz Willis pra cá pra ajudar você a procurar impressões digitais antes de tirarmos o carro. Deem uma boa olhada naquele banco de trás."

"O que você acha que aconteceu?", perguntou o legista, apoiando a maleta preta no capô do carro.

"Pra mim está parecendo que Carl foi atingido por alguém que estava sentado no banco de trás. Então Sandy conseguiu dar um tiro com a 22, mas, que inferno, não teve a menor chance. Aquela merda está carregada com balas de festim. E acho que, considerando lugar por onde a bala saiu dela, quem atirou estava em pé na hora." Apontou para o chão a poucos centímetros da porta de trás. "Provavelmente bem ali."

"Festim?", perguntou o legista.

Bodecker o ignorou. "Você acha que estão mortos faz quanto tempo?"

O legista se abaixou, apoiando-se em um dos joelhos, e levantou o braço de Carl e apertou com os dedos a pele com manchas azuis e cinzentas. "Ah, ontem de tardezinha, eu diria. Por aí, pelo menos."

Eles ficaram olhando para Sandy em silêncio por volta de um minuto, então Bodecker se voltou para o legista. "Fica de olho pra que ela seja bem tratada, ok?"

"Com certeza absoluta", disse Benny.

"Fala pro Webster pegar ela quando você terminar. Diz pra eles que mais tarde eu apareço pra cuidar dos arranjos. Vou voltar pra delegacia."

"E o outro?", perguntou Benny, enquanto Bodecker começava a se afastar.

O xerife parou e cuspiu no chão, olhando para o gordo. "Faz o que for preciso, Benny, mas depois arruma um túmulo de indigente pra ele. Sem marcação, sem nome, nada."

50
O MAL NOSSO DE CADA DIA
DONALD RAY POLLOCK

"Lee", disse o atendente. "Recebi uma ligação de um tal xerife Thompson de Lewisburg, na Virgínia Ocidental. Quer que você telefone de volta o quanto antes." Passou para Bodecker um pedaço de papel com um número rabiscado.

"Willis, isto aqui é um cinco ou um seis?"

O atendente olhou para o papel. "Não, é um nove."

Bodecker fechou a porta de seu escritório, se sentou e abriu uma gaveta da mesa, de onde tirou um quebra-queixo. Após ver Sandy morta, a primeira coisa em que pensou foi num copo de uísque. Meteu o doce na boca e discou o número. "Xerife Thompson? Aqui é Lee Bodecker de Ohio."

"Obrigado por ligar, xerife", disse o homem com um sotaque carregado de caipira. "Como vão as coisas?"

"Não é meu melhor dia."

"O motivo pra eu ter ligado, bem, pode não ser nada, mas alguém atirou num homem aqui ontem de manhã, um pastor, e o garoto de quem suspeitamos morou por essas bandas aí."

"É mesmo? Como ele matou esse homem?"

"Deu um tiro na cabeça, com o pastor sentado dentro do carro. Colocou a arma bem na parte de trás do crânio. Fez uma lambança dos diabos, mas pelo menos o homem não sofreu."

"Que tipo de arma ele usou?"

"Pistola, provavelmente uma Luger, uma daquelas armas alemãs. Sabemos que o garoto tinha uma. O pai dele trouxe da guerra."

"É uma nove milímetros, não?"

"Exato."

"Você disse que o nome dele era qual mesmo?"

"Não disse, mas o nome do garoto é Arvin Russell. Eugene é o nome do meio. Os pais dele morreram por aí, pelo que entendi. Acho que o pai se matou. Ele estava morando com a vó dele aqui em Coal Creek acho que fazia sete ou oito anos."

Bodecker franziu o rosto, entreviu do outro lado do aposento os pôsteres e anúncios pregados na parede. Russell. Russell? De onde conhecia aquele nome? "Ele tem quantos anos?", perguntou a Thompson.

"Arvin tem dezoito. Escuta, ele não é gente ruim, conheço faz tempo. E, pelo que escutei, esse pastor mereceu morrer. Parece que andava mexendo com umas menininhas. Mas ainda assim não justifica, acho."

"Esse garoto está de carro?"

"Ele tem um Chevy Bel Air azul, modelo 54."

"Como ele é?"

"Ah, físico normal, cabelo escuro, um rapaz bonito", disse Thompson. "Arvin é tranquilo, mas é do tipo que não engole desaforo. E, diabos, ele pode nem estar envolvido nisso, mas não consigo encontrar o menino, e é a única pista boa que eu tenho."

"Envia pra gente qualquer informação que tiver, como as placas do carro ou qualquer coisa, e ficamos de olho. E avisa a gente caso ele apareça por aí de novo, ok?"

"Pode deixar."

"Mais uma coisa", disse Bodecker. "Você tem alguma foto dele?"

"Ainda não. Com certeza a vó dele tem alguma, mas ela ainda não está disposta a cooperar por enquanto. Assim que eu conseguir uma, com certeza mandamos uma cópia pra você."

Na hora em que Bodecker desligou o telefone, as memórias foram voltando, o tronco de rezas e aqueles animais mortos e aquela criancinha com o rosto lambuzado de torta. Arvin Eugene Russell. "Agora me lembro de você, garoto." Foi até um grande mapa dos Estados Unidos na parede. Encontrou Johnson City e Lewisburg, e fez um traçado com o dedo pela Virgínia Ocidental, passando para Ohio na Rota 35 em Point Pleasant. Parou no ponto da rodovia onde Carl e Sandy haviam sido mortos. Então, se tivesse sido o tal Russell, eles deviam ter se encontrado em algum ponto por ali. Mas Sandy lhe dissera que estavam indo para Virginia Beach.

Analisou o mapa um pouco mais. Não fazia sentido pararem em Johnson City. Definitivamente era um desvio longo demais numa volta pra casa. Além disso, que diabos eles estavam fazendo com aquelas armas?

Dirigiu até o apartamento deles com as chaves que havia retirado do chaveiro. O cheiro de lixo podre o atingiu quando abriu a porta. Após levantar duas janelas, revistou os cômodos, mas não achou nada de incomum. Que merda estou procurando mesmo?, pensou. Sentou-se no sofá da sala. Tirou um dos cilindros de filme que havia surrupiado do porta-luvas, girando-o na mão. Estava lá fazia cerca de dez minutos quando enfim lhe ocorreu que havia algo errado com o apartamento. Vasculhou os quartos novamente, não encontrou sequer uma fotografia. Por que Carl não teria nenhuma foto nas paredes ou pelo menos jogada por ali? O fotógrafo filhodumaputa só pensava nisso. Começou a procurar mais uma vez, agora de verdade, e logo encontrou uma caixa de sapatos debaixo da cama, escondida atrás de alguns cobertores soltos.

Mais tarde, se sentou no sofá encarando atordoado um buraco no teto por onde a chuva se infiltrara. Pedaços de gesso se amontoavam logo abaixo, sobre o tapete trançado. Pensou em um dia da primavera de 1960. Na época, era policial fazia quase dois anos e, como sua mãe finalmente concordara em deixá-la abandonar a escola, Sandy estava trabalhando em período integral no Wooden Spoon. Pelo que podia ver, o trabalho pouco a ajudara a sair de sua bolha; ela parecia tão taciturna e solitária quanto antes. Mas ele havia escutado histórias de garotos que apareciam na hora da saída e levavam Sandy até seus carros pra uma rapidinha, e então a largavam no mato para que voltasse pra casa sozinha. Sempre que ele parava no restaurante pra ver como ela estava, esperava que dissesse algo sobre algum desses sacanas. E achou que ela tivesse feito isso naquele dia, mas não foi do jeito como imaginava.

Era um dia de "Coma Todo o Peixe que Aguentar". "Volto logo", Sandy falou, correndo com outro prato cheio de uma grande pilha de percas para Doc Leedom. "Tenho que contar uma coisa pra você." O podólogo aparecia toda sexta e tentava se matar com peixe frito. Era o único momento em que parava no restaurante. Comer o quanto aguentar, falava aos pacientes, era a ideia mais imbecil que qualquer dono de restaurante poderia inventar.

Ela apanhou a garrafa de café, serviu uma xícara para Bodecker. "Aquele velho balofo filhodumaputa está me deixando exausta", cochichou.

Bodecker se virou e observou o médico enfiando um grande pedaço de peixe empanado na boca e engolir. "Nossa, ele nem mastiga, né?"

"E consegue fazer isso a porra do dia inteiro", disse ela.

"Então, o que está havendo?"

Ela colocou uma mecha solta atrás da orelha. "Bem, achei melhor contar pra você antes que soubesse por outra pessoa."

Era isso, pensou, havia um bebê no forno, outra preocupação para ser despejada sobre sua úlcera. Provavelmente ela nem sabia o nome do pai. "Você não está em apuros, está?", questionou ele.

"O quê? Você quer dizer grávida?" Ela acendeu um cigarro. "Meu Deus, Lee. Você nunca relaxa."

"Ok, o que foi então?"

Ela soprou um anel de fumaça sobre sua cabeça e deu uma piscadinha. "Estou noiva."

"Tipo pra casar?"

"Sim, ora", disse com uma risadinha. "Existe algum outro tipo de noivado?"

"Puta que pariu. Qual o nome dele?"

"Carl. Carl Henderson."

"Henderson", repetiu Bodecker, enquanto colocava um pouco de creme de um minúsculo recipiente de metal em seu café. "Um daqueles que foi pra escola com você? Daquela turma lá de Plug Run?"

"Ah, que merda, Lee", disse ela, "aqueles moleques são meio retardados, você sabe disso. Carl nem daqui é. Ele cresceu na zona sul de Columbus."

"O que ele faz? Da vida, digo."

"É fotógrafo."

"Ah, então ele tem um daqueles estúdios?"

Ela bateu o cigarro no cinzeiro e sacudiu a cabeça. "Por enquanto ainda não", disse. "Um lance desses não é nada barato."

"Bem, e como ele faz pra ganhar dinheiro então?"

Ela desviou o olhar, suspirou. "Não se preocupa, ele se vira."

"Em outras palavras, ele não está trabalhando."

"Eu vi a câmera dele e tudo."

"Porra, Sandy, Florence tem uma câmera, mas eu não saio dizendo que ela é fotógrafa." Olhou para a cozinha, onde o chapeiro estava diante de um refrigerador aberto com a camisa levantada, tentando se refrescar. Não conseguia deixar de se perguntar se o sujeito já tinha trepado com ela. As pessoas diziam que ele era pirocudo como um pônei Shetland. "Onde diabos você conheceu esse sujeito?"

"Bem ali", disse Sandy, apontando para a mesa no canto.

"Faz quanto tempo isso?"

"Semana passada", disse ela. "Não se preocupa, Lee. Ele é um cara legal." Um mês depois, eles se casaram.

Duas horas depois, ele estava de volta à delegacia. Levava uma garrafa de uísque num saco de papel pardo. A caixa de sapatos com as fotografias e os rolos de filme estavam no porta-malas da viatura. Trancou a porta do escritório e serviu uma dose numa xícara de café. Era a primeira que tomava em um ano, mas não podia dizer que gostou. Florence telefonou assim que ele estava prestes a beber outra. "Fiquei sabendo do que aconteceu", disse. "Por que você não me ligou?"

"Sei que devia ter ligado."

"Então é verdade? Sandy está morta?"

"Tanto ela como o filhodumaputa imprestável."

"Meu Deus, é difícil de acreditar. Não estavam de férias?"

"Acho que Carl era muito pior do que eu pensava."

"Pelo visto você não está bem, Lee. Por que não vem pra casa?"

"Ainda tenho trabalho pra fazer. Acho que vou passar a noite aqui, pelo que parece."

"Alguma ideia de quem fez isso?"

"Não", disse, olhando para a garrafa em sua mesa. "Na verdade, não."

"Lee?"

"Sim, Flo."

"Você não andou bebendo, né?"

51 O MAL NOSSO DE CADA DIA

DONALD RAY POLLOCK

Arvin viu o jornal na banquinha do lado de fora da loja de rosquinhas quando foi tomar um café na manhã seguinte. Comprou um exemplar e o levou para o quarto e leu que a irmã do xerife local e seu marido haviam sido encontrados mortos. Retornavam de férias em Virginia Beach. Não mencionavam nenhum suspeito, mas havia uma foto do xerife Lee Bodecker ao lado da matéria. Arvin o reconheceu como o homem que estava de plantão na noite em que seu pai se matou. Puta que pariu, murmurou. Arrumou suas coisas às pressas e foi até a porta. Parou e voltou para dentro. Tirou a imagem do Calvário da parede, enrolou no jornal e a enfiou em sua bolsa.

Arvin começou a andar na direção oeste pela Main Street. Nos limites da cidade, um caminhão madeireiro a caminho de Bainbridge o pegou e o deixou no cruzamento da Rota 50 com a Blaine Highway. A pé, cruzou o Paint Creek pela Schott's Bridge, e uma hora depois chegou aos limites de Knockemstiff. Exceto por duas casas novas estilo rancho num lugar que antes era um milharal, tudo estava mais ou menos do jeito como se lembrava. Foi um pouco mais longe e então parou diante de uma subida no meio do vale. O mercadinho de Maude ainda estava na esquina, e atrás havia o mesmo trailer de oito anos antes. Ficou contente por vê-lo.

O funcionário da loja estava sentado numa banqueta atrás da vitrine de doces quando ele entrou. Ainda era o mesmo Hank, só que mais velho, mais acabado. "E aí?", disse ele, dando uma olhada na mochila de Arvin.

O garoto acenou, pondo a bolsa no chão de cimento. Abriu a porta de correr da geladeira de refrigerantes, procurou por uma garrafa de gengibirra. Abriu uma e deu uma golada.

Hank acendeu um cigarro e disse: "Parece que você andou viajando".

"É", disse Arvin, recostando-se no refrigerador.

"Indo pra onde?"

"Nem sei, na verdade. Antigamente tinha uma casa que era de um advogado em cima da montanha aqui atrás. Sabe de qual eu estou falando?"

"Claro que sei. Lá em Mitchell Flats."

"Eu morava lá." Assim que fechou a boca, Arvin desejou retirar o que disse.

Hank o estudou por um momento, então disse: "Puta que pariu. Você é aquele garoto dos Russell, não é?".

"Pois é", disse Arvin. "Pensei em fazer uma parada aqui pra ver o lugar de novo."

"Filho, não queria contar, mas eles queimaram aquela casa faz uns quatro ou cinco anos. Parece que foram uns moleques que fizeram isso. Não morou mais ninguém lá depois de vocês. A mulher do advogado e o macho dela foram pra prisão pelo assassinato dele e, até onde eu sei, o caso está parado no tribunal até hoje."

Uma onda de decepção atingiu Arvin. "Mas sobrou alguma coisa?", perguntou, tentando manter a voz firme.

"Só a fundação, no geral. Acho que o celeiro ainda está lá, pelo menos uma parte. O lugar está cheio de mato agora."

Arvin observou a igreja pela grande janela de vidro laminado enquanto terminava o refrigerante. Pensou no dia em que seu pai espancou o caçador na lama. Depois de tudo o que havia acontecido nos dois dias anteriores, não lhe parecia mais uma lembrança tão boa. Colocou algumas bolachas de água e sal no balcão e pediu duas fatias de mortadela e queijo. Comprou um maço de Camel e uma caixa de fósforos e outra garrafa de refrigerante. "Bem", disse, quando o funcionário terminou de colocar as compras num pacote, "acho que vou pra lá de qualquer jeito. Diacho, já vim até aqui. Ainda é tranquilo subir pra mata aqui por trás?"

"Claro, é só atravessar o pasto de Clarence. Ele não vai dizer se incomodar."

Arvin guardou o pacote na bolsa. De onde estava, podia ver o teto de zinco da velha casa dos Wagner. "Aquela menina chamada Janey Wagner ainda mora por aqui?", perguntou.

"Janey? Não, ela teve que casar faz dois anos. Mora lá em Massieville, pelo que ouvi da última vez."

O jovem acenou com a cabeça e tomou a direção da porta, então parou. Virou-se e olhou para Hank. "Nunca tive a chance de agradecer você por aquela noite em que meu pai morreu", disse. "Você foi muito bom comigo e eu queria que soubesse que eu não me esqueci disso."

Hank sorriu. Dois de seus dentes do fundo estavam faltando. "Você estava com a cara cheia de torta. O desgraçado do Bodecker achou que era sangue. Lembra disso?"

"Sim, lembro de tudo daquela noite."

"Acabei de ouvir no rádio que a irmã dele foi morta."

Arvin pegou na maçaneta. "Foi mesmo?"

"Eu não conhecia ela, mas era pra ter sido ele em vez dela. Ele deve ser o pior de todos, e é a lei aqui na região."

"Bem", disse o rapaz, empurrando a porta para abri-la. "Talvez eu apareça mais tarde."

"Se voltar esta noite, a gente senta ali perto do trailer e toma uma cerveja."

"Vou voltar."

"Ei, deixa eu perguntar uma coisa", disse Hank. "Você já foi pra Cincinnati?"

O rapaz sacudiu a cabeça. "Ainda não, mas já ouvi falar muito de lá."

52 O MAL NOSSO DE CADA DIA

DONALD RAY POLLOCK

Poucos minutos após Bodecker encerrar o telefonema com a esposa, Howser entrou com um envelope cor de baunilha que continha os projéteis que o legista havia retirado de Carl. Ambos eram nove milímetros. "A mesma que atingiu Sandy", disse o policial.

"Imaginei. O mesmo atirador."

"Então, Willis me contou que um homem da lei lá da Virgínia Ocidental ligou pra você. Por um acaso tinha a ver com isso?"

Bodecker vislumbrou o mapa na parede. Pensou nas fotografias no porta-malas do seu carro. Precisava encontrar o jovem antes que alguém o fizesse. "Não. Era só uma besteira sobre um pastor. Pra falar a verdade, nem entendi direito por que ele queria falar com a gente."

"Certo."

"Tinha alguma impressão digital no carro?"

Howser fez que não com a cabeça. "Parece que o banco de trás foi limpo. Todas as outras eram de Carl e Sandy."

"Encontrou mais alguma coisa?"

"Na verdade, não. Só um recibo de gasolina de Morehead, Kentucky, debaixo do banco da frente. Mapas pra caramba no porta-luvas. Um bocado de tralhas no porta-malas, travesseiros, cobertores, galão de gasolina, esse tipo de coisa."

Bodecker assentiu com a cabeça e esfregou os olhos. "Vai pra casa e dá um tempo. Parece que agora só o que vai dar pra fazer é esperar que alguma coisa apareça."

Naquela noite terminou a garrafa de uísque no escritório e acordou na manhã seguinte no chão, com a garganta seca e uma forte dor de cabeça. Lembrava que em algum momento da noite sonhara que andava na mata com o garoto dos Russell e encontrava todos aqueles animais em decomposição. Foi ao banheiro e lavou o rosto, então pediu ao atendente que lhe trouxesse o jornal e um pouco de café e duas aspirinas. A caminho do estacionamento, Howser o abordou e sugeriu que checassem os hotéis e a rodoviária. Bodecker pensou por um momento. Embora quisesse cuidar daquele problema sozinho, não podia deixar a coisa tão óbvia. "Não é uma má ideia", disse Bodecker. "Vai lá e manda Taylor e Caldwell darem uma olhada."

"Quem?", disse Howser, com uma careta surgindo em seu rosto.

"Taylor e Caldwell. Só avisa que esse maluco filhodumaputa pode estourar a cabeça deles na hora em que olhar pros dois." Virou-se e entrou no carro antes que o policial pudesse protestar. Frangotes como eram, Bodecker imaginou que não iriam nem sair da viatura depois de ouvir aquilo.

Foi até a loja de bebidas, comprou uma garrafa pequena de Jack Daniel's. Então parou no White Cow para pedir um café para viagem. Todos pararam de conversar quando ele entrou. Quando se virou para sair, pensou que talvez devesse dizer algo, por exemplo que estavam fazendo o possível para pegar o assassino, mas ficou quieto. Despejou um pouco de uísque no café e foi até o velho lixão na Reub Hill Road. Abrindo o porta-malas, tirou a caixa de sapatos cheia de fotografias e as examinou mais uma vez. Contou vinte e seis homens. Havia no mínimo duzentas fotos diferentes, talvez mais, presas com elásticos. Colocando a caixa no chão, rasgou algumas páginas manchadas e amassadas de um catálogo da Frederick's of Hollywood que encontrou na pilha de lixo e enfiou na caixa. Então jogou os três rolos de filme em cima e acendeu um fósforo. Ali de pé no sol quente, terminou de beber o café e viu as imagens virarem cinzas. Quando a última delas queimou, tirou uma Ithaca 37 do porta-malas. Verificou se a escopeta estava carregada e a colocou no banco de trás. Podia sentir o cheiro de bebida emanando de sua pele. Passou a mão na barba. Tinha sido a primeira manhã em que se esquecera de se barbear desde sua época no Exército.

Quando Hank viu a viatura parando no estacionamento de cascalho, dobrou o jornal e o colocou no balcão. Viu Bodecker bebericando de uma garrafa. Pelo que podia se lembrar, a última vez em que vira o xerife em Knockemstiff foi na noite em frente à igreja na qual ofereceu maçãs bichadas para crianças no Halloween quando concorria na eleição. Estendeu o braço e abaixou o volume do rádio. Os últimos acordes de "You're the Only World I Know", de Sonny James, acabaram exatamente quando o xerife entrou pela porta de tela. "Esperava mesmo que você ainda estivesse por aqui", disse ao balconista.

"Por quê?", perguntou Hank.

"Lembra de quando o maluco desgraçado do Russell se matou na mata aqui atrás? O filho dele estava aqui com você. O nome dele era Arvin."

"Eu lembro."

"Por acaso aquele garoto apareceu por aqui ontem de noite ou hoje de manhã?"

Hank olhou para o balcão. "Sinto muito pela sua irmã."

"Eu fiz uma pergunta, porra."

"O que ele fez? Está encrencado?"

"Podemos dizer que sim", disse Bodecker. Pegou o jornal do balcão, segurou a primeira página na frente da cara de Hank.

O rosto do funcionário se contorceu quando leu a manchete mais uma vez. "Não foi ele que fez isso, foi?"

Bodecker soltou o jornal no chão e sacou o revólver, apontou-o para o balconista. "Eu não estou aqui pra perder tempo com essas merdas, seu imbecil. Você viu ele?"

Hank engoliu em seco e voltou os olhos para a janela, notando que o carro envenenado de Talbert Johnson diminuiu a velocidade quando passou pelo mercadinho. "O que você vai fazer, atirar em mim?"

"Não pense que não", disse Bodecker. "Depois que eu esbagaçar essa sua migalha de cérebro em cima do balcão de doces, vou colocar na sua mão aquela faca de açougueiro que está ali em cima do seu fatiador de carne imundo. Uma alegação fácil de autodefesa. Juiz, o maluco filhodumaputa estava tentando proteger um assassino." Destravou a arma. "Faz um favor pra você mesmo. É da minha irmã que estamos falando."

"Sim, eu vi ele", admitiu Hank com relutância. "Estava aqui faz pouco tempo. Comprou uma garrafa de refrigerante e uns cigarros."

"Estava dirigindo o quê?"

"Não vi nenhum carro."

"Ele veio a pé?"

"Pode ser que sim, acho."

"Pra que lado ele foi depois que saiu daqui?"

"Não sei", disse Hank. "Não estava prestando atenção."

"Não mente pra mim. O que foi que ele disse?"

Hank olhou para a geladeira de refrigerantes na qual o garoto ficou encostado bebendo a gengibirra. "Falou alguma coisa sobre a casa velha em que morava, só isso."

Bodecker colocou a arma de volta no coldre. "Viu? Não foi tão difícil, né?" Andou até a porta. "Você um dia ainda vai dar um bom informante."

Hank observou enquanto o xerife entrava na viatura e saía em direção à Black Run Road. Pôs as duas mãos abertas no balcão e abaixou a cabeça. Atrás dele, numa voz fraca como um sussurro, o locutor do rádio leu outro pedido feito de coração.

53. O MAL NOSSO DE CADA DIA

DONALD RAY POLLOCK

No topo dos Flats, Arvin seguiu para o sul. A vegetação estava mais densa na beira da mata, mas ele só precisou de alguns minutos para encontrar a trilha que percorria com o pai a caminho do tronco de rezas. Viu o teto de metal do celeiro e foi até lá. A casa estava destruída, como o balconista do mercadinho dissera. Deixou a bolsa no chão e foi ao lugar onde costumava estar a porta dos fundos. Continuou pela cozinha e seguiu do corredor para o quarto onde sua mãe morrera. Chutou as cinzas pretas e os pedaços de madeira carbonizados esperando encontrar alguma relíquia dela ou um dos pequenos tesouros que guardava na janela de seu quarto. Mas, exceto por uma maçaneta enferrujada e suas memórias, não sobrara nada. Algumas garrafas de cerveja vazias estavam enfileiradas com cuidado num dos cantos da base de pedra, onde alguém se sentara e bebera alguma noite.

Do celeiro não restava mais que a estrutura. Toda a lateral de madeira havia sido arrancada. O teto tinha grandes buracos de ferrugem, a tinta vermelha desbotara e descascara com a ação do tempo. Arvin entrou para se abrigar do sol, e num canto estava o balde no qual Willard uma vez carregara seu precioso sangue. Ele o colocou num lugar próximo à frente do celeiro e usou como banco para almoçar. Observou um falcão de cauda vermelha fazer círculos no céu preguiçosamente. Pegou a fotografia da mulher com o morto. Por que alguém faria algo assim? E como, se perguntou mais uma vez, a bala daquela pistola não o atingira quando ela estava a não mais que um metro e meio de distância? Na quietude, podia escutar a voz de seu pai: "Tem algum sinal aqui, filho. Melhor prestar atenção". Colocou a foto no bolso e escondeu o balde atrás de um fardo de palha mofado. Então voltou a atravessar o terreno.

Encontrou a trilha novamente e logo chegou à clareira na qual Willard havia trabalhado tão duro. Àquela altura já fora invadida por arbustos e samambaias, mas o tronco de rezas ainda estava lá. Cinco das cruzes também se encontravam de pé, com listras vermelhas desbotadas da ferrugem dos pregos. As outras quatro estavam caídas no chão, com flores de trombetas-chinesas cor laranja se enroscando em volta delas. Seu coração acelerou por um segundo quando viu os restos do cão ainda pendurados na primeira cruz levantada por seu pai. Recostou-se numa árvore, pensou nos dias anteriores ao da morte de sua mãe, em como Willard queria tanto que ela sobrevivesse. Teria feito qualquer coisa por ela; estava pouco se fodendo para o sangue e o fedor e os insetos e o calor. Qualquer coisa, Arvin disse para si mesmo. E de repente se deu conta, ao voltar à igreja de seu pai, de que Willard precisava ir aonde quer que Charlotte fosse, para continuar a tomar conta dela. Durante todos aqueles anos, Arvin o detestara pelo que fizera, como se estivesse se lixando para o que aconteceria com seu filho depois que ela morreu. Em seguida pensou no retorno do cemitério e na conversa de Willard sobre visitar Emma em Coal Creek. Jamais lhe ocorrera antes, mas fora a melhor maneira que seu pai encontrou para dizer que também estava partindo e que lamentava muito por isso. "Talvez ficar por um tempo", Willard dissera aquele dia. "Você vai gostar."

Enxugou algumas lágrimas dos olhos e, deixando a mochila sobre o tronco, deu a volta e se ajoelhou diante da cruz do cão. Removeu algumas folhas mortas. Metade do crânio estava enterrada na argila, com o buraquinho do rifle calibre 22 ainda visível entre as órbitas oculares vazias. Encontrou a coleira cheia de mofo, um chumaço de pelo ainda preso no couro ao redor da fivela de metal enferrujada. "Você era um bom cão, Jack", disse. Juntou todos os restos que pôde encontrar no chão — as costelas finas, o quadril, uma única pata — e puxou os pedaços quebradiços ainda presos à cruz. Dispôs tudo com gentileza em uma pequena pilha. Com suas mãos e a ponta afiada de um galho de árvore, abriu um buraco na terra úmida e escura ao pé da cruz. Cavou cerca de trinta centímetros, arrumou tudo com cuidado no fundo da cova. Então foi até a bolsa e pegou a pintura da crucificação que havia retirado do hotel e a pendurou num dos pregos da cruz.

Indo até o outro lado do tronco, ajoelhou no lugar onde antes rezava com o pai. Puxou a Luger do jeans e a colocou sobre o tronco. O ar estava pesado e lúgubre com o calor e a umidade. Olhou para Jesus pendurado na cruz e fechou os olhos. Tentou ao máximo imaginar Deus, mas seus pensamentos estavam a mil. Por fim desistiu, achou mais fácil imaginar seus pais olhando para ele em vez disso. Parecia que sua vida inteira, tudo o que vira ou dissera ou fizera, o havia conduzido para aquele momento: finalmente sozinho com os fantasmas de sua infância. Começou a rezar, a primeira vez desde que sua mãe morrera. "Me diz o que fazer", murmurou diversas vezes. Após cerca de um minuto, uma ventania repentina veio do pé da montanha atrás dele, e alguns dos ossos ainda pendurados nas árvores começaram a se bater como sinos de vento.

54 O MAL NOSSO DE CADA DIA

DONALD RAY POLLOCK

Bodecker entrou na estrada de terra que dava nos fundos da casa onde os Russell moraram, com a viatura balançando levemente sobre as marcas fundas de pneu. Destravou seu revólver e o colocou no banco. Passou devagar por cima dos brotos finos e das grandes moitas de avoadinha, indo parar a cerca de quarenta e cinco metros de onde costumava ficar a casa. Só era possível distinguir a parte de cima da base de pedra se elevando pouco acima do mato. O pouco que restava do celeiro estava a outros trinta e cinco metros à esquerda. Talvez pudesse comprar a propriedade depois que aquela merda toda fosse resolvida, pensou. Podia construir outra casa, plantar um pomar. Deixar que Matthews assumisse o maldito posto de xerife. Florence iria gostar. Era muito preocupada, aquela mulher. Enfiou o braço embaixo do banco e pegou a garrafa, deu um gole. Teria que lidar com Tater, mas não seria muito difícil.

Por outro lado, o garoto dos Russell podia ser exatamente aquilo de que precisava para se reeleger. Alguém que tivesse matado um pastor por ter comido uma boceta novinha devia ter um parafuso solto, não importava o que dissesse o policial caipira da Virgínia Ocidental. Seria fácil transformar o vagabundo num maníaco de sangue-frio; e as pessoas sempre votariam num herói. Deu mais um gole na garrafa e a encaixou debaixo do banco. "Melhor pensar nessas coisas depois", disse Bodecker em voz alta. Naquele exato momento havia um trabalho a fazer. Mesmo que não concorresse ao cargo novamente, não poderia suportar a ideia de que todo mundo soubesse a verdade sobre Sandy. Não conseguia explicar com palavras o que ela estava fazendo em algumas daquelas fotos.

Uma vez fora do carro, pôs o revólver no coldre e se debruçou sobre o banco traseiro pra pegar a escopeta. Jogou o chapéu no da frente. Seu estômago borbulhava por causa da ressaca, e ele se sentia um bosta. Destravou a arma e começou a andar lentamente pela trilha. Parou muitas vezes e escutou, depois continuou. Estava tudo silencioso, apenas alguns pássaros gorjeavam. No celeiro, ficou parado na sombra, olhando para os restos da casa. Lambeu os lábios e desejou outra dose. Uma vespa passou perto de sua cabeça, e ele a acertou com a mão, esmagando-a em seguida com o calcanhar da bota. Após alguns minutos, avançou pelo terreno, se aproximando da fileira de árvores. Atravessou trechos secos de asclépia e urtiga e bardana. Tentou se lembrar da distância que andou quando seguira o garoto na noite em que passaram pela trilha que levava ao local onde seu pai sangrara até morrer. Olhou para trás na direção do celeiro, mas não se lembrava. Devia ter levado Howser com ele, pensou. O desgraçado adorava caçar.

Estava começando a achar que já deveria ter passado do local que procurava quando encontrou algumas ervas daninhas esmagadas. Seu coração acelerou um pouco, e ele enxugou o suor dos olhos. Abaixando, observou as ervas e os arbustos e depois a mata, encontrando a linha da velha trilha a apenas alguns centímetros diante de si. Olhou por cima do ombro e viu três corvos pretos circulando o terreno e grasnando. Agachou sob uma amoreira, e com alguns passos já caminhava na trilha. Respirou fundo, começou a descer a montanha lentamente, com a escopeta a postos. Por dentro sentia medo e excitação na mesma medida, assim como quando matara aqueles dois homens para Tater. Só torcia para que aquele ali fosse presa fácil.

55 O MAL NOSSO DE CADA DIA

DONALD RAY POLLOCK

A brisa se acalmou, e os ossos pararam de tilintar. Arvin escutava outras coisas agora, as miudezas do dia a dia viajando do vale até lá em cima: uma porta de tela batendo, crianças gritando, o zumbido de um cortador de grama. Então as cigarras pararam com seu silvado agudo por um momento, e ele abriu os olhos. Virando a cabeça um pouco, pensou ter escutado um ruído fraco atrás de si, uma folha seca se quebrando embaixo de um pé, talvez um graveto fino rachando. Não dava pra ter certeza. Quando as cigarras recomeçaram, pegou a arma no tronco. Agachado, contornou uma moita de rosas selvagens à esquerda do que restara da clareira e começou a subir a montanha. Havia andado cerca de dez metros quando se lembrou de que deixara a mochila ao lado do tronco de rezas. Mas já era tarde demais.

"Arvin Russell?", escutou uma voz alta chamar. Abaixou atrás de uma nogueira e se levantou bem devagar. Prendendo a respiração, olhou por cima do tronco e viu Bodecker com uma escopeta nas mãos. Num primeiro momento, só podia ver parte da camisa marrom e as botas. Então o homem da lei deu mais alguns passos, e ele conseguiu enxergar uma boa parte de seu rosto vermelho. "Arvin? É o xerife Bodecker, filho", gritou. "Não estou aqui pra machucar você, eu prometo. Só preciso fazer umas perguntas." Arvin o observou enquanto o policial cuspia e tirava o suor dos olhos. Bodecker deu mais uns passos, e um tetraz-grande saiu voando de seu esconderijo e atravessou a clareira, batendo as asas furiosamente. Suspendendo a arma, Bodecker atirou, então rapidamente inseriu outro cartucho na câmara. "Porra, garoto, me desculpe por isso", gritou. "A desgraça do pássaro me assustou. Agora aparece pra gente ter uma conversinha." Ele rastejou, parou na beirada da vegetação da clareira. Viu a mochila no chão, o Jesus emoldurado pendurado na cruz. Talvez esse filhodumaputa seja louco mesmo, pensou. Na luz obscura da mata ainda podia discernir alguns dos ossos pendurados por arames. "Achei que você viria pra este lugar. Lembra daquela noite que me trouxe aqui? Foi horrível o que seu pai fez."

Arvin destravou a Luger e pegou um pedaço de madeira seca diante de seus pés. Lançou-o bem alto por uma abertura entre os galhos. Quando bateu numa árvore e caiu sobre o tronco de rezas, Bodecker deu mais dois tiros rápidos. Em seguida inseriu mais um cartucho na câmara. Pedaços de folhas e cascas de árvore flutuavam no ar. "Puta que pariu, garoto, não tenta me sacanear", berrou. Rodopiou com um olhar enlouquecido para todas as direções, então se aproximou do tronco.

Arvin saiu silenciosamente da trilha logo atrás dele. "Melhor soltar a arma, xerife", disse o garoto. "Tenho uma apontada direto pra você."

Bodecker deixou o pé suspenso no ar por um instante, então o desceu bem devagar. Olhando para a mochila aberta, viu um exemplar do *Meade Gazette* daquela manhã em cima de uma calça jeans. Sua foto na primeira página o encarou de volta. Pela altura da voz, deduziu que o garoto estava exatamente atrás de si, talvez a uns seis metros. Ainda lhe restavam dois cartuchos na escopeta. Contra uma pistola, a chance era boa. "Filho, você sabe que eu não posso fazer isso. Diabos, é uma das primeiras regras que eles ensinam na academia de polícia. Você nunca larga sua arma."

"Não tenho nada a ver com o que ensinam pra vocês", retrucou Arvin. "Coloca a sua arma no chão e se afasta." Seu coração martelava forte no peito. Toda a umidade de repente parecia ter sido sugada do ar.

"O quê? Então você vai poder me matar igual você fez com minha irmã e aquele pastor lá na Virgínia Ocidental?"

A mão de Arvin começou a tremer quando ele escutou o xerife mencionar Teagardin. Pensou por um segundo. "Tenho uma foto no meu bolso com ela abraçando um cara morto. Abaixa essa arma, que eu mostro pra você." Viu as costas do policial se enrijecerem, e segurou a Luger com mais firmeza.

"Seu merdinha filhodumaputa", Bodecker disse baixinho. Analisou a própria fotografia no jornal mais uma vez. Fora tirada logo após sua eleição. Jurou manter a lei. Quase não conseguiu segurar o riso. Então levantou a Ithaca e começou a virar. O garoto atirou.

A arma de Bodecker caiu, e o disparo rasgou um buraco irregular nas rosas selvagens à direita de Arvin. O garoto teve um sobressalto e puxou o gatilho mais uma vez. O xerife deu um grito agudo enquanto soltava a escopeta e caía sobre as folhas. Arvin esperou um ou dois minutos, então se aproximou com cuidado. Bodecker estava deitado de lado, com os olhos voltados para o chão. Uma bala havia espatifado seu pulso, e a outra o atingira embaixo do braço. Aparentemente um dos pulmões estava perfurado. A cada fôlego que o homem tomava, um novo jato de sangue vermelho e vívido surgia na frente de sua camisa. Quando Bodecker viu as botas do garoto passando por cima da Ithaca, tentou puxar a pistola do coldre, mas Arvin se abaixou e a segurou, jogando-a alguns centímetros para longe.

Ele colocou a Luger sobre o tronco e, com o máximo de gentileza possível, empurrou Bodecker para que ficasse de barriga pra cima. "Sei que ela era sua irmã, mas olha aqui", disse Arvin. Tirou a fotografia da carteira e a segurou para que o xerife a visse. "Não tive escolha. Eu juro, implorei pra ela abaixar a arma." Bodecker encarou o garoto, então voltou o olhar para Sandy e o homem morto em seus braços. Fez uma careta e tentou agarrar a foto com o braço ainda bom, mas estava fraco demais para qualquer coisa além de um esforço apático. Então se deitou novamente e começou a tossir sangue, assim como ela fizera antes.

Embora tivesse parecido a Arvin que horas se passaram enquanto escutava o xerife lutando para continuar vivo, na verdade o homem só precisou de alguns minutos para morrer. Não tem volta agora, pensou. Mas também não poderia continuar agindo daquele jeito. Imaginou a porta de um quarto triste e vazio se fechando com um clique baixo, para jamais ser reaberta, e isso o acalmou um pouco. Quando ouviu Bodecker expelir um último e úmido suspiro, tomou uma decisão. Pegou a Luger e rodeou o buraco que cavara para Jack. Ajoelhado na terra úmida, passou lentamente a mão no cano de metal cinza, pensando em seu pai levando a arma para casa tantos anos antes. Em seguida a colocou no buraco junto com os ossos do animal. Jogou a terra em cima do buraco com as mãos e bateu para achatá-la. Com folhas mortas e alguns galhos, cobriu todos os vestígios do túmulo. Então pegou a imagem do Salvador e a enrolou, guardando-a na mochila. Talvez algum dia tivesse algum lugar para pendurá-la. Seu pai teria gostado dela. Enfiou a fotografia de Sandy e os dois rolos de filme no bolso da camisa de Bodecker.

Arvin olhou mais uma vez para o tronco coberto de musgo e as cruzes cinzentas apodrecidas. Jamais veria aquele lugar de novo; provavelmente também não voltaria a ver Earskell ou Emma, aliás. Deu meia-volta e seguiu pela trilha. Quando chegou ao topo da montanha, desfez uma teia de aranha e saiu da mata sombria. O céu sem nuvens ostentava o azul mais profundo que já tinha visto, e tudo ali parecia brilhar sob a luz do sol. Teve até a impressão de que aquele cenário poderia durar para sempre. Começou a andar para o norte, na direção de Paint Creek. Se não perdesse tempo, estaria na Rota 50 em uma hora. Se desse sorte, alguém lhe ofereceria uma carona.

AGRADECIMENTOS

Sou extremamente grato às seguintes pessoas e organizações, sem as quais este livro não teria sido possível: a Joan Bingham e à PEN pelo PEN/Robert Bingham Fellowship 2009; ao Ohio Arts Council pelo Individual Excellence Award 2010; à Ohio State University pelo Presidential Fellowship 2008; ao meu amigo Mick Rothgeb pelas informações sobre armas de fogo; ao dr. John Gabis por responder minhas perguntas sobre sangue; e a James E. Talbert, da Greenbrier Historical Society, pelas informações a respeito de Lewisburg, na Virgínia Ocidental. Devo gratidão especial aos meus agentes e leitores; a Richard Pine e Nathaniel Jacks, da Inkwell Management; e finalmente, por sua confiança, paciência e orientação, quero agradecer ao meu editor, Gerry Howard, além de todas as pessoas maravilhosas da equipe da Doubleday.

DONALD RAY POLLOCK é um escritor americano. Nascido em 1954 e criado em Knockemstiff, Ohio, Pollock viveu toda a sua vida adulta trabalhando como operário e motorista de caminhão. Aos 50 anos, matriculou-se na Faculdade de Inglês da Universidade Estadual de Ohio e começou a publicar seus escritos em revistas literárias, como a *Epoch*, *Sou'wester*, *Granta*, *Tin House* e PEN *America*. Ganhador do PEN/Robert Bingham Fellowship 2009, fez sua estreia na literatura em 2008 com a aclamada coletânea de contos *Knockemstiff* e em 2011 publicou seu primeiro romance, *O Mal Nosso de Cada Dia*. Seu segundo romance, *The Heavenly Table*, foi publicado em 2016. Saiba mais em donaldraypollock.net

MAIS UMA VEZ   PARA PATSY

"E todo o espírito que não confessa que Jesus Cristo
veio em carne não é de Deus; mas este é o espírito do
anticristo, do qual já ouvistes que há de vir,
e eis que já está no mundo."
— 1 Jo 4:3 —

O MAL NOSSO DE CADA DIA NOS DAI HOJE

DARKSIDEBOOKS.COM